ブロードキャスト

湊 かなえ

角川文庫
22499

目次

ブロードキャスト

序章

中学三年生、最後の全国大会へと繋《つな》がる駅伝の県大会で、一位のチームに一八秒差で負けたことが、その時点での僕の、人生において一番悔しい経験となった。

三区を走った僕は、一位でタスキを受け取り、その順位をキープしたまま、四区の選手に繋いだ。タスキを渡したと同時に、役割を果たせた達成感が込み上げてきたのに、最終走者が二位でゴールした瞬間から、もしも、もしも、の後悔が始まった。

コースは三キロメートル×六区間。一人があと三秒ずつタイムを縮めていれば、とまず悔やんだ。無謀な「もしも」ではない。全員が自己ベストを更新した地区大会の記録を出せていたら、一八秒の差を縮めるどころか、一分以上の差をつけて優勝できていた。

僕のタイムは、自己ベストを五秒下回っていた。だけどそれは、自己ベストに次ぐ好記録で、自分としては、走り慣れないコースでなかなかいいタイムを出せたと、満足さえしていたのだ。

多分、他のメンバーも僕と同じようなものだったはずだ。誰かが特別、不調だったわけではない。言いかえれば、皆がそれぞれあと三秒速く走るということは、決して不可能ではなかった、ということだ。僕を含め、走ったあとに、倒れ込み、自力で起き上がれなかったヤツもいない。

そういうことを、自分の頭の中では、何周も思いめぐらせているのに、顧問やチームのメンバー以外のヤツから言われると、はらわたが煮えくり返るような気分になる。帰りのバスの中で、座席から後頭部だけ見えているおっさんが、同様のことを言っているのを聞いたとき、ギュッと胸の中心を摑《つか》まれたように息苦しくなり、嫌な味のつばが込み上げてきた。応援に来ただけのおっさんがわかったような口を利くな。秒単位の差など、誤差の範囲のようなもので、ゴール手前で死ぬ気でダッシュすれば巻き返せたかもしれないのではないか。などという台詞《せりふ》は、自分が走ったあとの口で言ってみろ。

そう誰かが言ってくれるといいのに、と周りを見ると、通路を挟んでおっさんの隣に座っていた、山岸良太《やまぎしりょうた》と目が合った。

酷《ひど》いよな、というように、おっさんの方に顎《あご》をしゃくってみせると、良太は僕に、ゴメン、というふうに片手を上げて、おっさんの方を向いた。

「父さん、やめてよ」

良太のお父さん？　息子に注意されたおっさんは、バツが悪そうに咳《せき》払いすると、腕を伸ばしてわざとらしく欠伸《あくび》をしてから、静かになった。寝たふりをしたのだろう。

良太はもう一度、ゴメン、というふうに僕の方を見たけれど、僕は首を小さく横に二、三回振るしかなかった。

良太のお父さんなら、先の言葉を口にする権利がある。今日の結果を悔しがる権利が、充分にあるからだ。

そこで、別の「もしも」が浮かぶ。

首を伸ばして、最前列の席に座っている陸上部顧問の村岡《むらおか》先生に目を遣《や》った。だけど、帽子をかぶった後頭部だけでは、どんな表情なのか想像することができなかった。

先生の頭の中に「もしも」はないのだろうか。後悔していないのだろうか。

もしも、山岸良太を出していたら、と。

良太は一年生のときから、陸上部で、長距離部門のエースだった。

僕と良太は、小学校は別だったけれど、市の陸上大会で何度か一緒になることがあった。三〇〇〇メートルのトラックを五周する一五〇〇メートル走で、二位の選手に、周回差をつけて優勝するヤツ。

ハンディビデオを片手に、いつも大会を見に来ていた僕の母さんは、良太のことを「カモシカくん」と呼び、彼が出る種目も、毎回録画していた。息子だけでいいだろ、とあきれながらも、再生動画に引き込まれるのは、僕の方だった。

良太の走る姿を見ていると、なぜか「サバンナの風」という言葉が浮かんでくる。アフリカに行ったこともないし、どんな風が吹くのかも知らない。ただ、こんなふうに走ることができたら気持ちいいだろうな、と僕は良太のフォームを頭の中に焼き付けていった。

一〇〇メートル走で調子がよければ三位の賞状をもらえる程度の僕など、良太の視界の端にも入っていないはずだと思っていた。

市立三《み》崎《さき》中学に入学し、先に声をかけてきたのは、良太の方だった。

――町田《まちだ》圭祐《けいすけ》くんだよね。陸上やってた。放課後、一緒に部活見学行こうよ。

驚いた僕は、「ああ」だか、「うん」だか、歯切れの悪い返事をしただけだ。

いや、僕の足の速さだったら、陸上部でそれほど活躍できそうにないから、テニス部かバスケ部に入ろうと思ってるんだけど……、などと脳と口が直結していないタイプの僕は、突然の出来事に対して、思ったことを口にできたためしがない。

そのうえ、憧《あこが》れている相手から声をかけられたのだから、しばらく考えたあとでだって、否定の言葉など返せるはずがない。

そう、僕は良太に憧れていたんだ。

だから、誘われるまま陸上部の見学に行き、その日のうちに入部を決めた。普段、学校での出来事を母さんに報告することは、あまりなかったけれど、このことだけは、夕飯時に自分から話した。

――そういう出会いは大切にしなきゃね。

母さんは、まるで僕が芸能人と知り合いになったかのように喜んだ。

――でもさ、陸上部って、他の部活に比べて保護者会が多かったり、試合の送迎なんかもしなきゃならないらしいよ。

我が家は母子家庭だ。父さんは僕が小学校に上がる前に病死した。それ以来、看護師をしながら一人で僕を育ててくれている母さんに、部活のことで負担はかけたくなかった。

――大丈夫、そういうところに顔出して、知り合いをたくさん作っておいた方が、受験のときとかに、いろいろ教えてもらえて助かるでしょう。

それまで、母さんの口から、ママ友やランチ会の話題が出たことはなかった。

――じゃあ、入部届を出すよ。まあ、うちの学校が強いのは、駅伝とかの長距離部門らしいから、僕が遠征に行くことはほとんどないだろうし、車は大丈夫なんじゃないかな。

僕は短距離をするつもりでいたのだ。

得意、不得意、というのは自分で判断するものではないのだと、僕はこのあとで知る。

陸上部に入った最初の半月は、専門種目を定めるため、男子一二名、女子一〇名の新入部員は、短距離、長距離、跳躍、投擲《とうてき》、すべての種目の測定を行った。

新入部員の中には、自分はこの種目がやりたい、と顧問に自己申告するヤツもいたけれど、僕はしなかった。一〇〇メートル走のタイムが新入生の男子の中では一番よかったため、短距離部門に選ばれることを、信じて疑わなかったのだ。

だから、顧問の村岡先生が「長距離部門……」と、まず、三〇〇〇メートル走の測定で圧倒的に一位だった良太の名前を挙げ、次に二位だったヤツの名前を、そして、三番目に僕の名前を挙げたときには、同姓同名のヤツでもいただろうか、と左右に首を振り、確認してしまった。

しかし、町田圭祐は僕一人だけだった。

長距離部門に選ばれた男子は四人。村岡先生が他の部門を発表しているあいだも、何かの間違いではないかと考え続けていた。僕は三〇〇〇メートルの測定で四位だった。三位だったヤツは、一〇〇メートルのタイムが僕より遅い二位だったのに、短距離部門で名前を呼ばれた。

そもそも僕は長距離走が苦手だと自分で思っていた。小学校のマラソン大会でも、前半は上位につけていても、後半になると、ガクッと順位を落としていたものだ。スタミナ不足、と母さんに言われたことがある。これは、看護師として何か根拠をもって言ったのではなく、単に、牛乳嫌いの僕に、毎日飲ませるための口実にしていただけのはずだ。けれど、確かに、小学校の陸上教室で、僕は誰よりも先にへばっていた。

測定は二年生の先輩がしてくれていた。記録票に記入ミスがあったのではないか。その結論に達し、部活終了後、村岡先生を追いかけた。自分から教師に話しかけたのは、このときが初めてだったのではないか。

――先生、僕、短距離の記録の方がよかったですよね。

おそるおそる、そう訊《たず》ねた。

――確かに、今回の記録は短距離の方がよかったけど、町田の走り方は長距離ランナー向きなんだよな。

村岡先生は一歩下がると、僕の頭の先からつま先までをサッと眺めて、そう言った。記録ミスではなかったようだ。だけど、とすぐに思った。

僕が長距離向きに見えたのは、三〇〇〇メートル走をする際、僕の走り方が良太を真似たものになっていたからではないか。故意にではない。母さんが撮った良太のビデオを見ながら、こんなふうに走りたい、と頭に焼き付けた姿は、本人の背中を追ううちに、自然と自分の姿と重なり、再現できてしまったのではないだろうか。

しかし、そんな説明をする前に、村岡先生はこう続けた。

――町田がどうしても短距離をやりたいっていうなら、そっちでもいいけど。山岸良太も入部して、うちの部で全国を目指せる団体種目は長距離、駅伝だけだと思うし、おまえなら、その中心メンバーになれると……、俺は信じてる。

全国なんて大袈裟《おおげさ》だな、と白けた気分になった。普通の公立中学なのに、と。

熱血教師は小学生のころから苦手だった。がんばってお母さんを喜ばせてあげようね、などと、ひとり親だからというだけで、他のヤツらよりもがんばることを強要され続けてきたのだから。

だけど、心の片隅で、全国大会に出られたら、母さん、ものすごく喜んでくれるだろうな、とも思った。それがひとり親だからということに由来するのか、僕にはわからない。

結局のところ、「じゃあ」とか、「はい」といった曖昧《あいまい》な返事をして、僕は陸上部の長距離部門の選手となった。

皆に遅れて自転車置き場に行くと、良太が一人で待っていてくれた。

――短距離に変えてもらったの？

良太には、僕が先生のところに行った理由がわかっていたようだ。僕は首を横に振った。

――よかった。村岡先生に選ばれたんだから、間違いないはずなのに、もったいないよって、説得しようと思ってたんだ。

良太が言うには、村岡先生は三崎中学の陸上部OBで、大学生のときにはあの正月駅伝にも出場したことがある、長距離ランナーだったらしい。体育ではなく、社会科の先生が、そんなにすごい人だったとは思いもしなかった。

赴任したての昨年の駅伝大会では、それまで地区予選を突破するのもやっとだったチームを、県で一〇位にまで押し上げたという。

――全国、行きたいよな。

良太のそのひと言は、僕の中の全国というイメージを、遠くにふわふわと浮いているものから、しっかりと形を成し、手を伸ばせば届きそうなところにあるものへと変えた。

中学生活、どこを切り取っても、走らなかった日は一日たりともない。

そして、僕たちは三年生になり、後輩部員にも恵まれ、全国がいよいよ夢で終わらないところにまで漕《こ》ぎつけた矢先に……。

良太が両膝《ひざ》を故障した。

夏休みの前半に手術が行われ、個人種目で全国大会の出場が期待されていた、予選大会への出場は、あきらめなければならなくなった。けれど、二学期から復帰できたため、中学最後の全国へ繋がる、秋の駅伝大会には間に合わせることができた。三〇〇〇メートルの記録も、自己ベストを出すことはまだできなかったけれど、部員の中で一番速いことに変わりはなかった。

村岡先生は地区予選大会のメンバーから良太を外した。

上位三チームが県大会に出場できるため、良太なしでも突破できることを見越して、良太の足に負担をかけさせまいとしたのだ。

良太がいない。失って初めて気付く、という言葉があるように、良太の欠場はタスキの重さを二倍にも、三倍にも増した。これまでは、全力を出し切ったつもりでいても、良太がどうにかしてくれると頼る気持ちがあったのだ、ということに気付かされた。

良太と、良太の代わりになったメンバー、二年生の田中《たなか》とのタイム差を、自分が縮めなければならない。皆がこの思いで走ったのだろう。その結果が、全員が自己ベストを更新して区間賞を取るという、完全優勝だった。

だから、村岡先生は決めたのだ。

大会一週間前の練習後、村岡先生はグラウンドに部員全員を整列させた。男子の長距離部門だけでなく、地区大会で予選落ちした女子長距離部門も、三年生が夏の大会で一足先に引退した、男女の短距離部門も。

部員全員の前で、駅伝メンバーの発表が始まった。

一区から順に、名前を呼ばれたら「はい」と返事をして挙手をし、前に出て行く。県大会のコースでは、エース区間といわれる二区で、良太の名前が呼ばれるのを僕は待っていた。だけど、聞こえてきたのは、二年生のエースの名前だった。

えっ、と口に出したヤツはいなかったけれど、明らかに空気が揺れるのを感じた。三区で自分の名前を呼ばれたときも、動揺はまだ続いていて、代返のような、間抜けな返事をしながら、僕は前に出て行った。

先生は良太をアンカーにもっていくつもりか。もしくは、地区大会と同じ並び順になるよう、繰り上がりの田中が走った、五区に指名するつもりか。それは少しもったいないのではないか。

部員たちと対面するような恰好《かっこう》で立った僕は、チラチラと良太の方に目を遣った。いつもと変わらない、風を切るような走り方と同様の、何を考えているのかいまいち把握できない、ひょうひょうとした表情で、良太は先生の方を見ていた。

五区で田中の名前が呼ばれた瞬間、今度は、「えっ」という声が至るところから上がった。田中本人でさえ「えっはい」と、とまどったような返事をし、悪いことで呼び出しをくらったように、頭を下げたまま前に出てきた。

六区のアンカーの名前が呼ばれ、前に並んだのは、地区大会とまったく同じメンバー、走り順となった。

良太の名前は補欠一で呼ばれた。良太はメンバーに選ばれたときと同じように返事をして、前に出てきた。つい、視線が膝へ行ってしまう。

ケガがまだ完治していなかったのか。悪化してしまったのか。でも、良太は毎日皆と同じ練習メニューをこなしている。昨日、最終予選のように行われた三〇〇〇メートル走も、良太が一位だった。

僕は村岡先生の言葉を待った。

どうしてこのメンバーを選んだのか。先生はそれを伝えるために、部員全員を集合させたはずなのだから。

――県大会出場メンバーは以上の通りだ。今年は、各地区大会で強豪校が軒並み予選落ちするという、波乱の事態が起きた。

これは僕も知っていた。優勝候補の学校の第一走者が脱水症状を起こして倒れ、タスキを繋ぐことができなかった。こういった、メンバーの誰かが走行中にトラブルを起こし、棄権するという事態が、強豪校に続けて生じたのだ。

他人の、他校の、不幸を喜んではいけないけれど、運は僕たち三崎中の味方をしてくれていると感じた。おまけに、三崎中は今年、奇跡のチームと呼ばれるくらい、選手に恵まれている。多分今年限りだ。今の一年生に期待できる選手はいない。

全国大会に出場できる、最初で最後のチャンスだと、皆が思っているはずだ。

なのに、良太が選ばれていない。

——良太を控え選手にしたのは、県大会のコースが、どの区間も、激しいアップダウンの続く、膝に負担がかかるコースだからだ。

確かに、どの県もこんな山奥のコースを走っているんだろうか、と去年走った際に思った。強豪校が山間部の地域に多いことにも納得できた。

県大会で足を壊して、全国大会で走れないのでは、他のメンバーを全国に行かせるために、犠牲になるようなものだ。

——全員が地区大会通りのタイムを出せば、優勝は夢じゃない。いや、良太を全国大会で走らせたい、という気持ちをもって臨めば、県大会でも、全員が自己ベストを更新できると俺は信じている。

目だけを動かして左右を見ると、皆、先生をじっとみつめながら力強く頷《うなず》いていた。

——選手の思いだけじゃない。控え選手、それにも選ばれなかった長距離部門のメンバー、種目は違えど、共に切磋《せっさ》琢磨《たくま》してきた陸上部員全員、そして、支えてくれた保護者の方々。すべての思いがこめられたタスキを繋ぐのが、駅伝なんだ。

村岡先生の言いたいことは理解できた。だけど、最後まで、僕は頷くことができなかった。できない理由もわからなかった。

しかし、メンバー発表時のどよめきやとまどいが漂った空気は、先生が話し終えたころには、すっかり晴れているように感じた。

解散後も、良太はもちろん、他の三年生の部員も、駅伝メンバーについて不服を唱えることはなかった。僕にしても、良太が納得してるならまあいっか、くらいにまで気持ちは落ち着いていた。

帰り道が逆方向なら、良太はあの話を別のところで僕にしただろうか。互いに、スマホは持っていない。

——俺のため、じゃない。

自転車に乗った背中越しに、良太の吐き出すような声が聞こえた。

——えっ？

振り向くと、声の調子とは裏腹に、良太の顔はいつも通りのひょうひょうとした表情だった。だけど、僕は良太の顔は膝に立っていられないほどの激痛が走ったときも、これと同じだったことを思い出し、自転車を停めた。良太も自転車を停め、僕の方をまっすぐ向いた。

——昼休みに、村岡先生に呼び出されたんだ。今日、メンバー発表をするって。

——やっぱり、先に良太に伝えてたんだ。

——だけど、さっき、みんなの前で話したことだけじゃない。もちろん、膝のことも言われたけど、むしろ、そこでやめておいてほしかったよ。まあ、俺が、全国で走れなくなってもいいから県に出たい、って言ったのがまずかったんだろうけど。

——良太が走りたいって言ってんのに、外さなきゃなんない理由なんてあんの？

まったく思いつかなかった。良太は口を開いて、続きを話そうとしたけれど、あっ、と何か思い出したふうに、顔をしかめた。

——何？　僕に関係すること？

——そうじゃないけど……。気を悪くしたらゴメン。田中のお父さんが、癌《がん》か何かの病気なんだってさ。今年いっぱいもつかどうかの。

良太が言い淀《よど》んだ理由がわかった。

——田中がお父さんを喜ばせたいから、県大会も走らせてほしいって、村岡先生に頼んだってこと？

僕が訊ねると、良太は首を横に振った。

——多分、田中や田中の家族が頼んだんじゃないと思う。

確かに、メンバー発表で名前を呼ばれたとき、田中は心底驚き、とまどっているように見えた。

——先生は田中の担任だから、お父さんの病気のことを知って、見舞いにでも行ったんじゃないかな。そこで、いつもの調子で熱くなって、息子さんもがんばって全国大会を目指すので、お父さんも負けないでください、みたいなことを言っちゃったんじゃないかと思う。

良太の想像を、僕も鮮明に思い浮かべることができた。もしかすると、見舞いにも行かず、余命わずかという情報だけで、先生が勝手に暴走しているんじゃないかとも考えた。

——まあ、田中は地区大会、本当にがんばったからな。自己ベスト、四〇秒更新だっけ？ 正直、あんなに速く走れるとは思わなかった。まだまだ伸びそうな気もするよ。

良太は田中を憎らしく思ってはいないようだ。

——だからって、良太を外すことないじゃん。

——じゃあ、誰を外すの？

僕はすぐに答えることができなかった。学年順でいえば、もう一人の二年生メンバーだけど、彼は良太に次ぐエースだ。三年生メンバーを誰か外す？ 田中の記録が上がったとはいえ、僕を含め、田中より遅いヤツはいない。

——先生がメンバー全員に田中のお父さんのこと話して、頼む、誰か一人外れてくれ、って頭下げて、引き受けるヤツなんている？

僕は無理だ。

——逆に、そんなことしたら、田中自身が辞退するだろうし。俺の膝を心配するふりをするのが、一番まるくおさまるんだよ。

体の中心が震え、徐々に全身に広がっていった。そんなのおかしいよ、という叫びが喉《のど》元まで込み上げている。それをゆっくり飲み込んで、良太に訊ねた。

——あきらめていいの？

他人である良太のことで、歯を食いしばっていないと震えが止まらないほどの腹立たしさが、全身を覆っているのに、良太本人は、まるで他人事のように、淡々と話している。

僕は、良太が答える前に、言葉を重ねた。怒りを、体内から放出するように。

——このことを三年全員に話して、村岡先生に抗議しに行こうよ。どうせ、先生は一時的な感情に流されているだけなんだから。僕らがこの三年間、どれだけ練習を重ねてきたかは、先生が一番よく知ってるはずだ。全員で訴えれば、先生も間違ってたことに気付くはずだよ。

——ありがとう。

良太は少し照れたように笑った。シュッと消火剤をかけられたような気分になる。

——いや、そうじゃなくて……。

僕に怒りを再燃させるエネルギーは残っていなかった。もやもやとした思いがくすぶっているだけだ。

——俺だって悔しかったけど、理由がバカバカしすぎて、逆に、もういいやって思ったんだ。でも、やっぱり、誰かに聞いてほしくて。圭祐が怒ってくれたおかげで、もう本当に、どうでもよくなったよ。

——そう……、なんだ。

言われてみれば、自転車を停めたときよりも、良太の顔は晴れやかに見えた。

——それに、決意もできた。

僕は一瞬、良太が陸上をやめると言い出すのではないかと、ドキリとした。どうか違いますようにと、おそるおそる訊ねた。

——何の？

——推薦。青海《せいかい》学院から来ているんだ。

私立青海学院高等学校は、県内有数のスポーツ強豪校だ。特に駅伝では、ここ二年は出場を逃しているけれど、全国大会の常連校として知られている。

——すごいじゃん。まあ、良太なら当然か。

——そんなことない。この夏の大会に出場できなかったから、三〇〇〇メートルの記録も、去年の県大会のタイムのままだし。

　四位入賞した好記録だ。

——やめとこうかなって、迷ってたんだ。

——ええっ、どうして？　もったいない。

　もしも、自分に来たら、夢のような話なのに。

——県内のライバルたちはみんな、二年生のときより、うんと伸びている。だけど俺は、今の記録が人生のベストタイムになるかもしれない。

そんなことを言われると、視線は良太の膝に行ってしまう。ジャージの長ズボンの上からでは、何もわからないけれど。無責任に励ますこともできない。

――だから、今回の駅伝には、願掛けのような思いもあったんだ。去年のタイムを一秒でも上回ることができたら、まだ終わりじゃない。青海学院に行こうって。

――それじゃあ、なおさら……。

村岡先生に対する怒りがまた込み上げてきた。練習している姿だけではない。先生は良太がケガと戦い、克服する姿だって、間近で見ていたはずじゃないか、と。

――いや。自分が勝負をかけるのはこんなところでじゃない、って思うことができた。私立の強豪校なら、絶対に家庭の事情なんかで選ばないはずだから。実力でレギュラーを勝ち取って、全国で走ってやるんだ。

良太の視線は僕の方を向いているけれど、僕を通り越し、もっと先を見ているように感じた。

僕は県大会のことで頭がいっぱいで、そのあとのことなどまったく考えていなかった。受験勉強をして、自宅から近い公立高校で、陸上部に入るのかどうなのか……。

ところが、良太はとんでもないことを言い出した。

――圭祐も、青海学院行こうよ。陸上部でまた一緒に走ろう。

僕はぽかんと口を開けたままの、間抜けな顔で、良太を見返したはずだ。

——いや、いや、いや……。僕が青海学院なんてありえないよ。第一、良太みたいに推薦の話だって来るはずないし。

——一般入試で入ればいいじゃん。

——いや、それだって……。

青海学院はスポーツに特化しているだけの学校ではない。

人間科学科という、全員がスポーツ推薦で入るコースの他は、名称こそ文理科という単純なものだけれども、超がつくほど偏差値が高い。県内有数の進学校でもあるのだ。

——圭祐の成績なら、この冬からスパートかけたらいけるよ。

——そうかな。でも、授業料がな……。

通学できない距離ではない。しかし、公立の三倍かかるといわれる授業料を、母さんに負担してもらうのは気が引ける。

——奨学金制度もあるらしいよ。

前から、僕のために調べてくれていたような口ぶりだ。それでも、まだ抵抗はある。

——あのさ、良太が誘ってくれるのは嬉《うれ》しいけど、僕じゃなくてもいいんじゃない？

青海入ったら、速いヤツ、いっぱいいるわけだし。

謙遜《けんそん》ではない。そもそも、僕なんか、青海学院に受かっても、陸上部に入れてもらえるかどうかすらわからない。

——全国大会を目指してるチームの選手が何言ってんの？

――あっ……。

県大会に出ない良太にとっては、中学での活動は、長い陸上人生の通過点。そんなふうに勝手に解釈し、県大会で走る自分にとっては、陸上人生のゴールだと、無意識のうちに決めつけていた。

ここがマックス。人生のベストタイム。

良太が言っていたことと同じ思いを、僕こそが持っていた。だから、良太は僕に、次の道を示してくれているのか。

――圭祐はもっと速くなる。

――そう、かな……。とりあえず、県大会でベストを尽くすよ。

嬉しい！　ありがとう！　そんな単純な言葉を口にすることができず、僕は確実にできそうなことだけを言って、自転車のハンドルを強く握りしめた。

良太はそれを、帰ろう、の合図だと勘違いしたのか、「じゃあ」と自転車にまたがった。

互いに無言のまま自転車を走らせる目の前には、真っ赤な夕焼けが広がっていた。

ペダルを一漕ぎするごとに、全国大会に行けたら、青海学院に行って、陸上部に入ろう、という思いが強まっていった。

バスの中にはどんよりとした空気が漂ったままだ。

あの日のことを思い返しながら、僕はもう一度、村岡先生の方を見て、それから、良太の方を見て、目を伏せた。

全国大会を逃した悔しさで忘れていたけれど、今日で引退ということになる。明日から何をするのだろう。

青海学院を目指して勉強に励む、という選択肢も僕の中から消えた。母さんにまだ相談していなくてよかった。

母さんはバスの一番後ろの席に、他の保護者たちと並んで座っている。行きは、おやつなんかを食べながら、駅伝とは関係ない話で盛り上がっていたけれど、今は、おしゃべりをしている人など誰もいない。

下手な慰めの言葉をかけられるよりは、静かな方がマシだ。母さんからは、バスに乗る前に「お疲れさま」とひと言、泣き笑いのような顔で声をかけられただけだ。学校に着いて、村岡先生の総評を聞き、解散してから、みんな、それぞれ本当の感情を表すのではないかと思う。

と、後ろの席から、すすり泣きが聞こえてきた。振り返らなくても、二年生の田中の声だとわかる。

僕自身も悔しい思いでいるのに、どうして泣いているんだろうと、なぜか、冷めた気持ちで受け止めてしまう。

病気の父親に、全国大会に行く報告ができなくなったことを悲しんでいるのだろうか。それとも、先生が自分ではなく、山岸良太先輩を選んでいれば、全国大会に行くことができたかもしれないのにと、申し訳ない気持ちでいるのだろうか。

と、今度は別の席からすすり泣きが聞こえてきた。二年生のエース、僕以外の三年生の選手たちへと、連鎖反応のように、泣き声が広がっている。

それらを聞きながら、僕の中で膨れ上がっていくのは、良太がとか、先生がとかではなく、やはり、あと三秒速く走れていれば、という思いだった。

結局、自分に一番ムカついているのだ。

僕の目にも涙が込み上げてきた。

「泣くって、おかしいよ」

突然、声の響いた方に顔を向けると、良太がバスのシートから立ち上がり、振り返っていた。ゆっくりと皆を見渡す中、僕とも目が合った。

「走ってない俺が言うのもおかしいけど、泣くような結果じゃないよ。こういうのは、学校に着いたら、先生が話してくれることなんだろうけど……」

良太は言葉を切って、村岡先生を振り返った。先生が良太に小さく頷くと、良太はまた僕たちの方を向いた。

「あと一八秒だったのは悔しいだろうけど、アップダウンが続く坂道だらけの難コースで、みんな、自己ベストに近いタイムを出したじゃないか。それで堂々の県大会二位。過去最高記録だよ。誇りに思おうよ。それでも悔しいなら、明日からまたがんばればいい。もしかすると、俺を全国大会に連れて行ってやれなかった、なんて悔やんでる人もいるかもしれない。……いや、いないか」

良太はそこで、表情の薄い彼なりに、少しおどけるような顔をして笑ってみせた。だけど、すぐに真顔に戻る。

「仮にいたとして、それは余計なお世話だから。そもそも、先生とか家族を連れて行くって言うならわかるけど、現役の選手に対してそんなことを思うのは、失礼じゃないかな。俺は高校に入っても、長距離を続ける。そして、自分の力で全国大会に出場する」

一人分の大きな拍手が上がった。確かに、良太の決意表明に対しては、拍手を送りたい気持ちだけど、このタイミングでは、話を中断させてしまうだけだ。

「やめてよ、父さん。途中なんだから」

良太が小声で、通路を挟んで隣に座っているおじさんを窘《たしな》めた。

「うん？　そうなのか？」

おじさんは大きな声でそう返すと、わざとらしい咳払いをしてから、通路越しに振り返り、失礼しましたと言わんばかりに、笑顔で皆に頭を下げた。良太の言葉はもちろんだけど、冷めた良太と暑苦しいお父さん、この対照的な二人の姿がおかしいのか、バスの中のどんよりとした空気は薄くなっていた。

「邪魔が入ってゴメン。……だから二年生、一年生は、来年こそ全国大会に行ってほしい。多分、このあいだの地区大会くらいまで、いや、もしかすると、今日の結果が出るまで、全国大会なんて自分たちには無理だって思ってた人もいるんじゃないかな」

良太は部員たちを見渡した。僕を含め、図星を指されたとでもいうように肩をすくめた選手がたくさんいるはずだ。

「だけど、今はそんなふうに思っていない。すごいことだよ。強い自信を得ることができたのに、泣いちゃダメだ。自信が敗北感に飲み込まれてしまう」

良太の言う通りだ。走り終えた直後、僕は達成感に包まれていたはずなのに、その感覚は体の中から消えていた。

「三年生はもう引退だけど、高校行っても陸上やろうな。同じ学校で仲間になるヤツにも、他校でライバルになるヤツにも、三崎中のメンバーがいるって、俺は信じてるから」

良太は最後、僕の方を向いて頷いたような気がしたけれど、視界がにじんでよくわからなかった。涙は止まっていたはずなのに、悔し涙とは別の涙が込み上げてくる。声を上げて泣き出したのは、やはり田中だった。

「なんか、お疲れのところ、長々とゴメン」

良太は小さく頭を下げて、シートに座った。

また一人分の拍手が上がる。良太のお父さんだ。しかし、今度は後部座席からも複数の拍手が起きた。

「お疲れさま」

母さんの声だ。「よくがんばったぞ」などと、応援に来ていたＯＢや保護者たちから次々と声が上がる。

僕はふと、村岡先生の方を見た。良太の言葉をどう捉《とら》えたのだろう。帽子をかぶった後ろ姿からでは、やはり、わからない。だけど、先生のことはもうどうでもよかった。

青海学院高校を目指そう。僕は改めて、そう決意した。

陸上部の練習と同じくらい、死ぬ気になって勉強しなければ、合格できないかもしれない。母さんに許可してもらえるよう、ちゃんと気持ちを伝えなければならない。

努力の先に、きっとまた良太と駅伝で全国大会を目指せる日が来る。

僕はそう強く信じていた。

第1章　オンエア

桜の花は春休み中に散っていたので、入学式らしいものといえば、正門に立てかけられた「青海学院高等学校　入学式」と書かれたシンプルな看板くらいだった。めでたさも華やかさもない。そして、夢も希望もない。僕の高校生活を暗示しているかのようだ。

高校生にもなるとさすがに母さんも、二人並んで写真を撮ろうとは言い出さなかった。看板横があいた隙に、「速く速く」と僕を急《せ》かして立たせ、スマホで数枚写した。画像を確認し、満足そうに頷いている。その様子をぼんやり眺めていると、五、六人の男女を交えた上級生がバッと寄ってきて、「よろしくね」などと言いながら、僕の手にザラ紙を押し付けてきた。

部活動の勧誘チラシだった。サッカー部、バレー部、書道部、吹奏楽部、放送部、陸上部……。僕はそれらを全部まとめてぐしゃぐしゃに丸め、新品の制服のブレザーのポケットに押し込んだ。

「何か食べて帰る？」

横から、明るい口調で母さんに訊《き》かれた。

「午後から出勤じゃなかった？」

「フルコースさえ食べなきゃ、大丈夫よ」

明らかに、僕を気遣ってくれているとわかるのがつらい。

「でもな……」

僕は足元に目を落とした。新品の黒い革靴が、妙に浮いて見える。

「町田くん！」

突然、背後から声をかけられた。振り返ると、見《み》憶《おぼ》えのあるヤツが立っていた。名前は思い出せない。入試の会場で、僕の二つ後ろの席に座っていた……。

「三崎中出身の、宮本正也《みやもとまさや》です」

そう、宮本！　僕が名前を憶えていないことを悟って、わざわざ母さんに自己紹介してくれたのだろうか。

「あら、お友だちが、他にもいたのね」

母さんはそう言って、嬉しそうに、宮本くんに「何組なの？」などと話しかけている。

友だちじゃない、と訂正はしない。同じ中学出身という広い意味で「友だち」と言っていることはわかっている。

それより、他にも、の方が気に障る。良太くん以外にも、と言えばいいのに。

良太は春休み中から陸上部の練習に出ていたのか、今朝、偶然、この門の前で会ったときも、上級生のように慣れた様子で、体育館の場所を教えてくれた。

お気に入りの「カモシカくん」に会えたというのに、母さんは「入学おめでとう」と笑いかけただけだった。陸上の「り」の字も出していない。

良太も同じで、「ありがとうございます」と答えただけだ。そして、僕に言った。

――また、いろいろと、よろしく。

いろいろ、とは何だろう。便利な言葉だ。近頃の僕に対する周囲からの声かけは、こんな曖昧な表現ばかりが使われる。

目指せ全国大会！　と周囲も自分も、明確な目的を口にしていたころが何年も前、はるかに遠い日のように感じられた。

――こっちも、いろいろと、よろしく。

僕は良太にそう返した。そして、クルッと背中を向けて軽快に走っていく良太を見つめながら後悔した。どうして「部活、がんばれよ」と言わなかったのか、と。

僕がこんな調子だから、気を遣われてしまうのだ。良太にも、母さんにも……。

「宮本くん、家の人は？」

少し辺りを見回して訊ねた。

「俺の親、来ていないんだ」

宮本くんは愛想のいい口調で答えたけれど、軽率な質問だったかもと、今になって気付く。

「今日って、妹の、三崎中入学式だから、そっちに行ってるんだよ」

僕が思ったことを顔に出しやすいのか、宮本くんの勘がいいのか。とにかく、なんだそうか、と安心した。そして、高校では、学校行事に必ずしも親が参加する必要はない、ということに思い至った。

「そっか。じゃあ、昼飯、一緒に食べない？」

自分から誰かを誘うのは、もしかすると人生初ではないだろうか。デートではなく昼飯で、おまけに相手は男子だけど。

「いいけど、お母さんは？」

宮本くんは遠慮がちに母さんの方を見た。

「いいのよ。友だち同士の方が楽しいに決まってるじゃない。迷惑じゃなかったら、付き合ってやって、ね」

母さんはそう言うと、両手をひらひらと振りながら、足早に去っていった。

「ホントによかったの？」

宮本くんに訊かれる。

「午後から、仕事だから」

とっさに、宮本くんを誘ったものの、何を食べて、どんな話をするのか。

とりあえず、駅に向かうことにした。

ファストフードのハンバーガーショップで定番のセットメニューを注文した。

周囲は青海学院の新入生ばかりだ。親と一緒のヤツなんてほとんどいない。芸術の選択科目を何にしたかという会話が聞こえてきて、僕も同様のことを宮本くんに訊ねた。とはいえ、クラスも違うし、同じ科目を選んでいても、一緒だね、と喜ぶ気持ちは湧かない。互いに、へえ、と興味なさそうに返すだけだ。

友だちらしい会話といえば、宮本くんから「くんを付けなくてもいいよ」と言われ、「僕もいいよ」と返し、互いにぎこちなく呼び捨てし合うようになったことくらいか。

時折、僕が話している途中で、宮本……、が目を閉じるのが気になった。きっと、退屈なのだろう。食べ終わったら速攻で解散だな、などと思いながら、フライドポテトをまとめて数本口に運んだ。

「ところで、町田は部活、もう決めた？」

耳を疑った。正面からミサイルが飛んできたような衝撃だった。

母さんも良太も入るのをためらっている領域に、宮本はポテトを片手に、呑気《のんき》な口調で踏み込んできた。

ポテトをほおばっていたおかげで、すぐに答えずにすんでいるけれど、自分は今どんな表情になっているのか、見当もつかない。

「中学のときは、何部だった？」

宮本が呑気さに輪をかけて訊いてくる。

しかし、ふと、肩からボトリと何か重い塊が落ちたような気分になった。

宮本は僕が陸上部だったことを知らない。僕も宮本が何部だったかを知らない。

互いに、青海学院を受験した理由も知らない。

スポーツ推薦ではないのだから、青海学院に入学した理由を、一流大学への進学が目的だと思われる方が自然だ。

宮本から、同情されることはない。

「陸上部、だったけど」

「そうなんだ……。あっ！」

宮本はハッとしたように、フライドポテトの油で指先がテラテラと光る片手で口を押さえた。

「ゴメン。失礼なこと訊いたかも」

あのことは知っているのだろう。

「何で？」

とぼけた調子で訊き返した。

「町田って、卒業式、松葉杖《づえ》で来てたよな。確か、交通事故に遭ったって」

「そうだけど」

合格発表の帰り道、自転車で青信号の交差点を直進していると、ものすごい勢いで自動車が右折してきて、僕の意識はぶっとんだ。

意識が戻った僕の目に、最初に飛び込んできたのは、ギプスで固められた足だった。

「杖なしで歩いてるから忘れてたけど、もう大丈夫なの?」

「まあ、ぼちぼちかな」

「そっか。もし、陸上とか、何かスポーツしたかったのに、ケガのせいで、なんてことになってたらと思ってさ……」

本当に勘のいいヤツだ。僕の左足にはボルトが入っている。

「いや、いや、いや。事故とか関係なく、運動部なんて最初から考えてなかったから。スポーツ推薦で、どの種目も県内の精鋭が集まってきてるのに、そこに交ざっていける根性なんてないよ」

入学前から、必死で自分自身に言い聞かせていたことを、他人の前で口にしてみると、事故に遭う前からそう思っていたような気分になれた。

同時に、自分がどうしようもなくつまらない生き物のように思えてきて、魂が蒸発していくのをぼんやり眺めるように、ガラス越しの空を見上げた。

「根性ね……」

宮本は僕に同調するようにつぶやいた。コーラの入ったLサイズのカップを取り、ズズッと音を立てて飲み干す。

互いのトレイの上は紙くずだけになり、そろそろ解散の頃合いだ。

「でもさ！」

宮本がカップを置いた。手際よく、自分のゴミと僕のゴミをひとまとめにすると、二枚のトレイを重ねて、脇へ寄せる。

「中学のときは、吹奏楽部以外、よほどの理由がない限り、運動部に入らなきゃいけないって空気が流れてたけど、高校って、そういうの感じないよな」

宮本は声を若干弾ませて言った。

「そうかな……」

僕だって、交通事故後、高校生活を一度も前向きに考えなかったわけではない。

部活動は必須ではないけれど、スポーツ以外の何か新しいことを始めてみようと思い、青海学院の入学案内に記載されている、文化部をチェックした。

音楽が好きだから、軽音楽部はどうだろうと考えてみたものの、歌う自分も、楽器を演奏する自分も想像できなかった。好きな歌と一緒に思い浮かぶのは、それを聞きながら走っている自分の姿だけだ。

「俺はさ、入りたい部活があるんだ。そのために、青海、受けたようなものだし」

宮本のまっすぐな物言いに、ピキン、と音が聞こえたような気がした。テーブルを挟んだ二人の間にひびが入り、溝が生じた音が。

希望を持たずに入学した僕と、希望を抱いて入学した宮本。

選択科目のことを話しているときとは、目の輝きがまったく違う。

「宮本って、中学、何部だった？」

「卓球だけど、それはもういいんだ」

　宮本は新品のブレザーの袖《そで》口でテーブルを拭《ぬぐ》った。たいして汚れていなかったけど、母さんが見たら卒倒しそうだ。

　よほど大切なものを置くのかと思いきや、ブレザーのポケットから、折りたたんだザラ紙を取り出して広げた。僕が読みやすい向きで、テーブルの真ん中に置く。

　部活勧誘のチラシだ。

「放送部？」

　確認するように宮本に訊ねた。もったいぶりながら出したけど、間違えたんじゃないのか、と。

「そう、放送部」

　宮本は大きく頷いた。

　中学のとき、放送委員会というのがあった。昼休みに好きな音楽を流してくれるので、何度かリクエストしたことがある。あれと同じだろうか。

　チラシに書かれた、活動内容を見てみる。

＊学校行事の司会・撮影

＊地域行事の司会・撮影等の補助

＊作品制作

＊アナウンス・朗読

以上。

音楽については書かれていないため、こちらが思う内容とは違うみたいだけど、目を輝かせるようなポイントは見当たらない。

強いていえばアナウンスだろうか。

宮本はアナウンサーを目指している？　申し訳ないけれど、それほどいい声をしているとは思えない。

だけど、僕はその道のプロではない。向き不向きや、才能があるかないかなんて、本人にもわからないということは、身を以《もっ》て知っている。

他人の夢を否定してはならない、ということも。

「ふうん。おもしろそうだね」

とりあえず、同調してみた。食事に誘ったり、今日の僕は、宮本相手に慣れないことばかりしている。

「だろ？　ってか、町田はどの活動に興味を持った？」

宮本がテーブル越しに体を乗り出してくる。余計なことを言うんじゃなかったと後悔しても、宮本の荒い鼻息を前にすると、訂正する気力は削《そ》がれていく。

興味と言われても……。

「アナウンス、かな」

やはり、これが一番無難なのではないか。

「すごいよ、町田！　自覚してんじゃん」

「はあ？」

僕のこと？　訳がわからない。

「おまえの声って、ホント、いいもんな」

表情から見て、お世辞ではなさそうだ。

僕の声がいい？　そんなの、生まれてこのかた、一度も言われたことがない。

陸上部での「ラスト一周」といった声出しのときだって、鼻にかかったような僕の声は、他のヤツらのようにグラウンドの端まで響き渡らず、ほんの数メートル先で空気に混じって消えていくように感じていた。

自分では、あまり好きじゃない声だ。

「そうかな……」

「自覚してないの？　もったいない。まあ、自分の声って頭がい骨に響くとかで、他人に聞こえているようには、聞こえてないもんな。ましてや、マイクを通したらどんな声になるかなんて、想像しないだろうし」

「マイク？」

「そう。町田の声はそのままでもいいけど、マイクを通した方がもっといい」

宮本は自信たっぷりな様子で断言した。一緒にカラオケに行ったこともないのに。

「根拠でもあるの？」

「俺さ、ラジオが好きなんだ。だから、こうやって生の声を聞いているときも、マイクを通したらこんな声だろうなって、想像しちゃうんだよね」

　だから、時々、目を閉じていたのか。とはいえ、洋服が透けて見えちゃうんだよね、と同じニュアンスに思えて、気持ち悪い。

「そうなんだ……」

　愛想笑いを浮かべながら、椅子から少し腰を浮かせる。ガタンと鳴った。

「ああ、待って。本題はこれからだから」

　本題？　理解できないまま座り直す。

「今まで、町田とあまりしゃべったことなかったから自信なかったけど、今日、話しているうちに、やっぱり、俺の目利き、いや、耳利きは間違いなかったって、確信したよ」

　宮本は胸を反らせて、まっすぐ僕を見た。つられて、こちらも姿勢を正してしまう。

　愛の告白らしきことなら、直ちに逃げよう。

　たとえ、走れない僕に、宮本がすぐ追いついてくるとしても。

「町田の声は、俺の理想の声なんだ！」

　ガヤガヤと賑《にぎ》わっている店内に、宮本の声が響き渡った。

　周囲の視線を感じ、僕は身を縮めて俯《うつむ》いた。恥ずかしくて、顔を上げることができない。ましてや、声を出すことなんて。

今、この状況で、僕の声に興味を持った人は少なからずいるはずだ。そして、僕が少しでも声を発したとたん、たいしたことないじゃん、とがっかりされる。

「ゴメン、なんか熱くなって」

宮本は声のトーンを少し落とした。

「俺は、脚本家を目指しているんだ」

顔を上げると、宮本の表情はこれまでになく真剣なものになっていた。

脚本家。ドラマや映画の脚本を書く人だというくらいの認識はある。

母さんは時々、テレビを見ながら「やっぱり、この人の話はおもしろいわね」などと言っているけれど、僕にはそれが、脚本家のことなのか、原作の小説家のことなのかすらわからない。

「だから、放送部に入る」

宮本の熱意は感じるけれど、どうにもピンとこない。

「文芸部じゃなくて？」

確か、文化部一覧に載っていた。本を書くのならこちらではないか。

「いや、放送部なんだ」

宮本は譲らない。もう一度、放送部のチラシを見たものの、どこが脚本家に通じるところなのかわからない。

「これ」

宮本が指をさした。「作品制作」の項目だ。

「この、作品というのは、ドラマのことなんだ。ラジオやテレビの」

「なるほど」

ようやく、脚本家と放送部が繋がった。放送部とはそんなことをするのか、とも。チラシにひと言書いておけばいいのに、と思ったものの、それが載っていたとしても、僕のような初めから興味のないヤツは、読みもしないのだから、効果は同じなのだろう。

「俺はラジオドラマを作りたい、だから」

宮本は再び僕をまっすぐ見つめた。

「町田、一緒に放送部に入ろう！」

――俺の作るドラマには、おまえの声が必要なんだ。

帰宅してドッと疲れが込み上げてきたのは、入学初日だからというよりは、宮本正也につかまってしまったからだ。食事に誘ったのは僕ではあるけれど。

放送部に入ろう！

部活に誘われたのは二度目だ。一度目は、山岸良太に誘われて、陸上部に。もしもあのとき、声をかけられなかったら、僕は何部に入っていただろう。どんな中学生活を送っていただろう。何をしていたにしろ、苦い思いも残ったけれど、あれほど充実した日々を送ることはできなかったはずだ。

しかし、今度も、とは思えない。陸上部と放送部。どちらも学校の部活動ではあるけれど、陸上で得られた充足感を、放送部で得られるわけがない。

所詮《しょせん》、文化部だ。

だけど、宮本は放送部に入るために、青海学院を受けたと言っていた。将来、脚本家になるために。将来のための部活動、という選択の仕方があることに、初めて思い至った。

将来の夢を、僕はこれまで真剣に考えたことがない。中三の進路調査票にそれを記入する欄はあったけれど、「未定」と書いた。

夢はもっと身近なところにあったからだ。

陸上の個人種目の地区大会、県大会……。駅伝の地区大会、県大会……。そこでベストの成果を上げることが僕の夢であり、そこのみに向かって努力を重ねていた僕に、何年も先のことを思い描くという発想はなかった。

青海学院で陸上部に入る。

この夢が交通事故という一瞬の出来事で破れ、僕がこれまで繋げてきたものは、潰《つい》えてしまった。

駅伝みたいだな、と思う。僕が強制リタイアさせられたのは、人生の何区あたりだったのだろう。これからまた、新しいレースが始まるのだろうか。

何の？

宮本には「すぐには決められない」と答えた。宮本も熱く誘ってきたわりには、あの場では、あっさりと引き下がった。

入学二日目の午後は、新入生オリエンテーションだ。一年生全員が体育館に集合する。

――返事はオリエンテーションのあとでいいよ。部活紹介もあるし。

昨日の別れ際、宮本から言われたように、生徒会による年間行事予定の説明のあと、部活動紹介の冊子が配られた。

「青海青春」と達者な筆さばきで書かれた表紙をめくるなり、陸上部の文字が目に飛び込んでくる。あわててページを繰っていき、放送部のところで手を止めた。

朝から、宮本は廊下などで顔を合わせるごとに、ニヤニヤと僕に笑いかけてきた。期待しているぞ、と言うように。

だけど、僕なりに一晩、いや、寝しなに少しだけ考えてみたものの、やはり、放送部に入る気にはなれなかった。

無理して部活をする必要はない。

青海学院の合格発表の帰り道で事故に遭った僕を、見舞いにきてくれた人たち、母さんと陸上部関係者を除いては、皆、足のことには触れず、合格を祝ってくれた。

――青海学院に受かるなんて、たいしたもんだ。しっかり勉強して、お母さんにラクをさせてやれよ。

滅多に会うことのない、親戚《しんせき》のおじさんまでが、入学祝を持ってきてくれた。

僕自身は、陸上ができない青海学院など何の価値もないと、ふてくされていたけれど、よくよく考えれば、部活のために高校に通うのではない。

余裕のある成績で受かったのではないのだから、授業についていけなくなる可能性もある。これ以上母さんに経済的負担をかけるわけにはいかないから、塾通いは難しい。そうなると、自宅なり、図書館なりで勉強しないといけない。部活などしている余裕はないのではないのか。

放送部の紹介ページに、昨日見たチラシ以上の情報は何もない。舞台上のスクリーンに映像が流れるのか、体育館の電気が消された。と同時に、僕も冊子を閉じる。

高校では部活をしない。

それが僕の出した結論だ。

「次は、部活動紹介です。まずは、映像をご覧ください」

新入生オリエンテーションの司会者である三年生女子のアナウンスとともに、スクリーンに映像が流れ始めた。

「青海青春」というテロップのあと、軽快な音楽に合わせて、まずは運動部の活動の様子が映し出される。春休み中に撮影したのか、グラウンドの端に見える桜の木は、花が満開だ。

その前を軽快に走り抜けていったのは、良太だった。「陸上部」のテロップが重なって、次には体育館での別の部の練習風景が映し出され、そこに良太の姿はなかった。けれど、いつまでもその残像だけが頭の中に浮かび続ける。目の前の映像は、もうバスケ部に変わっているのに。

良太の新しい生活はとっくに始まっている。あそこに僕が加わることはない。充分に理解していることなのに、心臓をギュッと握りつぶされたように息苦しくなった。

放課後、グラウンドが視界に入らないように、顔をそむけて正門に向かっても、陸上部のジャージを着た良太が絶対に目に入らないという保証はない。その度に、僕はこんな気持ちになってしまうのだろうか。

下駄箱の前で遭遇したら、痒《かゆ》くもない頭をかきながら、「授業についていくのに必死で、部活なんかやってる余裕ないんだよね」などと半笑いで言うのだろうか。

ぼんやりと考えているうちに、館内が明るくなり、映像がとっくに終了していたことに気が付いた。

そして、ステージ上に現れたのは、陸上部のユニホームを着た男子生徒二人だ。

僕の左手は、無意識に左足のボルトが入っている部分に触れていた。動いているときは痛みを感じるものの、こうして、じっと同じ体勢でいるときは、何も感じることはない。

もう、走れるんじゃないかと思うほどに。

もしも、事故に遭っていなかったら。今ごろ、待ってましたとばかりに冊子を開き、陸上部の先輩たちの言葉に耳を傾けていたに違いない。

「長距離部門の目標は、全国高校駅伝大会への出場です」

壇上の、りりしい顔をした方の先輩が力強く発する、全国、駅伝、といった言葉の一つ一つに僕は強く頷いていたかもしれない。

隣の穏やかそうな人にマイクが渡された。

「目標は高く掲げていますが、部員全員が、初めから速く走れたわけではありません。高校から陸上を始めて、全国大会に出場した選手もたくさんいます」

この言葉に僕は勇気づけられ、放課後、早速、入部届を出しに行こうと心に決めていたはずだ。

「青海青春！　走るのが好きな人、体を動かすことが好きな人なら、誰でも大歓迎です。ぜひ、僕たちと一緒に青春の汗を流し、夢に向かって突き進みましょう」

壇上の二人が頭を下げると、新入生たちは拍手を送った。僕もパチパチと手を合わせながら……、息を止めた。

込み上げてくる涙を堰《せ》き止めるために。

誰でも大歓迎、とは自分以外の全員だ。そんなふうに感じた。周りのヤツら全員がうらめしく思えてくる。

こんな学校に来なければよかった。青海学院なんて受けなければよかった。そうだ、ここを受験しなければ、あの日、あの時間、あの交差点を渡ることもなかったのだ。

陸上部の紹介が終わっても、サッカー部、バスケ部、と運動部が続く。どの部からも陸上部と同様に、威勢よく、全国だの、優勝だのという言葉が飛び出してくる。

逃げ出したい。そうは思っても、のろのろと足を引きずりながら歩く姿に注目されることを想像しただけで、腰を浮かせることすらできない。ならば、寝てしまえばいいのだと、僕はぎゅっと目を閉じた。眠くもない目を無理やり閉じたはずなのに、スン、とテレビが消えるように頭の中には何も映らなくなる。

「新入生の皆さん、入学おめでとうございます」

ふと、朝のニュース番組みたいな声が聞こえたような気がして、僕はハッと目を開けた。壇上には制服姿の女子の先輩が一人、立っていた。

「これから放送部の紹介をします」

ニュース原稿を読み上げるアナウンサーのような、一本芯《しん》の通った声が、心地よく耳に響く。地声というよりは、訓練して出せるようになった声ではないか。

宮本は今ごろ、熱心に耳を傾けているのだろう。もしかすると、目を閉じて聞いているかもしれない。と、自分とは関係のない部活だと思っているのに、放送部の活動内容は、僕の意思とは無関係に、耳から頭の中心まで届き、じわじわと広がっていく。

「中でも一番力を入れているのは、作品制作です。テレビドラマ、ラジオドラマ、テレビドキュメント、ラジオドキュメントの四部門の作品を作り、毎年夏に全国大会が行われる、ＪＢＫのコンテストに応募します」

　ＪＢＫ、年末の歌合戦や大河《たいが》ドラマでおなじみの、日本国民なら誰でも知っているであろう放送局だ。

「昨年はラジオドキュメント部門で全国大会に出場することができました」

全国。放送部の先輩は、運動部のように気合いを込めず、さらりと口にした。

「残念ながら、準決勝に進むことはできませんでしたが、本校には、三年前にテレビドラマ部門で最優秀賞、日本一になったという輝かしい実績があります」

日本一、には気合いを感じた。

「青海青春。高校生の私たちには、今しか持つことのできない特別な感覚で、触れることができる世界があるはずです。ぜひ、それを一緒に形にして、東京のＪＢＫホールに乗り込み、日本一を目指しましょう！」

一瞬、館内が静まり、大きな拍手が上がった。規模の大きな目標を掲げたことにというよりも、声や話し方につられての盛り上がりではないかと思う。

それにしても、ＪＢＫホールとは。歌合戦の会場ではないか。吹奏楽部以外の文化部で、他校と競う大会があるということだけでも少し驚いたのに、それが、全国とか、日本一に繋がる規模のものだとは。

　宮本はこういうことまで知っていたのだろうか。確かに、ＪＢＫで日本一になれば、プロの脚本家に一歩近付けそうな気はする。

　とはいえ、放送部が活躍したニュースなんて、これまで聞いたこともない。全国大会といっても、出場校の少ない、県大会を四校くらいで争うといった、広き門なのではないだろうか。

青海青春、と締めの言葉の頭に付けることになっているのだろうけど、放送部の作品制作に、練習や努力、汗を流す、といったイメージは湧かない。

入るつもりもない部活に対して、頭の中で文句を垂れ流すほどに、自分は泥臭い青春を欲していたのだということにうんざりして、大きなため息をついてしまう。

特に興味を惹《ひ》かれる文化部もないまま、新入生オリエンテーションは終了した。

準備は上級生がしてくれたけれど、片付けは一年生も手伝うらしく、自分が座っていたパイプ椅子を体育館の指定された壁際まで運ばなければならない。

立ち上がって椅子をたたみ、クラスのヤツらの最後尾にダラダラとついていっていると、流れに逆らうようにして、良太がやってきた。

「椅子、運ぶよ。貸して」

僕の足を案じて駆け付けてくれたのか。

「いいよ、これくらい」

遠慮したのでも、照れたのでもない。ケガ人扱いされるのが嫌で、本気で断った。

「俺、片付け当番だから」

良太はいつものさらりとした口調で言うと、僕の持っているパイプ椅子に手をかけた。

良太のクラス、一組が当番なのか。じゃあ、と僕は椅子から手を離した。

「ほら、陸上部、てきぱき動け！」

ステージ上から声を張り上げたのは、陸上部の顧問らしき教師だ。当番は陸上部。良太の顔が少し曇った。それが、ムカつく。

「やっぱり、いいよ」

「あー、町田！」

良太から椅子を奪い取るため、手をかけようとした横から、声をかけられた。

宮本だ。ニヤニヤと笑っている。

「山岸くんも久しぶりだね」

宮本は良太にも愛想よく声をかけ、良太も薄く笑い返した。はからずも、三崎中から青海学院に進学した同級生、勢揃いだ。

僕と良太と宮本の共通点は、三崎中出身だということ。多分、それだけだ。

これが女子同士なら、手を取り合って、高校でもよろしくね、などと、はしゃぐのかもしれない。内心、互いにどう思っていたとしても。だけど、男同士の場合、そんな空気すら生じない。

無言のヘンな間ができてしまう。

僕をはさんで二人がいるのだから、この間は、僕が断ち切らなければならないのではないか。

「宮本も、僕の椅子運びを手伝いにきてくれたのか？」

とっさにこういう台詞しか出てこない自分が嫌になる。

卑屈。漢字ドリルにしか出てこない単語だと思っていたのに、今の僕を表すのにぴったりの言葉になってしまっている。

「そんなわけないじゃん」

ケロリとした顔で宮本が答えた。

「愛の告白の返事を聞こうってときに、相手が一番嫌がりそうなことをするヤツなんかいないよ」

宮本はニカッと歯を出して笑った。

反して、良太の顔が曇る。愛のなんちゃらが気持ち悪いからではないはずだ。

宮本は、僕がケガ人扱いされるのを嫌がることに気付いている。

「二人って、中学のとき、同じクラス？」

良太が僕と宮本を交互に見ながら訊いた。本当は、仲が良かった？　と確認したいのだろうけど。

昨日少し話しただけ、と正直に答えたら、良太はさらに落ち込むような気がする。

「ぜんぜん。昨日、初めて話したもんな」

宮本が呑気そうに答えた。僕と良太のあいだに流れる空気を、宮本はどんなふうに感じ取っているのか、わからない。

「な」と、もう一度言われて、「そうそう」と僕は頷いた。

「でも、誤解しないように。愛の告白ってのは、こういうのじゃないから」

宮本が良太に腰をくねらせながら言う。

「う、うん……」

良太は宮本を警戒するように一歩退いた。

「俺さ、今、町田を部活勧誘中なんだよ」

「部活勧誘中？」

良太が宮本に訊き返した。

良太は「部活」というワードは僕に対して禁句だと思っている。なのに、宮本は平然と口にした。とまどっているのが、良太の薄い表情からでも伝わってくる。

僕も、昨日はこんな顔で宮本の話を聞いていたんじゃないだろうか。

「そう。ちなみに、相手の言葉をそのまま返す『おうむ返し』は脚本ではあまりよくない会話の手法として、教本に挙げられているんだけどね」

宮本は得意げに続けた。いきなり「脚本」と言われても、良太はきょとんとした顔だ。

しかし、宮本は良太の表情などおかまいなしに、僕に顔を向けた。

「で、考えてくれた？」

「いや、それが……」

高校では部活をやらない。そう強く決意したはずなのに、はっきりと口にすることができなかった。

良太がいるからだ。

入院中、良太は何度か病院に見舞いに来てくれた。

退屈しのぎにと、毎回、マンガ本を数冊持ってきてくれたけど、良太が読んでいたものというよりは、話題の作品を新しく買ってきてくれたというような、折り目も紙の色あせもないものばかりだった。

僕の事故について、ひき逃げ犯が見つかっていない、ということは話しても、足の状態については、ほとんど話題にしなかった。

――足に磁石がくっつくかも。

一度、おどけて言ったことがある。良太は笑うどころか、まるで涙をこらえるように顔にギュッと力を込めただけだった。

そして、「ごめん」とつぶやいて、逃げるように病室を出て行った。

良太が謝ることなど何もない。

事故現場に一緒にいたとか、横断歩道を渡っている最中に良太から電話がかかってきたとかいうならまだしも、僕の交通事故と良太とはまったく無関係だ。

同情はしても、罪悪感を抱く必要はない。

なのに、良太は僕に謝った。

あれは、僕を青海学院に誘ったことに対してではないかと思っている。

そして、良太の後悔は今も続いている。

「見学に行ってから、決めようかな」

　またもや、思ってもいないことを宮本に言ってしまった。

「おおっ。だよな、見学に行かなきゃな」

　肩に手をのせ、バンバンと叩《たた》かれる。宮本には「入部する」と聞こえたのだろうか、と疑ってしまうほどのはしゃぎっぷりだ。

　おいてけぼりをくらったような顔の良太と目が合った。

「宮本から、放送部に誘われたんだ。活動内容をまったく知らなかったんだけど、ドラマ作りとか聞くと、ちょっとおもしろそうかなと思って」

　そう言う僕は今、ちっともおもしろそうな顔をしていないはずだ。

「そっか。俺、ドラマはあまり興味なかったけど、圭祐が作るのなら見てみたいよ」

　良太の顔も泣き笑いのように見える。

「でも、脚本を書くのは俺なんだな」

　宮本が割って入ってくる。

「町田には……。なんか、三人で話してるのに、苗字《みようじ》と名前が交ざるのって、ややこしくない？　呼び名は統一すべし。ってことで、圭祐って呼ばせてもらうな」

「なんでもいいよ……」

「で、圭祐には、そのいい声を生かして、声優をしてもらいたいと思っているんだ。ちなみに、俺の名前は正也ね」

宮本……。正也は親指を立てて、得意げに自分の方に向けた。

「声がいいなんて、思ったことないんだけどね」

僕は良太に向かって肩をすくめてみせた。

——長距離走向きだなんて、思ったことないんだけどね。

頭の中で、いつかの自分の声が重なる。

「俺も、圭祐はいい声だと思ってるよ。県大会での、ラスト一周のかけ声も、みんながしてくれていたけど、圭祐の声が一番スッと耳に入ってきたし。あ、ゴメン」

良太が口を一文字に結んだ。

謝ったのは、陸上のことを話してしまったからだろう。褒めてもらえて、僕は嬉しかったのに。これじゃ、ダメだ。

「なんだ、いい声だと思ってたなら、そのとき言ってくれよ。僕は宮、いや、正也のことはまだ信用していないけど、良太が言ってくれることなら、自信が持てる」

そう言って、咳払いをして、「あ、あ」と発声練習のような声を出してみる。

「僕の声でタイムが上がるなら、いつでも応援に行くから、陸上、がんばれよ」

体育館内はざわついているのに、僕と良太のあいだにだけ、ぽっかりと空間ができてしまったように、音が止まった。

やりすぎたか、と後悔する。

良太がズズッと鼻をすすった。だから、泣くところじゃないんだって。

「なーんて。じゃあ、椅子はよろしく。ありがとな」

僕は笑いながらそう言って、「いい声だっただろう」とおどけながら、正也の肩に腕をまわした。

もう、良太の方には振り返らない。

「正也、放送部の見学、今日の放課後にでも早速行くか」

本当に、昨日から、つまり高校に入学してから、僕は慣れないことばかりしている。

「行くに決まってんだろ、おーっ！」

正也が調子に乗って、片手を振り上げる。

なあ、良太、僕は高校生活を楽しんでいるだろう？

陸上部に入れなくても。


放送部の部室は放送室――。本館一階の職員室の横にある。

防音仕様になっているのか、職員室の薄っぺらい引き戸とは違い、ずっしりと重そうなドアが……、閉じられている。

気軽にお立ち寄りください、と言ってたはずなのに。

もともと、ここには勢いだけで来てしまったので、ならいいか、と、すぐに帰りたくなってしまう。だけど、隣にいるヤツは、ドアくらいじゃひるまない。

正也はドアノブをガシッと握りしめた。

「ちょっと、待った」

僕はふと思いついた。

「何か操作中だったらどうするんだよ」

しかし、正也は無言でドアの上を指さした。

ドアの上には、横長の細い非常灯のようなものがある。

「使用中はランプが点灯してるはずだから、今は大丈夫」

点灯したら、文字が浮かぶようになっているみたいだ。テレビドラマでたまに見る「手術中」のアレと同じか。

何て書いてあるのだろうと目を凝らす。

『ＯＮ　ＴＨＥ　ＡＩＲ』

放送中。なんとなく、これが点灯しているところを見てみたい気分になった。

ドアはゴッと音を立てて内側に開いた。

「失礼しまーす」

勢いよくドアを開けたものの、やはり正也も緊張しているのか、中の様子をうかがいながら遠慮がちに声をかけた。

奥の方からガタンと椅子を動かす音が聞こえ、三年の名札を付けた女子の先輩が二人、出てきてくれた。

「えっ、えっ、もしかして、新入生？」

髪が長い方の先輩に訊かれる。

「そうです。放送部の見学をさせてもらいたいと思って来ました」

正也が答えると、二人の先輩がパッと顔を見合わせ、ニッと笑った。歓迎ムードだ。

「どうぞどうぞ」と促され、僕たちは放送室の中へと入っていった。

小学校、中学校と放送に縁のない生活を送ってきたので、放送室に入るのは初めてだった。だけど、多分、小、中学校のは、これほど豪華じゃなかったのではないかと思う。

高校だからか、私立だからか。それほど広くはないものの、横長の大きなガラス窓のある壁で二間に仕切られ、入ってすぐの部屋には、たくさんのボタンやレバーが並んだ機材があり、奥の部屋は、スタジオのようになっていた。

中央に大きなテーブルがあり、僕たちを案内してくれた二人を含め、今は五人の女子の先輩たちがいる。

部活紹介をしていた、女子アナのような声の先輩はいない。

僕たちはテーブルの中央に座らされ、僕らを囲むように先輩たちも席についた。

個包装されたチョコレートと紙コップに入れたアイスティーを出してくれたけれど、手は膝の上にのせたままだ。手を付けたら即入部、となってしまいそうで怖い。

正也が手を付けないのは、テーブル上にチョコやアイスティーより気になるものがあるからか。視線の先には、数冊積み重ねられた手作りの冊子がある。

黄緑色の表紙に「チェンジ」と印字されたそれは、もしかすると脚本なのかもしれない。テレビ用かラジオ用かはわからない。正也はそれがもっと気になっているはずだ。

友好的に招き入れられたわりには、説明も質問も始まらない。

「いきなり、男子だよ」

「クラスメイト役、この二人でぴったりじゃない？」

「大好物はカツカレーです、的な？」

先輩女子五人で勝手に盛り上がっている。

正也が紙コップを手に取ったので、僕もアイスティーを飲むことにした。それくらいしかすることがない。チョコレートも食べてみる。

作業中だったのかもしれないから、そっちを優先されるのは仕方ないけど、チラチラとこちらを見ながら、「でしょう？」とか「わかる！」とか「それ！」とか笑いながら言うのは勘弁してほしい。

帰りたくなってきた。と、正面に座っている先輩と目が合う。

「ごめんね、ちゃんと挨拶《あいさつ》もしないで」

姿勢を正して、少し申し訳なさそうに言われた。また顔に出ていたのか。

「放送部部長、三年二組の月村《つきむら》です。お月様の月、ね」

アナウンス口調ではない。

月村部長のあと、他の先輩たちも続いた。

僕は名前を憶えるのが苦手だ。

せっかく部長が月なのだから、火、水、と曜日で繋がった名前ならばいいのに、などと思っているうちに、部長以外の四人、誰の名前も頭にインプットされないまま、今度はこちらが自己紹介することになった。

互いに目配せして、まずは正也から。

「一年五組、宮本正也、三崎中出身です。放送部に入りたくて、青海学院を受けました。将来は脚本家を目指しています」

この段階でそこまで言うか、と心の中で叫んでしまう。先輩たちは学年とクラス、名前しか言っていないのに。

それに、こんなヤル気満々の自己紹介をされたら、次の僕がやりにくいじゃないか。だけど、先輩たちの反応は薄い。さっきまでの盛り上がりようなら、拍手されてもおかしくないのに、白けた空気が流れている。

目は口ほどにものを言うのだとしたら、端から順に、「かわいそうに」「そんなに期待されてもね」「そういうの求めてないんだけど」「気楽にいこうよ」「なんかウザい」といったところか。

正也は困ったように人差し指の先で鼻の頭をかいている。

部活紹介時に「ＪＢＫホールに乗り込みましょう！」と言った、あの勢いは何だったのだろう。

「まあ、もっと肩の力抜いていこうよ」

月村部長が優しそうな笑みを浮かべて言った。そんな言葉、正也は求めていないはずだ。嘘でもいいから、頼もしいわ、とか、一緒にがんばろうね、とか言ってくれればいいのに。

正也が気の毒に思えてきた。

「で、きみは？」

僕にふられる。

「一年三組、町田圭祐、三崎中出身です。僕はまだ部活をやるかどうか検討中で、いろいろな部を見学してから、決めようと思っています」

どうだ、このヤル気のない自己紹介は。

「えーっ。うちに入ってくれるんじゃないの？」

月村部長の隣にいる……、火曜日先輩、僕たちを迎え入れてくれた髪の長い先輩だ。入部への熱意は、現時点で果てしなくゼロに近く、これくらいの識別で充分じゃないかと思う。

それにしても、だ。ヤル気があることを言っても、ないことを言っても、がっかりされるなんて、いったいこの先輩たちは新入生に何を望んでいるのだろう。

火曜日先輩が月村部長にこそこそと耳打ちした。

「二人にお願いがあるんだけど」

部長がまじめな顔で僕たちを交互に見る。僕は正也と顔を見合わせた。

「お願いって、何ですか？」

正也が訊ねた。

「私たち、今、ＪＢＫ放送コンテストに応募するための、テレビドラマを作っているんだけど、それに出てもらえないかな」

出て、と言ったか。手伝って、ではなく。

そもそも、見学に訪れた新入生に部活動の説明をするという段取りの、初めの方を全部すっとばしていないか？

「僕は脚本家志望なので、役者として出るのは、遠慮します」

正也がはっきりとした口調で拒否した。すぐにこういうふうに答えられるところは、本当に見習わなければならない。

「一人一役なんて言ってたら、うちの部くらいの規模じゃ何も作れない。ドラマ作りにおいては、全員がスタッフで、全員が役者。それでも今回は足りなくて。ね、お願い！どうしても男子が二人、必要なの」

月村部長が両手を合わせるのに続いて、他の四人も両手を合わせて頭を下げた。

「別に僕たちじゃなくてもいいんじゃないですか？」

正也も譲らない。

「男子部員はいないんですか？」

それだ。部活紹介といえばまず、三年生男子何名、女子何名、といった部員数から説明するのではないのか。放送部は勧誘のチラシにも部活紹介の冊子にも書いていなかったし、壇上での説明でも、触れていなかった。

「三年生は私たちだけで、テレビドラマはこの五人で作っているの」

月村部長が答えた。五人全員の顔に笑みはない。ただの仲良しクラブ、ではなかったようだ。

「二年生の男子はいるけど、あっちは今、テレビドキュメントを作っていて、私たちには非協力的っていうか、ドラマに興味がないっていうか……。そもそも、役とイメージが合ってないのよ」

「その役って、どんなイメージなんですか？」

正也が訊ねた。

「田舎の純朴な男子高生、って感じの」

火曜日先輩が明るく割って入った。ね、と部長以外の三人に笑いかける。

「そうそう。ニュースよりお笑い番組が大好きです、って感じの」

「彼女はほしいけど自分から告白はできません、って感じの」

「基本、素直な男子」

水、木、金曜日が続けた。バカにされているとしか思えない。

月村部長がそっとため息をついた。

「ふざけたり、からかったりしているんじゃないの。それに、放送部の活動を口で説明するよりも、たったワンシーンでも参加してもらった方がよくわかってもらえると思うから、体験入部と思って、どう？　自分で演じることによって、脚本の勉強になることだってあるんじゃないかな」

「じゃあ、一度だけ」

正也が答えた。まさか、受けるとは。

しかし、正也はこの部に入るために青海学院を受けたのだ。想像していた雰囲気とは違ったからといって、すぐに気持ちが変わることもないのだろう。

「ヤッタ！」と火曜日から金曜日の先輩たちは手を取り合って喜んでいる。

「じゃあ、これが脚本ね」

月村部長がテーブルに重ねていた脚本を二冊手に取って、正也と僕の前に置いた。まさか、自動的に僕も決定ということか。

正也は脚本を開き、「登場人物表」のページを見ている。

「二人の役はクラスメイトA、B。どちらがどちらの役をやるかはまかせるから、来週の月曜日までに読んでおいてね」

「わかりました」

「いや、どちらでもいいは失礼かな。Aを宮本くん、Bを町田くんでお願いします」

部長は僕にもニッコリと笑いかけた。

そうです、僕は町田です。いや、そうじゃなくて、僕はまだ出るとは言っていません。

なんて、今更どのタイミングで言えるというのだろう。

　僕も正也も電車通学だ。見学のあとは、必然的に一緒に帰ることになる。入学二日目。まさか新品のカバンに、テレビドラマの脚本を入れて帰ることになるとは思ってもいなかった。

　放送部を、あの先輩たちを、正也はどう思ったのか知りたいけれど、直接訊くのには抵抗がある。

　もしも、事故に遭っていない僕が陸上部の見学に行ってあの様子だったら、と思うだけで、気分が重くなってしまう。

「脚本って、思ったより薄いんだな」

　どうでもいいことから言ってみた。超外堀作戦だ。

「ＪＢＫの高校生放送コンテストのドラマ部門は、テレビもラジオも、九分以内という規定があるんだ」

　正也は先輩たちから教えられていないことを淡々と答えた。得意げな様子はどこにもない。僕が脚本に興味を示したことに、驚いたり、喜んだりする気配も。

「そうなんだ。てっきり一時間とか、短くても三〇分はあるのかと思ってたよ」

　僕も真面目に答える。

「中途半端だよな。作品上映前に、なんとか高校、タイトルはなになにです、っていう紹介が一分で、あわせて一〇分になるようにしているらしいよ」

「なるほど」

「でも、俺は九分を短いとは思っていない。ネットでコンテストの要項を調べたときは、これだけの時間で何が表現できるんだろうって驚いたけど、春休みに、実際に書いてみたら、長いなあ、って。ふうふう言いながら仕上げたよ」

「そうだな。九分間、真剣に挑むのは、しんどいよ」

適当に同調したのではない。

へえ、と言うように、正也が足を止めて僕の顔を見た。

「圭祐は九分を意識したことがあるのか？」

ある。それを正也に話すのは……。いや、今がそのタイミングなのかもしれない。

「三〇〇〇メートル走の目標タイムだ」

僕は中学生のあいだずっと、その時間を意識し続けていた。

だけど、三〇〇〇メートルを九分以内で走れたことは、一度もない。

僕のベストタイムは九分一七秒だ。

中学一年、陸上部に入って最初に計測したときの記録は一〇分二三秒。この記録で顧問の村岡先生に長距離部門の選手になることをすすめられ、以降、目指せ九分台、が最初の目標となった。

初めて九分台を出せたのが、一年生の秋の大会で、九分五五秒。次の目標は県大会の標準記録となる、九分四〇秒になった。地区大会で運よく三位までに入賞することができても、公式記録でこのタイムを突破できていなければ、出場できないという大会もある。

それを突破できたのが、二年生の春の大会で、九分三八秒。そこからは、一秒でも多く削って、自己新記録を更新することが目標となった。

それと同時に、良太が九分を切ることを、僕を含め、陸上部の皆が期待していた。僕の母さんも応援していたから、他にももっと多くの人たちが、良太の記録に注目していたはずだ。

入部時から標準記録を余裕で突破していた良太の、中学卒業時のベストタイムは、九分〇五秒だ。

二年生の夏の県大会で四位入賞を果たしたその記録は、膝の故障によって、中学のあいだに更新されることはなかったけれど、膝が完治し、青海学院の陸上部員となれば、時間の問題だろう。

そして、あの事故がなければ、僕は良太の背中を追いながら、自分も九分を切ることを目標にしていたに違いない。

九分以内とは、良太にとっては、さほど高いハードルではない、過去の目標タイム。

そして、僕にとっては……。

もう、目指すことのできない数字だ。

一〇分なら、これからも意識することはあるはずだ。いや、しなければならない。英語の授業では、毎回一〇分間テストがあり、五割できなければ、放課後の補習を受けなければならないらしい、と同じクラスのヤツが言っていた。

他にも一〇分はたくさんありそうだ。

だけど、九分以内、という数字を意識することは、二度とないと思っていた。

「圭祐、すごいよそれ」

時間についてぼんやりと考えていた僕を、正也が目をぱっちりと開いて見ている。正直なところ、まだ、何が正也の琴線にひっかかるのか、摑めない。

「何が？」

「九分っていう中途半端な時間が、おまえの体には刻みこまれてるってことだろ」

「走るペースとしてはね。でも、それがドラマと関係あるの？」

「大アリだよ。三〇〇〇メートルを九分で走るための、呼吸とか、ペース配分とか、スパートをかけるタイミングとか。全体の流れやリズム。トップクラスの選手のものなら、一つの分野として、研究を重ねて完成されたものだろうから、きっと、他の分野でも充分に生かせると、俺は思う」

力説しすぎたせいか、正也がふうと大きく息をついた。おかげで、僕のため息がかき消される。

「トップクラスが必要なら、良太に教えてもらえばいいよ」

「教えてもらって理解できるものじゃないんだ。それに、圭祐だってトップクラスじゃないか。中学駅伝、県大会準優勝チームの主要メンバーで、地区大会では、区間賞だって獲《と》ってる」

「なんで、そんなこと？」

僕は目も口も開けたまま、正也を見返すことしかできない。

「本当は愛の告白をする前に、相手のことをよく調べなきゃならないんだろうけど、ひと目ぼれの場合は、告白したあとでもいいだろ。三崎中のホームページで、去年の部活動の表彰記録を見たら、ちゃんと圭祐の名前が載ってたよ」

中学校のホームページがあったことすら知らなかった。というか……。

「だから、」

言いかけたところで、正也は大きく息を吸った。まだ、話の途中だったようだ。

「圭祐がすごい選手だったことを知って、ケガの具合とかよく知らないのに、無神経に文化部に誘ってしまってよかったのかな、って後悔したんだ。謝ろうかな、とも思った。でも、そういうことされる方が嫌だろうなって思って、昨日と同じテンションのままでいることにしたんだ。って、こういう言い方も気に入らないかもしれないけど」

「いや……」

「だから、陸上のことを言われて驚いた。おまけに、九分がすぐに三〇〇〇メートルと結びついて、やっぱりすごいヤツなんだって感動したんだ」

「ありがとう」

ちゃんと声になって口から出ていたのかどうか、自信がない。愛の告白って言い方だけは勘弁してくれ、と言ってやろうと思っていたのに、そこは、今はもういい。気を遣われて当然、だけど、あからさまに気を遣われるとムカつく。僕はそういう態度でいたはずだ。

高校生活に対しては、希望や期待を中学時代に置いたまま、時間だけが無意味に過ぎていくような三年間を送ることしか想像できなかった。

それなのに、僕の事情をわかった上で、新しい世界を覗《のぞ》いてみようと誘ってくれているヤツがいる。興味が持てるかどうかは自信がないけれど、それを考えるのはあとでもいい。

今、返さなければならない言葉が最優先だ。

「そんな……」

正也が照れたように指先で鼻の頭をかいた。放送室でもやっていたし、これが、正也の困ったときの癖なのかもしれない。

「三〇〇メートル走の九分がドラマ作りにどう役に立つのか、もっと具体的に教えてくれよ」

走り続けた三年間が、この先、どこかに繋がる可能性が一パーセントでもあるのなら、それを知りたい。

「電車、何本か遅れていい？」

まだ陽は高い。中学時代なら、部活の時間だ。

僕たちは駅の自動販売機でペットボトルのスポーツドリンクを買い、その隣にあるベンチに座った。

正也はカバンから分厚いノートを取り出した。太いマジックで「創作ノート」と書いてある。多分、僕なら、遠目で見てもわかるような大きさでタイトルを書かないだろうし、書いたとしたら人前には出さない。

恥ずかしいからだ。

僕の心の中に、小説やマンガなどの創作活動をしている人たちを、オタク扱いする気持ちがあるという証拠でもある。その気持ちは申し訳ないけれど、放送部にも繋がっている。

要は、僕は放送部に入るのを恥ずかしいと思っている、ということだ。

中学時代、陸上部の後輩の中に、自主トレで、朝晩、家の周囲を走るのが恥ずかしい、と言うヤツがいたことを思い出す。何が恥ずかしいのかさっぱりわからなかった。自分の目標を達成するためにがんばることが、他人の目にどう映ろうが、知ったことではないではないか、と。

それと同じ。本気度の違いだ。

正也は本気でドラマを作りたいと思っている。

正也が開いたページには、数学の道のりや速さの問題を解くときに書くような線図が、二パターン書かれていた。九センチの横線を「起、承、転、結」と四つに区切ったものと、「序、破、急」と三つに区切ったものだ。どちらも等分ではない。

「物語の基本構成。起承転結は聞いたことがあるよね」

正也が線図を指さしながら言う。

国語の時間に習った憶えがある。物語だけでなく作文にも生かせる、と言われても、決められた枚数の原稿用紙のマスを埋めるだけで精いっぱいだった僕は、それを意識しながら文章を書いたことは一度もない。

「言葉だけ知ってる、って感じかな」

「俺も脚本家を目指すまではそうだったよ。ちなみに、国語の成績は悪くないけど、作文が賞に選ばれたことは一度もないから」

正也は「へへっ」と笑った。

「で、起承転結だけど。圭祐はどんなジャンルの物語が好き？」

「僕はドラマをあまり見ないからなあ。映画にも行かないし、本もまったく読まないし」

言いながら、なんだか頭の悪そうな発言だな、と思ってしまう。だけど、怠けた生活を送っていたのではない。毎日走り、部活引退後は、受験勉強に励んだ。

ヒマができたのは、入院中だ。

「マンガは読んだかな」

僕は入院中に良太が差し入れしてくれたマンガの中で一番おもしろいと思った作品のタイトルを挙げた。探偵部のある高校を舞台にした話だ。

「へえ、ミステリが好きなんだ」

正也も読んだことがあるようだ。

「じゃあ、ミステリ作品を起承転結で表すとしたら」

正也はカバンから筆箱も取り出し、赤ペンで、ノートの空欄に、少しずつあいだを空けて「起、承、転、結」と書いていった。

「まず、起は、事件が起きる。そして、主役となる探偵なり、刑事なりが登場する」

言いながら、ノートに書き足していく。僕はそれを目で追った。

起　事件が起きる。
　主役の探偵（または刑事）の登場。
承　謎解き、捜査が始まる。
　数々の障害あり。
転　アリバイ崩しのヒントや有力な情報を得る。
　犯人逮捕。
結　めでたしめでたし（ハッピーエンド）。
　事件が解決するも、モヤモヤとした嫌な気分が残る（イヤミス）。

こうやってまとめられるとわかりやすい。

「なるほど……。でも、犯人逮捕は『結』じゃないの？　犯人はお前だって指さしたり、手錠をかけたりして、ハイ終わりって作品ないだろ」

言われてみれば、被害者たちのその後や、探偵役が日常生活に戻った場面が付いていたな、とマンガのラストを思い出す。

「『桃太郎』なら、鬼を成敗するまでが『転』、仲間の犬、猿、キジと、宝を持っておじいさんおばあさんのところに帰るのが『結』」

正也は昔話の例も挙げた。いくら読書の習慣がないとはいえ、この辺りの物語なら僕もいくつかは知っている。

「じゃあ、『シンデレラ』なら、ガラスの靴が足に合うところまでが『転』、結婚式をするところが『結』、ってこと？」

「そういうこと。っつか、圭祐の口から『シンデレラ』が出てくるとは」

正也がニヤニヤ顔を向けてくる。

本当は「浦島太郎」にしたかったけど、玉手箱を開けておじいさんになるところまでが「転」だとして、その後の「結」がどうなったのか、思い出せなかったからだ。

「まあ、『転』と『結』の区切りは、曖昧っちゃ曖昧で、その二つをくっつけて、三つに分けたのが、『序破急』なんだ」

正也がノートに書いてあった文字を指さした。

「へえ、こっちは今日初めて知った言葉だけど、今の説明でわかった。起、承、転結、ってことだよな」

「そう。で、九分のドラマなら、単純に、三分割しやすい『序破急』で構成を考えた方がいいだろうって思ったんだけど……。これが、きっちり三分ごとに区切ればいいってわけじゃないんだな」

正也は小さくため息をついた。

「なんで？」

「全九巻のミステリマンガで、探偵が登場するまでに三巻分かかるってどう思う？」

「退屈」

「そういうこと。教本には『序破急』の割合目安は、一対八対一、とか、一対七対二、なんて書いてあるけど、師匠が言うには、物語の流れは意識して区切るものじゃない、らしいんだ」

「師匠？」

「まあ、そこは置いといて。いくら内容がおもしろくても、多くの人を引き付けられる物語になるかどうかは、流れやリズムが重要なんだ。つい、聴き入ってしまう。見入ってしまう。本なら、閉じることができない、っていうような」

正也はスポーツドリンクをゴクゴクと飲み、キッと表情を引き締めて僕の方を見た。

「俺は完成した九分間というのを経験したことがない。九分走れって言われたら、ぜいぜい言いながら、ただ走るだけだ。だけど、圭祐の九分間は、ベストパフォーマンスができるよう、極限まで削って完成した芸術作品のような時間だと思う」

良太の走る姿が頭に浮かんだ。「サバンナの風」というイメージ。その姿を追いながら、初めは無意識に、そして、意識的に頭の中に焼き付けながら、僕は自分の走りを作っていった。こういうことなんだろうか。

「だから、俺の書いた脚本を圭祐に、三〇〇〇メートル走をイメージしながら読んでもらいたい。最初からとばしすぎて、後半、息切れしてるとか、スパートをかけるタイミングが遅いとか、そういうことを教えてほしい。俺は書くことによって、自分の九分を体に覚えさせていきたいんだ」

やはり、正也は僕をかいかぶりすぎだ。そもそも、走ることをイメージしながら本を読むことなど、僕にできるのだろうか。

「頼む、放送部に入ってくれ！」

正也が両手を合わせて頭を下げた。

声を褒められた昨日よりも、今の方がなんだか嬉しくて、無理だよ、とは言いたくなかった。

「上手《うま》くいくかどうかわからないけど……。他にやりたいこともないし」

どうやら、僕は本当に放送部に入ってしまいそうだ。

「本当に⁉」

正也に抱き付かれるんじゃないかと、あわててベンチから立ち上がった。部活が終わる時間なのか、駅は青海学院の生徒たちで混み始めている。

必死で勉強してかろうじて滑り込んだことを、ふと意識したとき、青海の制服を着ている人たちが皆、自分よりかしこそうに見えてしまう。

「まあ、僕が協力しなくても、そんなに勉強していれば、正也はすごい脚本を書けると思うけどな。それに、僕なんかよりも、先輩たちの方が……」

役立つアドバイスをしてくれるんじゃないかな、という言葉を飲み込んだ。ヤル気があるのかないのかわからない、三年生の先輩たちのことを思い出す。

「もちろん、それが目的で放送部に入るようなものだから、先輩たちの脚本も楽しみにしてるよ」

正也がノートをカバンにしまいながら、黄緑色の脚本の角をひょいとつまんでみせた。僕のカバンにも同じものが入っている。

「大丈夫かな」

けっきょく、僕の方から言ってしまった。

「想像していた雰囲気とは違ったけど、全国大会常連校だし、去年、ラジオドキュメント部門で全国に行ってるってことは、あの先輩たちが作ったものが選ばれた、ってことだろ。なんか、無駄にはしゃいでるように見えたけど、脚本はちゃんとしてるんじゃないかな」

明るく答える正也は、鼻の頭をかいてはいない。どうやら、僕が勝手に心配していただけのようだ。

「だよな。部活紹介してた、声のいい先輩もあそこにはいなかったし。部長の月村先輩はちゃんとしてそうだったし」

「圭祐、おまえ、えらいな。ちゃんと名前憶えてるなんて。俺なんて、月がインプットされた瞬間、月なんとか先輩と、並び順に、火曜日から金曜日の皆さんで識別してたのに」

おお、と思わず正也の肩をバンバン叩いてしまった。

「それ、同じじゃん」

髪の長い人が火曜日だよね、と答え合わせをしていく。ドラマの主役は何曜日だろう、という話になった。

自分が登場する場面だけ読んでおけばいいかと思っていたけれど、せっかく構成について教えてもらったのだから、それを意識しながら全部読んでみようか、とも思えてくる。

三〇〇〇メートル走をイメージしながら。

僕はペットボトルに残っているスポーツドリンクをゴクリと全部飲み干した。

汗をかくようなことは何もしていないのに、頭の芯までじんわりと水分が沁み込んでいくような、懐かしい感覚がして……。

なぜか、ギュッと胸が痛んだ。

第2章　シノプシス

週が明けて月曜日、放送部の三年生の先輩たちと約束した、撮影の日だ。

下駄箱のところで正也に会った。

「おはよう。……あれ、読んできた？」

できるだけ明るい口調で訊いてみる。

「ああ、うん」

正也が指先で鼻の頭をかいた。やっぱりそうだったのだ、と苦笑いするしかない。

「やっぱ、やめとく？」

五割本音で訊ねた。正也の返事次第で、一〇割になる。

「いや、約束しちゃったからな」

正也はため息交じりに答えた。多分、この週末、正也は何度も同じため息をついていたはずだ。最低でも、僕の五倍は。

しかし、この調子で放課後を迎えて、大丈夫だろうか。

「正也、弁当持ってきた？」

「うん」

「よかったら、一緒に食おうよ」

　昼飯くらい、同じクラスのヤツと食べて、親睦《しんぼく》を深めた方がいいのだろうけど、今日ばかりは正也との作戦タイムが必要だ。

「わかった。四時間目終わったら、圭祐のクラスに行くよ」

　そう言って、正也はもう一度ため息をつき、先に教室へと向かっていった。あいつ、あんなに姿勢が悪かったっけ、と思うくらい背中を丸めて歩いている。

　とはいえ、放送部のことばかり考えているわけにはいかない。入学三日目で早くも、一時間目から六時間目まで、フルタイムの授業が始まった。

　英語だけでなく、数学も毎時間、授業の頭に一〇分間テストがあるという。五割以下が赤点で、こちらも放課後の補習に出なければならない。

　いっそ、今日からいきなり赤点をとってしまうのはどうだろう。なんて、バカなことを考えてみたけれど、あいにく、テストは次回からだ。

　教科担当の教師の自己紹介が長すぎて、ついぼんやりしてしまった隙に、頭の端っこに押しやっていた物語が、ムクムクと広がっていった。

　タイトルは「チェンジ」。

　正也からレクチャーを受けて、「起承転結」や「序破急」で流れを作る重要さを知ったものの、やはり、物語のおもしろさは、そういったテクニックにではなく、まずは、内容にあるのではないだろうか。

「チェンジ」のストーリーを「序破急」でまとめるとこうなる。

序　見た目は地味だけどアイドルに憧れる女子と、見た目は派手だけど料理や手芸が好きな女子がいる。二人はともに、見た目で性格を判断されることに悩んでいる。

破　ある日、教室移動中、急いでいた二人は廊下でぶつかり、その拍子に中身が入れ替わってしまう。とまどいながらも、外見が変わったことにより、これまで気付かなかった自分の魅力を発見していく二人。

急　図書館で偶然見つけた文献から、二人は元に戻れる方法を知る。無事、戻ったあとも、互いに新しく気付いた自分のよさを生かし、ハッピーな高校生活を送ることになる。

あまり物語にふれたことがない僕でさえ、どこかで見たり聞いたりしたことがあるエピソードを切り貼りしたような内容だと感じる。

去年、大ヒットした映画も、見られずじまいだったけれど、男女の中身が入れ替わる、というストーリーだった。

高校生の大会とはいえ、こんなので全国大会を本当に目指せるのだろうか。なら、おまえが書いてみろ、と言われたら、ごめんなさい、と言うしかないけれど、それでもこれだけは断言できる。

おもしろくない。

三〇〇〇メートル走とイメージを重ねるどころか、ため息と欠伸を繰り返し、九分ってこんなに長かったっけ、と三度も時計を見てしまった。

　こんなものと三〇〇〇メートル走を一緒にするな、と正也に一瞬むかつきもした。だけど、一番ショックを受けているのは、正也じゃないだろうかと、分厚い「創作ノート」を思い出し、スマホの番号交換くらいしておけばよかった、と後悔した。


　昼休み、僕と正也は教室を出て、非常階段へと続く分厚いドアの前にあぐらをかいて座り、弁当を広げた。

　互いの弁当にそれほど変わりはない。弁当箱の八割をご飯が占めている。シャケやミートボールといったメインのおかずが一割で、ブロッコリーやプチトマトといった二番手のおかずが一割。くだものやデザートなんてかわいらしいものは、どちらの弁当にも見当たらない。

「序破急。ある意味、バランスのいい弁当だよな」

　うまいことを思いついた、とばかりに、正也に教えてもらった言葉で弁当を表現してみたのに、正也の表情は冴《さ》えない。なので直接、「チェンジ」について訊いてみることにした。

「女同士とはいっても、入れ替わりの設定とか、アリなのかな。去年の映画のパクリじやないの？」

　正也は半分ほど平らげた弁当箱の上に箸《はし》を置いた。

「それは、タイムスリップものとか、超能力ものと同じ、一つのジャンルだから、先行作品があるからって、パクリにはならないよ。去年の映画以前にも、男女が入れ替わる名作映画はあるし、親子が入れ替わってしまうテレビドラマもあった」

「なるほど」

　自分がいかにこれまで映画やテレビドラマに興味を持ってこなかったかがわかる。きっと、マンガや小説にもそういう話はたくさんあるのだろう。

「だけど、あまりにもオリジナリティがなさすぎるよな」

　正也はため息をついた。

「流行《はや》りものに乗ろうとしたのかな」

　僕が先輩たちをフォローしているかのような質問になってしまう。

「いや、引っ張られただけじゃないかな」

「どういうこと？」

「ものすごく感動すると、外からインプットされた物語なのに、頭の中に沁みつきすぎて、あたかも自分の中から湧き出したかのように思えてしまう現象？」

　他人の考えたことなのに、自分が考えたことのように、無意識のうちに沁みつく……。

「わかりにくいかな」

僕は首を横に振った。

「フォームを盗んでやろうなんて思わず、ただ憧れの選手が走るのを、カッコいいなと思いながら見ていただけなのに、いつのまにか自分も同じ走り方になっていた、ってのと同じことだよな」

名前を出さなくても、正也は憧れの選手が誰か気付いているだろうか。

「圭祐と話していると、自分の言葉が全部借り物のように思えて、恥ずかしくなってくるよ。一つのことに夢中になった経験があるヤツとないヤツの差だよな」

これは、褒められているのか。

正也は箸を手に取って、黙々と弁当を食べ始めた。もしかして、怒らせてしまったのだろうか。無意識のうちに何か気に障ることを言ってしまった、とか。

考えても思い当たることはなく、僕も無言で弁当を片付けていった。

「俺さ……」

正也が弁当箱の蓋《ふた》を閉めながら口を開いた。

「『チェンジ』の脚本を読んで本当にがっかりしたんだ。内容に目新しいところは何もないし、台詞も、説明文みたいな、だらだら長くてどんくさいものばかりだし」

やはりそうだったのか、という意味と、同感だという思いとを込めて、僕は頷いた。

「だけど、俺の批判は、どれも自分の体験に基づくものじゃないってことに、今、気付いた。まあ、文句を言うのも、がっかりするのも、自分が一本作ってから言え、ってことかな」

正也はニカッと笑い、照れたように頭をかいた。どうやら、僕が知っている（親しくなってまだ一週間も経っていないけれど）正也に戻ったようだ。

「脚本はあくまで設計図。先輩たちは、演技派かもしれないし、もしかすると、普通の話を、カメラワークでおもしろくすることを狙っているのかもしれない」

脚本の捉え方も、ものすごく前向きだ。

いきなり、非常階段に続く重いドアが開いた。内開きの分厚いドアに背を向けて座っていた正也が、「ワワッ」と立ち上がった。

女子生徒が一人、そろっと入ってくる。片手に小さな手提げ袋を持っている。

「ごめんなさい」

ほとんど聞き取れないような声で、彼女はそう言うと、足元に落ちていた大判のハンカチを拾い上げた。弁当包みだ。

「これ」

正也に差し出す。

「あ、いや、どうも、ありがとう」

正也は妙にソワソワした様子で、頭をかきながらハンカチを受け取った。彼女は、じゃあ、とも言わず、逃げるように走り去っていった。その背をしばらく見送ったあと、正也は再び座り込んだ。

「新学期早々、こんなところで弁当食ってる俺たちもどうかと思ってたけど、非常階段に出ていた子もいたんだな。あの子、何組だろう」

「僕と同じクラスだよ。なんとか……、サクラさん」

僕は彼女の下の名前だけ答えた。苗字は憶えていない。

「圭祐が名前を憶えてるなんて。やっぱ、おまえも気付いてたんだな」

「はあ？」

「とぼけるなって。あの子、かわいいよな」

正也はそう言うと、照れ隠しにか、僕の肩をバンバンと叩いた。

彼女がかわいい？　メガネをかけた顔の半分以上が、長い前髪に覆われているのに。どこを見て……、と疑問が生じかけたところで、正也のチェックポイントを思い出す。

「声が？」

「もちろん！　なんだろう、名前を聞いちゃったからかもしれないけど、桜の花びらが風に舞っているような、柔らかくて、透明感のある声だった」

うっとりした表情で正也が言う。あの小さな声からよくそんな発想ができるな、と感心してしまいそうだ。

「僕には理解できない感覚だ」

「じゃあ、圭祐はなんであの子の名前、憶えていたんだよ」

僕が同じクラスのサクラさんを認識したのは、ほんの数時間前のことだ。

二時間目の授業のあと、トイレに行って教室に戻ってくると、後ろ側のドアを女子生徒二人がふさぐようにしておしゃべりをしていた。

ちょっとゴメン、と二人のあいだをすり抜けていくと、背後から声が聞こえた。

――もう、サイアク。

自分に言われたのかと振り返ると、二人の視線は、自席で一人、文庫本を読んでいる女子生徒に向いていた。

――サクラと同じクラスなんて、ホント、ついてない。

おしゃべりの声も大概うるさかったけど、たった一人に向けられた悪口の声は、さらにボリュームアップしていた。

サクラさんはピクリとも動かずに本を読み続けていた。かなり無理して無反応を装っているように見えて、僕の胸にはもやもやと苦い気分が込み上げてきた。

「……なんか、学校のレベルがどうこう言いたいんじゃないけど、青海学院でも、こんな低レベルな悪口言うヤツらがいるんだ、ってがっかりしたんだ」

ため息をつくと、正也も、同感、というように深く息を吐いた。

「勉強の偏差値が高いからって、人間ができているわけじゃない、ってことだ。一説では、ネットに悪口書き込むのは、一般社会でエリートと呼ばれる立場にある人が多い、って言われてるみたいだし」

「そうなんだ」

「自意識過剰な小心者。努力して青海入れたのはいいけど、いろいろ不安だから、仕返ししないってわかってるヤツを攻撃して、自分を安心させているんだろうな」

正也は遠くに目を遣った。まっすぐ延びた廊下のいたる所に、僕たちの同級生がいる。

「ここは特別な場所じゃない。だけど、いろんなヤツがいる。そういうこと、表現してみたいよな」

正也の言葉に頷きながら、ふと、「チェンジ」に込められた三年生の先輩たちの思いは何だろう、という疑問が生じた。


放課後、僕と正也はそれぞれのクラスのヤツらに注目されることになってしまった。何せ、三年生女子の先輩に、廊下で待ち伏せされていたのだから。

部長の月村先輩以外、火曜日から金曜日、四人の先輩たちが二手に分かれ、僕と正也を挟むようにして、撮影場所に向かっている。

なんだか、悪いことをした犯人が警察に連行されているようで、居心地が悪い。おまけにすれ違う人たちのほとんどが、ニヤニヤとこちらを見て笑っているような気がする。

先輩たちは、僕たちが撮影に協力せずに逃げるのを阻止したいのだろうけど、こんなことをされるとかえって、協力しようという気持ちが萎《な》えてしまう。

「ゴメンね。本当に引き受けてくれる人が他に見つからなくて」

僕の右隣にいる金曜日先輩が、申し訳なさそうにボソッと言った。五人の中では一番おとなしそうに見える。

男子生徒役の二人くらい、彼氏にでも頼めばいいのに、とは思ってみたものの、なんとなく、五人ともそういう相手はいなそうに思える。男友だちすらいない。女子だけでつるんでいるタイプ。まあ、僕がえらそうに分析できる立場にはまったくないけれど。

「すぐ終わるから」

明るく言ったのは、左隣の火曜日先輩だ。

「それに、撮影が無事終わったら、お礼として新入生テストに出そうなところ教えてあげるから。それとも、余計なお世話かな？」

何ともありがたい申し出を繰り出してきた。

「お願いします」

半笑いで答えて後悔した。僕は助けてあげる立場のはずなのに、逆転してしまうじゃないか、と。しかし、火曜日先輩はそれ以上僕に話しかけてくることなく、足を止めた。

正門前だ。

撮影場所はここですか？　と訊く必要はなかった。門柱の横には月村部長がいて、その隣にはパイプ椅子が一脚置いてあり、椅子の背に立てかけたスケッチブックには、「15時半より放送部の撮影があります。ご協力ください」と書いてあるのだから。

撮影場所については脚本にも、僕と正也が出るシーンの初めに「6　正門前」と書いてあった。この部分を柱と呼ぶらしい。

案内してくれた四人の先輩たちは、「準備があるから」と言って校舎の方に走っていった。今度は、月村部長が僕たちの見張り、いや、相手をしてくれることになった。

「あの、僕たちは何か準備しなくてもいいんですか？」

正也が部長に訊ねた。

「制服がきれいすぎるかな、とは思うけど、このままで充分。それより、台詞、憶えてきてくれた？」

「はい」

正也が答えるのに合わせて、僕も頷いた。

「ホント、ありがとう」

部長が笑顔で頭を下げてくれた。そこまでされるほどのことではない。僕たちの台詞は一つずつしかないのだから。

「でも、もう一度、確認しておきます」

僕はカバンを足元に置いて、脚本を取り出した。

「ちゃんとマーカー引いてんじゃん」

横から正也が覗き込む。

文章を目で追いながら、これから演じる場面を頭の中に思い描いていく。

正也と僕は下校中の男子生徒ＡとＢ……。

ダラダラ歩いていると、背後から女子生徒二人組、静香《しずか》と明子《あきこ》がやってきて、追い越され際、静香に「バイバイ」と元気よく声をかけられる。明子は無言。

足を止め、少し面食らった様子で二人の背中を眺める僕たち。そして、台詞。

少年Ａ（正也）「静香って前は暗くておとなしかったけど、最近、明るくなったよな。それに、オシャレになったし、なんかいい感じ」

少年Ｂ（僕）「そうそう。逆に、明子は派手でうるさかったのに、おとなしくなったよな。化粧もしてないし。実は俺、今の方が好みなんだよな」

……以上。台詞は一つずつとはいえ、この物語のキモになる部分を、僕たちがかなり説明していることになる。

ある意味、重要な役割なのだ。

正門前に水曜日先輩と木曜日先輩が戻ってきた。それぞれ機材を持っている。

小柄な水曜日先輩が手にしているのはハンディビデオで、なんと僕の家にあるのと色違いの同じ機種だ。僕が小学六年生のときに買ったものだから、古い型と言えるかもしれない。

一方、背の高い木曜日先輩が持っているのはカメラのように見える。先輩はそれを、脚を伸ばした三脚に固定し始めた。つい、近寄って覗き込んでしまう。

「これ、カメラですよね」

勇気を出して訊いてみた。

「そう、ミラーレス一眼カメラ」

木曜日先輩は明るく答えてくれた。

「これで動画が撮れるんですか？」

言ったあとで、母さんがするような時代遅れな質問だったんじゃないか、と恥ずかしくなってしまった。しかし、先輩が僕を鼻で笑う様子はない。

「もちろん、動画撮影機能搭載。今回のドラマ撮影も、こっちがメインカメラ。軽くて使いやすいし、なんといっても、レンズ交換できるから、シーンに合わせた撮り方ができるのが、いいところ」

ものすごく嬉しそうに説明してくれる。

「この筒のようなものは？」

「これは外付けマイク。内蔵マイクは遠くの雑音も拾っちゃうけど、これなら、録音する範囲を選べるから」

「そんなこともできるんですか」

僕は母さんが撮影した陸上大会の動画を思い出した。大抵の親は、自分の子どもが出場していない競技のときは、陸上にまったく関係のない雑談をする、ということがよくわかる音声が、いつも大量に録音されていた。

「じゃあ、ハンディビデオの方は？」

正也も会話に入ってきた。正也だって、興味があるのは脚本だけではないはずだ。

「これから撮影するシーン6は、こっちのカメラでは寄りで撮るけど、引きの画《え》もあった方がいいから、二台態勢なの」

寄りで、などと言われると、台詞を言うだけでなく、ちゃんと演技もしなければならないのかと、緊張がじわじわと込み上げてきた。

僕と正也がミラーレス一眼カメラを持ったり覗いたりしている横で、月村部長はスケッチブックを立てていたパイプ椅子に座り、小型のノートパソコンを開いていた。これまでに撮った画像を確認しているようだ。

先輩の真剣な表情を受け、緊張感がさらに増していく。そこに、火曜日先輩と金曜日先輩が戻ってきた。

火曜日先輩は長い髪を三つ編みにして、黒縁のメガネをかけている。金曜日先輩は、肩よりやや長いおかっぱヘアのトップの部分を、ピンクのもこもことしたゴムでくくり、ちょんまげにしている。少し、化粧もしているようだ。

全員が揃ったところで、月村部長が役者担当の四人に立ち位置などを説明し始めた。それに合わせて撮影担当の先輩たちも、カメラの位置を動かしている。

「気持ち、ゆっくり歩いてね」

そうアドバイスされても、今の僕なら普通に歩けばいいだけだ。むしろ、早足で、と言われなくてよかったとホッとする。

「圭祐、落ち着けよ」

正也に背中をバシッとはたかれた。そういう正也だって、さっきから何度も深呼吸を繰り返している。

下校中の生徒たちが、チラチラとこちらを見ているのが気になるけれど、知った顔がないのがありがたい。

「じゃあ、シーン6、リハーサル」

月村部長が声を上げた。さすがに、テレビで見るような、カチンコはないようだ。

「スタート！」

パンッと大きく手を打った。

二人並んで正門に向かいダラダラと歩く少年AとB。そもそも、どうして僕たちは無言でこんな歩き方をしているのだろう。テストで赤点でも取ったのだろうか……。

後ろから、静香と明子がやってきて、僕たちを追い越していく。

「バイバイ」

振り向いてその台詞を発したのは、金曜日先輩だ。去っていく二人の後ろ姿を見ながら、正也が少しばかり首をひねりながら台詞を発し、あわてて僕も、それに続いた。

僕の人生に演劇が登場したことは一度もない。幼稚園のときくらいあってもよさそうだけど、文化的なイベントは合唱のみだった。

そんなことを考えてしまうのは、人生初の演技が最悪だったと自覚しているからだ。台詞を間違えずに言えた。よかったところはそこしかない。

「はい、オッケー」

部長が手を打った。それと同時に大きく息をついてしまう。正也と顔を見合わせ、互いに苦笑いを浮かべた。

先輩たち五人が集まって、画像の確認をしているけれど、そういう段階なのだろうか。

「いいんじゃない？」

火曜日先輩がよく通る声で言った。何がいいのだろう、カメラアングルが？

「……だね。じゃあ、本番いこうか」

月村部長は四人の先輩たちを見回しながらそう言い、最後に僕たちの方を見た。どこか、あきらめたような表情に見える。他の先輩たちは「了解」と言いながら、それぞれの持ち場に戻っていった。

「俺たちも」

正也に言われ、最初の立ち位置に向かう。正也は右手の人差し指で鼻の頭をかいている。このまま本番を迎えることに納得していないという証拠だ。だけど、無言のまま。

「シーン6、本番」

部長が声を張り上げた。こうなったからには、少しはマシな演技をするしかない。

「スタート！」

手を打つ音が響いたと同時に、僕たちは歩き始めた。ギクシャクしないよう落ち着いて。

そこに、火曜日先輩と金曜日先輩二人がやってきて、金曜日先輩が「バイバイ」とさっきと同じ調子で言った。

足を止めて二人の背中を見る。

どうした？　正也の台詞が始まらない。前を向いたまま口を閉じている。忘れてしまったのか。代わりに僕が言えばいいんだろうか。

「ストップ！」

月村部長が声を上げた。NGだ。こちらに走ってやってくる。だけど、正也に悪びれる様子はまったくない。

「台詞、忘れちゃった？」

部長は正也に優しく訊ねた。

「憶えてます。だけど……」

正也が言葉を切ると、部長は少し眉《まゆ》を顰《ひそ》めた。

「何か気になるところがあった？」

「気になるところだらけです」

正也が言い切った。

おうむ返しは強調、などと、どうでもいいことが頭に浮かんでくるのは、僕が緊張しているからだろう。三年生相手にやめておけよ、と心の中で思っていても、口に出すことはできない。

「まず、どっちが明子でどっちが静香なんですか？」

そこまではっきり言うか。

「なになに、あたしたちのせい？」

火曜日先輩がそう言って、金曜日先輩と一緒にやってくる。

「それは、見ればわかるじゃない。アッコが明子で、ヒカルが静香よ」

部長が二人を順番に見ながら答えた。火が熱いのアッコ、金が光るのヒカルか、などと感心している場合ではない。

「今は二人の中身が入れ替わっているから、明子がおとなしくて、静香が活発なんですよね」

正也が確認するように言う。

「そうよ」

だからこの髪型にしているの、とでも言わんばかりに、火曜日のアッコ先輩が、両手で三つ編みを持ち上げながら答えた。

「でも、静香のバイバイはまったく元気のない言い方でした」

正也の口調は攻撃的なものではない。淡々と、正しいことを口にしている。だけど、断言してはいけないことが、僕たちの周りにはたくさんあるんじゃないかということを、月村部長のひどく困ったような顔を見て感じた。

とはいえ、アッコ先輩のケロリとした表情は変わらない。

「それは、宮本くんがこのシーンしか見てないからよ。あのバイバイは、ヒカルなりに明るい言い方をしていたと、あたしは思う」

「やめて！」

叫んだのは、金曜日、ヒカル先輩だ。

「私なんか、どんなにがんばっても明るく見えないんだから」

正也に演技を否定され、同級生のアツコ先輩からフォローされた、ヒカル先輩の目に涙が湧き上がり、ボロボロとこぼれていく。

何だこれ。中学生のころ、似たような光景を遠目に見たことはあったけど、目の前で繰り広げられるのは初めてだ。

撮影担当の先輩たちも集まってきて、皆がおろおろした様子でヒカル先輩を囲みだした。正也も、右手の人差し指で鼻の頭をかいている。

くだらない。

しゃくりあげるヒカル先輩と目が合った。

「何よ。文句があるなら言えばいいじゃない」

僕？　正也じゃなくて？

どういうわけか、ヒカル先輩の怒りの矛先は僕に向けられているようだ。もしかして、くだらない、という気持ちが、無意識のうちに口に出てしまっていたのだろうか。

困った。腋《わき》に汗がじわりと湧いてくる。

僕は先輩の演技、いいと思いましたよ。そんなことを言ってみても、本心でないことはすぐにバレてしまいそうだ。

「圭祐は……」

正也がフォローしかけてくれたけど、あとが続かない。どうした、正也。こういうときに、バシッと言ってくれよ。そう目で訴えかけようとして、おかしいと気付く。

自分で言えばいいんだ。

ここで放送部の先輩たちに嫌われても、僕が失うものは何もない。事故に遭っていない僕が陸上部に入り、こういう場面になったら、本心をぐっと抑えて謝っていたはずだ。陸上を続けるために。

もしかすると、先輩たちは大好きな場所から離れたくなくて、脚本や演技、他にもいろいろなことについて、こうすればもっとよくなるんじゃないか、という意見を互いに飲み込みながら、やり過ごしてきたのかもしれない。

そういう部活動があってもいい。少し前まで僕は、大抵の文化部がなあなあの関係で成り立っているものだと思い込んでいた。だけど、それなら軽々しく口にしてはいけない言葉があるんじゃないか。

全国大会、とか。

何度練習を繰り返したあとの、私なんか、なのか。その涙は、何十回、何百回と練習したのに、結果が伴わない悔しさから流れるものなのか。

思い切って訊いてやろうと、僕はヒカル先輩にまっすぐ顔を向けた。

「あの……」

「待って！」

一歩踏み出し、僕の声を遮ったのは、月村部長だ。

「町田くんが謝る必要ない」

部長は真剣なまなざしを僕に向け、本当は口にしたくないことを、勇気を奮って絞り出すような、たどたどしい声で言った。

謝る？　僕は悪いことなどしていない。

「悪いのは、私なんだから」

部長は、きみの罪は私がかぶる、と言わんばかりに僕に力強く頷くと、ヒカル先輩と彼女を囲む三人の三年生の方を向いた。

「ゴメン、みんな」

両手を合わせて、頭を深く下げる。

「みんなが準備に行ってるあいだに、私が二人に、これからどういう場面を撮影するか、詳しく説明しておくべきだった」

そう言うと、小さく鼻をすすった。

「これまで撮ったところを二人にも見せていれば、宮本くんが混乱することもなかったはずなのに……」

言葉が途切れ、月村部長の目からも涙がこぼれる。いったいこれは何なんだ。助けを求めるように正也の方を見ると、正也もとまどったような視線を返してきた。

「アカリは悪くない」

言い切ったのは、アツコ先輩だ。アカリ、は月村部長の名前だろう。よくも悪くも、この五人の中ではっきりとものを言うのは、アツコ先輩だけのようだ。

そうだ、部長は悪くない。悪いのは、ちゃんとした演技もできないくせに、ちょっと指摘されただけでキレてしまった、ヒカル先輩だ！

僕は胸の内で、アツコ先輩に声援を送った。

「悪いのは、秋山《あきやま》先生よ。生徒同士で話しにくいことを、バシッと言って引っ張ってくれるのが、顧問の仕事じゃないの？」

まさかの、顧問の教師への責任転嫁に、僕はあっけにとられるしかない。

「本当にそう。いくら一年の担任になって忙しいからって、新学期が始まって一度も部活に顔を出さないって、おかしくない？」

ミラーレス一眼カメラでの撮影担当、木曜日先輩も不満を口にした。

「まあ、来ても意味ないけど。パソコン苦手だから、動画編集なんてよくわからない、とか生徒の前で言う？ それなら、初めから顧問を引き受けなければいいのに。どうせ、活動内容を調べずに、国語教師だから原稿チェックでもすればいいって思ったんだろうけど」

淀みなく文句が溢《あふ》れ出してくるようだ。

「秋山先生は、原稿チェックも無理」

　ハンディビデオを手にしたままの水曜日先輩も加わった。

「脚本を渡したら、こういう勉強はしたことないから、とか言って、『てにをは』と漢字間違いのチェックだけして、返してきたんだから」

　どうやら、「チェンジ」を書いたのは水曜日先輩のようだ。

「あーあ、竹宮《たけみや》先生がいてくれたらなあ」

　アツコ先輩がひときわ大きな声でぼやくと、黙っていた月村部長とすっかり涙が引っ込んだ様子のヒカル先輩も、それには同意するというように頷いた。

　先輩たちの文句はまだまだ続く。

　どうやら、竹宮先生というのは、放送部の前の顧問で、去年から休職して、海外のボランティア活動に参加しているらしい。

　担当教科は理科。パソコンが得意で、動画編集ソフトも常に最新のものを使いこなしていたし、脚本についても、熱心に研究していた。また、ドラマやドキュメントのテーマも、先生からのアドバイスに拠《よ》るところが大きかったようだ。

　それが、昨年度から新任の秋山先生に代わり、放送部はボロボロになってしまった。

　その秋山先生は、正也のクラスの担任だ。

「全国大会なんて、行ける気がしない」

　アツコ先輩が言った。虚勢を張って口笛を吹くような言い方だった。

自分たちの作品の質が落ちたのだとしたら、それは顧問のせい。言い訳の塊のように見えるけど、一理あるのではないかとも思う。

もしも、中学時代の陸上部の顧問が村岡先生じゃなかったら……。

長距離の練習は午前中の方がよく身に付くからと、週に三日、早朝練習の日があった。冬場など、家を出るのはまだ夜が明ける前だ。寒さに身を縮ませ、何でこんな時間から、とぼやきたくなりながらも、まあ、先生が言うのだから効果があるのだろうと、向かい風の中、自転車をとばしてグラウンドに向かった。

そこに先生が来ていなかったら。アドバイスを求めても、専門外だから、と言って突っぱねられたら。早起きなんか二度とするもんか、とふてくされていたに違いない。

村岡先生の専門は長距離だったけど、跳躍や投擲を含む短距離部門の選手にも、熱心に指導していた。足りない部分を補うため、先生の陸上仲間で、それぞれの専門分野の人たちに、定期的に指導に来てもらうこともあった。

高校生だから、中学生のときよりも生徒の自主性に任せられることが多くなるのだろうけど、放置というのは間違っている気がする。

とはいえ、この悪口大会はいつまで続くのだろう。

「あの！」

正也がしびれを切らしたように声を上げた。先輩たちはそれに気付く様子もない。正也はずんずんと先輩たちの輪に近付くと、月村部長の肩を叩いた。驚いたように部長が振り返り、ようやく、おしゃべりが止んだ。

「撮影しないなら、帰っていいですか？」

「それは……」

月村部長が言い淀む。

「待って、ダメダメ。それは困る」

答えたのはやはり、アッコ先輩だ。木曜日先輩と何やら相談し始める。

「静香がバイバイって言うところまではちゃんと撮れてるから、少年AとBの台詞のところからやろう。時間もないし、それでいいよね」

　アッコ先輩に言われ、部長が頷いた。

　僕はため息をつくと同時に、一番がっかりな相手が誰だかわかった。

「じゃあ、一発でオッケーが出るように、気合い入れていこう！」

　アッコ先輩は元気よくそう言って、ヒカル先輩を伴って正門を出たところまで行った。きっと、アッコ先輩に悪意なんてない。思っていることを口にしただけだろう。けれど、現時点で僕と正也は、先輩の演技をけなしたことになっている。

　きみたちはさぞかし、いい演技ができるってことだよね。僕には先輩たちが皆、こんな心の声を発しているように感じられた。

　もとはといえばおまえのせいだぞ、と軽く正也を睨《にら》もうとすると、正也は空を見上げながら台詞をブツブツと繰り返していた。多分、僕以上に、ちゃんとやらなければならない、という自覚があるのだ。

僕もこれから演じる少年Bが置かれている状況を思い浮かべてみた。

こちらに背中を向けて立っている、アッコ先輩とヒカル先輩、役名は明子と静香。僕は冴えない男子生徒だけど、やっぱり女子のことは意識している。二人の様子が変わったことは、隣にいる友人に言われなくても気付いている。だけど、僕が気になっているのは明子の方だ。

「カメラ1、準備オッケー」

僕たちのすぐ横で木曜日先輩が声を上げた。

「カメラ2、準備オッケー」

少し離れたところから、水曜日先輩も声を上げた。月村部長が「シーン6」と油性ペンで書いてあるスケッチブックのページをカメラ1の前に出して引っ込めた。

「用意、スタート！」

パンと大きく手を打つ。

一拍置いて、正也が台詞を言い始めた。脚本の暗唱ではない。正也の心の中から出てきている言葉だと感じる。

ああ、そうだ。僕たちは昼休みに、正也が声に惹かれた女子の話をしたばかりじゃないか。あの調子でいいんだ。

僕も台詞を口にした。僕の判断基準は声じゃない、と言い返すような感じで。

「オッケー！」

月村部長の声が大きく響くと、なんだか肩の辺りが軽くなり、僕はふうと息を吐いた。

僕と正也のところに、アッコ先輩が駆け寄ってきた。

「二人ともすごいじゃん」

カメラを確認した、月村部長、木曜日先輩、水曜日先輩もやってきて、僕らを取り囲む。

「宮本くんは間の取り方や抑揚の付け方がものすごく上手いと思う」

部長に褒められ、正也は耳まで赤くなった。

「町田くんは声がすごくいい」

部長が言うと、他の先輩たちも「それ、思った」などと同意しながら頷いた。

「ですよね！　よかった、そう感じてたのが僕だけじゃなくて」

まだ頬の赤い正也も、嬉しそうに加わった。

「ナレーションにも向いているよね」

木曜日先輩が言うと、「そこ、重要」と水曜日先輩が続き、調子に乗ったアッコ先輩に、僕はいくつかの早口言葉を言わされた。

東京特許許可局や、高速増殖炉「もんじゅ」など、皆が言いにくい言葉を、どれも詰まらずに一度で言えて、自分にこんな才能があったのかと驚いた。

そういえば、活動内容の中に「アナウンス」という項目があったなと思い出し、ちゃんと練習してみようか、などと思ってしまう。

ついさっきまで、うんざりした気分でいっぱいだったはずなのに。

アツコ先輩が輪の外に目を遣った。

「ヒカルもおいでよ。一年生、二人ともいいキャラしてる。演技も上手かったでしょう？」

そんな明るい声を跳ね返すように、ヒカル先輩は顔を強張《こわば》らせた。

「それ、イヤミ？　下手なのは、私だけって言いたいの？　じゃあ、私は降りる。この子たちに静香役も探してもらえば？」

えっ、と先輩たちの表情が固まる。ヒカル先輩は校舎の方に向かって駆け出した。あわてて四人が追いかける。最後尾の月村部長が足を止めて、振り返った。

「ゴメン。今日はもう帰っていいから」

そう言って、また走り出す。

「女子って、面倒だな」

正也がつぶやき、僕たちは撮影の延長のように、先輩たちの後ろ姿を見送った。

撮影の翌朝、登校した僕は下駄箱の前で、「ばえっ」みたいなヘンな声を発し、凍りついてしまった。ハート模様のついた紙袋が置かれていたのだ。

あわててそれを引っ摑み、中身の確認もせずに、リュックの中に押し込んだ。

嬉しいというより、蓋のない下駄箱の手前の方に置かれたこれを、いったいどれほどの人たちに見られてしまったのだろうかという、恥ずかしさの方が勝ったのだ。

辺りをきょろきょろと見回してみる。別のクラスの下駄箱の陰に隠れるようにして、こちらを見ているヤツと目が合った。

「まさか、これ、正也が？」

「俺のはずないじゃん。でも、俺の下駄箱にも入ってた。圭祐のところにもあったから、どんな反応するのか見てやろうと思ってさ」

正也がニヤニヤと笑う。どうせ自分だって、僕と同じような反応をしたはずなのに。とはいえ、正也も同じものを受け取ったのなら、送り主は限られてしまう。

僕はファスナーを閉めていないリュックから紙袋を取り出して、中を覗いた。個包装されたチョコレート。放送部の部室を訪れた際に出されたのとまったく同じ物が、ひと摑みぶん入っている。

そして、手紙も。封筒に入っていない。便箋《びんせん》を折りたたんだだけの状態だ。

「読んでみたら」

正也に促され、その場で便箋を開いた。

送り主は、月村部長だ。撮影に協力してくれたのに、最後、きちんとお礼を言えなくて申し訳なかった、といったことが、きれいな字で書かれている。僕の声も褒めてくれている。声優の小田《おだ》祐輔《ゆうすけ》さん第二号になれるのでは、と言われても、僕はそれが誰だか知らない。

　そして、最後に……、

『昨日、あれからみんなで光流《ひかる》を説得したのですが、気持ちを変えてもらうことはできませんでした。各部活動が最後の大会に向けてがんばっているこの時期に、三年生から代役を探すのは難しいので、よかったら、一年生で誰か引き受けてくれそうな人を紹介してください』

　やっかいなことを頼まれてしまった。

「代役探しなんて無理だよな。しかも女子」

　僕は手紙をしまいながら正也に言った。

「まあ、新入部員を一人勧誘してこい、っていうふうに捉えた方がいいかもしれない」

　正也はさほど困った様子ではない。

「せめて、三崎中出身の女子がいたらなあ」

　そうぼやいたあと、頭の中にパッと、一人の女子生徒の姿が思い浮かんだ。

「もしかして正也、あの子に声かけようと思ってる？」

「バレた？」

　正也は照れたように頭をかいた。

「あの声を聴いたあとからずっと、放送部に誘いたいって思ってたけど、さすがに、圭祐と同じように声かけるわけにはいかないし、いい口実ができたかな、なんて」

やはり、そうだったのか。だけど、上手くいくだろうか。僕はここ数日で、自分がいかに、おだてられやすく、流されやすい人間かということがよくわかった。

だいたい、隠れて弁当を食べているような子が、撮影などの裏方の仕事ならともかく、役者を引き受けてくれるわけがない。

そう伝えると、正也は笑って言い返した。

「俺は最初、圭祐がこんなにあっさり、放送部の撮影に参加してくれるとも思ってなかったよ」

「なるほど」

僕たちはダメ元でスカウトするために、下駄箱でフルネームを確認した。

久米《くめ》咲楽《さくら》。

どこで声をかけるかも、すぐに決まった。

昼休み、僕たちは弁当を片手に、非常階段へと続く重いドアを開けた。コンクリートの囲いがあって閉塞《へいそく》的なイメージがあったけど、立った状態では、緑の多い校舎の裏手を気持ちよく眺めることができる。

運動部の部室棟も見えた。二階の角にある部室では、昼休みも練習をするためか、体操服姿の生徒が数人、ドアを開放したまま弁当を食べている。そこに、良太もいた。

とっさに、囲いに隠れるようにしゃがみこむと、四角い階段の踊り場から九〇度分下がったところで、一人、弁当を広げている女子と目が合った。

久米さんだ。

「ごめんなさい。すぐに移動します」

久米さんは食べかけの弁当に蓋をし始めた。

「あ、いや、そうじゃなくて……」

僕もうまく説明できない。

「久米さんに用があるんだ」

正也が言った。ちょっと気になる子に対しても、普通に話しかけられるところがすごい。

「わ、わ、わたしですか」

対して、久米さんはパニック状態だ。ここから部活勧誘にどう持っていく、正也。

「食事中にゴメン。僕は五組の宮本正也。久米さんと同じクラスの町田圭祐と同じ、三崎中の出身です」

正也は久米さんの前で正座をして、丁寧に自己紹介をした。久米さんも猫背を気持ち程度に伸ばして、何やらモゴモゴと言い返した。出身中学を答えているんだろうけど、何せ、声が小さい。

「今日は久米さんにお願いがあって、ここにやってきました」

「はあ……」

正也の丁寧すぎる物言いを受け、久米さんは困った様子で顔を下に向けた。横だか前だかわからない長い髪で、表情が読めなくなる。これはバリアだ。今まで、ロクでもない頼みごとばかりされてきたのかもしれない。

やっぱ、やめておこうよ。正也にそう言いたくなってしまう。

「僕と圭祐は放送部に入っています」

僕の思いなど気に留めず、正也が先に進めると、久米さんの首の角度が少し上がった。反応あり、といった様子で正也は僕の顔を見ると、再び、久米さんに向き直った。

「久米さんも一緒に入りませんか」

そう言うと、正也は息をとめるようにして久米さんの返事を待った。正也なりに緊張していたようだ。

「どうして、わたし？」

下を向いたまま、久米さんが訊ねた。

「声がいいからに決まってるじゃん」

正也の声がワントーン上がる。久米さんも顔を上げた。片手で前髪を横にやり、正也の目を一瞬だけ見て、すぐに逸《そ》らす。正也がからかっているんじゃない、ということは伝わったはずだ。

「わたし、放送部に入っていいんですか？」

久米さんがぼそりと言った。これはもう、即答と言ってもいい速さだ。まさか、こんなにあっけなく受けてくれるとは。

「いいに決まってるよ。実は僕たち、三年生の先輩から、女子部員の勧誘を頼まれてたんだ」

気が変わらないうちに、僕もはりきってフォローした。が、正也は眉を顰めた。

何かまずいことでも？　ある。放送部に入る＝役者をやる、というわけではない。しかし、久米さんは僕たちのヘンな間には気付いていないそうだ。

「実は、昨日、放送室まで行ったんです」

衝撃の発言が出た。正也も驚いている。

「なんだ、俺たちが誘う必要なかったんだ」

「いえ、逃げてしまったので」

聞けば、放送部のドアを開けようとしたら、中から怖そうな先輩たちが出てきて、あわててその場を走り去ったのだと言う。もしかすると、僕たちがまだ会ったことのない、二年生の先輩たちだったのかもしれない。

「放送部に入りたいのは、やっぱり、その声を生かしたいから？」

正也が訊ねた。久米さんは首を大きく左右に振る。

「自分の声がいいと思ったことなんてありません。すぐにバラされると思うから、先に言っておきますね。わたし、アニオタなんです」

アニメオタクのことだ。申し訳ないけれど、そんなふうには見えない、とは言い難い。

「小田祐輔って声優さん、知っていますか？」

「知ってる。俺はラジオドラマオタクだから」

正也が明るく答えた。最近は声優ブームらしいけど、僕には未知の分野だ。でも、その名前に憶えはある。月村部長の手紙に出てきた。

「青海放送部のＯＢだって知っていました？」

久米さんは嬉しそうに言った。まさか！　と興奮する正也に、朗読部門で全国優勝した、などと小田祐輔の略歴を語っている。

「憧れの人の後輩になりたいと思いまして」

久米さんははにかんだ笑顔でそう言うと、ふと、僕の方を見た。

「町田くんって、陸上部でしたか？」

どうして久米さんが知っているのか。そうだ、と答えればいいだけなのに、口がパクパク動くだけで言葉が出てこない。

「突然訊かれても、気持ち悪いですよね。ごめんなさい。わたし、中学のとき、陸上部だったんです」

久米さんは申し訳なさそうに、ペコペコと頭を下げながら言った。そういうことか。意外と答え合わせはあっけない。それよりも、久米さんに謝らせてしまったことが申し訳ない。「陸上」というワードに、過剰に反応してしまう僕が悪いのに。

「へえ、すごいね」

正也が感心したように言った。何がすごいのか僕にはよくわからないけれど「陸上部に入っている」と言うと、親戚や近所の人たち、初対面の人からも、かなりの確率で「すごい」と言われる。

「全然です。友だちが誘ってくれたから入ったんですけど、わたしは何の活躍もできないまま引退したので」

久米さんは片手を大きく振って否定しながら頬を赤らめた。

「専門種目は？」

僕が訊ねた。

「走り幅跳びです」

久米さんの答えに、少しばかり首をひねってしまう。他校の専門種目の違う女子選手に名前を憶えられるほどの活躍を、僕はしていない。

「ですが、友だちの専門が長距離でした」

久米さんはエスパーか。

「二年生の夏の県大会に彼女が三〇〇〇メートル走で出場したんですけど、彼女のお兄さんも同じ種目の男子の部に出ていて、その応援をしているとき、隣にいたのが町田くんだったような気がして、訊いてみました」

確かに、僕はその会場にいた。

「山岸くんを応援していましたよね」

当たっているので、頷く。

「ものすごくイケボだなって思って顔は憶えていたものの、名前を知らなくて。入学式からずっと、そうかなあと思いつつ、自信がなかったんです」

「イケボ？」

僕は久米さんにではなく、正也に訊ねた。何となくまだ、だんだん早口で大声になっていく久米さんのノリについていけないからだ。

「イケてるボイス、ってことだよ」

正也が平然と答えた。

「俺より早く、圭祐のイケボに気付いてる人がいたとはね」

早速、活用している。

「いえいえ、恐縮です」

久米さんはペコリと頭を下げた。

「ところでさ、久米さん。同級生なんだから普通に話そうよ」

軽い調子で正也が言うと、久米さんはフッと顔を曇らせた。ほぼまっすぐの状態にまで上げていた顔を、また伏せてしまう。

「お二人はどうぞ普通に話してください。だけど、わたしは『ですます調』じゃないとダメなんです」

声まで小さくなっている。

「どうして？」

僕が訊ねた。訊かない方がよかったかも、と後悔するほどの沈黙が流れたあとに、久米さんは少しだけ顔を上げた。

「わたしはみんなと同じ話し方をしているつもりでも、どういうわけか、えらそうだと思われるみたいで。同じとか、普通とか、よくわからなくなって、しばらく口が利けなくなってしまった時期があるんです」

　ああ、と僕は久米さんに嫌みを言っていた同級生の女子たちを思い出した。高校生になってもまだ、ああいう連中がいる。だから、久米さんは新しく出会った同級生に対しても「ですます調」でしか話すことができない。

「ゴメン、事情も知らずに。久米さんが一番話しやすい口調のままでいいよ。でも、俺も圭祐も、あと、放送部の三年の先輩たちも、久米さんが普通に接してくれることを、えらそう、とは思わないから」

　正也が明るい口調のまま言った。鼻の頭を指先でかきながらではあるけれど。確かに、三年生の先輩たちはいろいろやっかいなところはあるけれど、イジメをするタイプではなさそうに思える。どちらかといえば、その逆だ。

「ありがとうございます」

　久米さんに頭を下げられ、僕たちは改めて、ドラマ撮影について説明することにした。弁当を食べながら。

「これだけは言っておかなきゃ」

そう前置きして、正也が話し始めたことは、僕にはまったく想像できなかったことだ。


放課後、僕と正也と久米さんの三人で、放送室に向かった。

正也が重いドアを開けようとすると、内側から先に開き、男女交じった四人ほどが急ぎ足で出て行った。僕たちの方をチラリと見た人もいるけれど、声はかけられなかった。真面目で少し怖そうに見える人たちは、放送部の二年生の先輩だろうか。

失礼します、と言いながら中に入ると、奥の部屋に三年生の先輩たち五人が揃っていた。ヒカル先輩を囲むようにして、中央のテーブルについている。まだ、説得中なのだろうか。

「こんにちは」

正也が大きな声で挨拶すると、先輩たちはいっせいに僕らの方を向いた。視線が集まっているのは当然、久米さんだ。恥ずかしくなったのか、久米さんは俯くというよりは完全に下を向いている。

「静香役を引き受けてくれることになった、一年三組の久米咲楽さんです」

正也は久米さんの様子などおかまいなしに、その場で紹介した。

「あの……」

月村部長がとまどったような声を出した。

「えー、出てくれる子いたの」

アッコ先輩がはしゃいだ様子で駆け寄ってきた。久米さんの全身を眺めている。

「すごい、静香のイメージ、まんまじゃない？　ねぇ、スズカ」

その呼びかけに、「チェンジ」の脚本を書いた水曜日先輩がやってきた。

「ホントに。でも、入れ替わったあとの、明るい演技できるのかな」

スズカ先輩が心配そうに言うと、久米さんはグィと顔を上げて、片手で前髪を横に流した。

「大丈夫です。よろしくお願いします！」

久米さんは驚くほど大きな声を出した。そうすると、僕でも正也の言っていたことが理解できる。透明感のあるきれいな声だ。

「声もよく通るし、いいんじゃない？」

木曜日先輩もやってきた。

「でも、今から台詞憶えるの、大変じゃない？」

スズカ先輩はまだ少し不安があるようだ。

「全部憶えました」

久米さんがさらりと答えた。これには先輩たちだけじゃなく、僕も正也も驚いた。脚本を渡したのは昼休みの終わりだ。それからまだ三時間ほどしか経っていない。五、六時間目の授業もあったのに。

「暗記は得意なんです」

少し照れたのか、久米さんは頬を赤くして答えた。

「完璧《かんぺき》じゃない。ねえ、アカリ」

アツコ先輩が月村部長に言った。すっかり久米さんを気に入った様子だ。

「ああ、うん、でも……」

部長が歯切れの悪い返事をする。いったい何が不満なのだろう。

「台詞も憶えてくれてるんだから、今日からでも撮り直していこうよ」

木曜日先輩が言い、これにはスズカ先輩も頷いた。二人でテーブルのところまで戻り、小型のノートパソコンを開いている。

「君たちもまたよろしくね」

アツコ先輩が僕たちに笑いかけた。

「待って！」

声を上げたのは、ヒカル先輩だ。

「私……、やっぱり、静香やりたい。みんなと一緒にがんばりたい……」

震える声でそう言うと、テーブルに突っ伏して、ワッと泣き出した。

「ヒカル！」

アツコ先輩があわてて駆け寄り、スズカ先輩と木曜日先輩もヒカル先輩の両脇に立って、顔を覗き込んだり、肩に手をのせたりしている。

「泣かないで。本当はみんな、ヒカルに静香役やってほしかったんだから」

「そうだよ。このメンバーで作る最後の作品なんだから、ヒカルじゃなきゃダメだよ」

慰めの言葉は、涙の大合唱へと変わっていった。

おいてけぼりの一年生三人のところにやってきたのは月村部長だ。

「ごめんね。やっぱり……」

申し訳なさそうに久米さんの方を見る。

「こうなることは想定済みです」

正也が言った。

「えっ……」

部長が驚いた顔で見返す。だけど、僕と久米さんはそんな表情にはならない。

昼休み、正也は久米さんに代役の説明をしたあと、だけど結局やらないことになると思う、と謝り出した。僕はどういうことなのか理解できなかったけれど、正也がこうなるだろうと予想した展開が、今、そのまま目の前で繰り広げられ、むしろ、感心さえしている。

「部長はこうなることをまったく想像していなかったんですか？　ヒカル先輩は代役が見つからないことを前提に駄々をこねている。じゃあ、僕たちが見つけてきたらどうなるか、って」

正也は怒っていた。こうなることは伝えておいたのに、久米さんは台詞を憶えてくれた。万が一のときのために。それに対して申し訳ない気持ちがあるのかもしれない。

部長は何も答えない。

「それとも、僕たちに代役探しは無理だと最初から思い込んでいて、とりあえず、やることはやったっていう部長としての体裁を繕うために頼んでみたら、本当に連れてこられてあせってた、とか」

これに対しても、部長は無言のままだ。

「先輩たちが感動ごっこなり、青春ごっこなりを楽しむのは自由ですけど、それに、僕たちを巻き込むのはやめてください」

正也はビシッと言い放った。

「ごめんなさい。やっぱり、私に部長は無理だったんだ……」

月村部長の目に涙が湧き上がる。アツコ先輩がサッと駆け寄ってきた。

「アカリだけを責めないで。私たちみんなで謝るから。お詫《わ》びに、ちゃんと彼女の場面も作るし、君たちの場面も増やすから、怒らないでよ」

まったく悪びれた様子はない。軽いフットワークでスズカ先輩のところに行き、耳元で何やら相談すると、指でオッケーマークを作って僕たちに返してきた。

久米さんの代役はなくなったけれど、僕と正也、そして久米さんは、ドラマ制作を最後まで手伝うことになった。

僕と久米さんには新しい役が用意されることになり、それを辞退した正也は脚本の変更作業に加えてもらえることになった。

僕は明子の担任で、静香と入れ替わった明子に「最近、成績が良くなったじゃないか」と褒める役どころだ。

誰か本当の先生に頼んだ方がリアリティがあっていいんじゃないか、と脚本担当のスズカ先輩と正也に提案したところ、応募規定で、出演者は自校生徒に限る、という決まりになっているのだと教えてもらった。

だから、登場人物がほとんど高校生だけの話になってしまったのだろうか。撮影では、僕は月村部長のお兄さんのものだというスーツを着て、後ろ姿を撮られることになった。声も少し低めに出すように、と部長から指示を受け、生まれて初めて、地声ではない声を出す練習をした。

「お父さんっぽい声を出せばいいんだよ」

軽い調子でそんなアドバイスをしてきたアッコ先輩に、正也が遠慮がちに我が家の事情を伝え、一〇回以上「ゴメン」を繰り返されたけれど、僕はまったく気にしていなかった。

先生役なのだから、先生を思い浮かべればいい。そう考えて一番に思い浮かんだのは、村岡先生だった。

村岡先生を意識した僕の演技は三年生の先輩たち皆から褒められた。いや、声を、か。

久米さんの役は静香の妹だ。下校中、駅で遭遇した姉と一緒に帰りながら、「お姉ちゃん、最近、雰囲気変わったね。なんだか、明るくなった」という台詞がある。

　このたったひと言の台詞について、スズカ先輩と正也は放送室の片隅でかなり長いこともめていた。「なんだか、明るくなった」の部分を、正也がいらないと主張するのに対し、スズカ先輩は必要だと反論していた。

「テレビドラマなんだから、一から一〇まで台詞で説明するんじゃなくて、画で見せた方がいいんじゃないですか」

　そう言って、追加場面ではないところまで、正也はダメ出しをし始めた。

「役者をもっと信じましょう」

　正也はどこで仕入れてきたのか、プロの監督やプロデューサーのような発言を堂々としながらスズカ先輩を説得し、まだ撮影していない場面の台詞も修正していった。

　言われっぱなしだと悔しいのか、スズカ先輩も自分で改善案を出し始めた。

　そんなやり取りを見ながら、僕が行っていたのは書類の作成だ。

　当初は学校の中でのみの撮影予定だったけれど、駅でも撮ることになったため、「ご協力のお願い」という書類を提出しなければならなくなった。

　撮影担当の木曜日先輩、名前はジュリというらしい、が作成することになっていたけれど、後々必要だろうから、と教えてもらいながら僕が書くことになったのだ。

　なるほど、ドラマ制作とは脚本を書いて自由に撮ればいいというわけではない。

他にも、今度は久米さんも一緒に「音源使用許諾申請書」を書いた。ドラマに音楽は欠かせない。編集作業はまだ少しあとになるけれど、今日申請書を出して、明日返事がもらえるというものでもないので、余裕をもった日程で提出しておかなければならない。どの場面でどの曲を使用するかは、撮影開始前に、月村部長を中心に皆で話し合って決めていたらしく、僕と久米さんは指定された楽曲について書類を埋めていくだけだったのだけど。

選曲の中には、僕の好きなアーティストの曲も含まれていた。アルバムに収録されている、それほど有名ではない曲で、誰が選んだのかとさりげなく訊ねると、月村部長だと言われ、それだけで親近感がアップした。部長に対しては多少なりとも不満があるにもかかわらず。

申請書にまずは、レコード会社の名前を書く。「御中」は既に印刷されている。次に、申請者である青海学院高等学校の連絡先など。そして、使用音源タイトル。なんだかドキドキしてきた。

僕たちが曲を使用することなど、多分、アーティストには伝えられないのだろうけど、それでも何というか、接点を持ったというか、グッと距離が近付いたような気がする。

これは遊びではないのだ、と僕は背筋を伸ばして、書類に向き合った。

もしも、陸上部員が駅伝のエントリーメンバーと同じ人数だったら、僕はあれほど必死で練習に励んだだろうか。

そんなことを考えたのは、ヒカル先輩と久米さんの撮影シーンを眺めているときだった。もちろん、僕にも「青海学院放送部撮影中。ご協力ください」と書かれたスケッチブックを持って立つという役割はあったけれど。

久米さんは、教室内では相変わらず俯きがちで、授業中に当てられて小さな声で答える以外は、ほとんど声を出していないけれど、ガラリと豹変《ひょうへん》するスイッチが体のどこかにあるようだ。

リハーサルの段階から、スタートの合図が出ると、中学時の制服を着た久米さんの表情は、姉のことが大好きな少し甘えん坊の妹のものとなった。すると、次の瞬間、ヒカル先輩の表情も変わったのだ。

どうせ、明るい役なんかできない。そうゴネていたのが信じられないくらい、元気な笑顔で妹に手を振る姉の顔になった。台詞の話し方も格段に上手くなっている。

家で鏡を見ながら練習したのだろうか。

ゴネるのは、自分の代わりがいないとわかっているからだ。代役ができる新入生がやってきたからには、下手な演技をけなされたからといって逆切れすることはできない。おまけに、その新入生も役者をすることになったので、演技を比べられてしまう。下手なままでいると、やっぱり新入生にやってもらった方がいいのではないかと、皆から思われてしまう。

そんなことを考えたのかもしれない。

久米さんの出ない場面でも、ヒカル先輩の演技はよくなっていた。そうなると、これまでのままでいられないのは、相手役を演じるアッコ先輩だ。

最初から撮り直した方がいいんじゃないか、などと非常階段で弁当を食べながら正也と久米さんと話したりしたけれど、わざわざ一年生が提案する必要はなかった。

ヒカル先輩が「お願いします」と他の三年生に頭を下げたからだ。これはチャンスだとばかりに正也が脚本の修正を提案しようとしたら、これも先にスズカ先輩が言い出した。

僕と正也が出る場面も撮り直しということだけど、異論はまったくない。

撮影は大きなトラブルも小さなもめごともなく順調に進んでいった。

僕は声を褒められ、ひと言ずつとはいえ台詞がある役を二つもらえて、何とかそれなりに演じることができたような気はするけれど、また演じたいかと問われると、答えは微妙なものになってしまう。

それより、ドラマ制作の中で興味を持ったのは動画編集だ。作業は放送室の手前の部屋で行われる。自宅にＰＣがないため、ノートパソコンの操作もままならない僕に、撮影担当のジュリ先輩は、編集ソフトの使い方を丁寧に教えてくれた。

「多分、今年から全国大会は難しくなると思うけど、全盛期を最後に体験した学年として、先輩たちに教えてもらったことは、後輩にちゃんと伝えておかなきゃね」

ジュリ先輩はカラッとした笑顔で言ったけれど、かなり後ろ向きな発言だ。コンテストはこれからだというのに、まるで消化試合といった様子だ。僕としては、「チェンジ」はかなりよくなったと思っているのに。

「でも、去年もラジオドキュメント部門で全国大会に出場しているんですよね。先輩たちも東京に行ったんじゃないですか？」

訊ねると、ジュリ先輩は首を横に振った。

「あれを作ったのは、おととしの秋冬で、竹宮先生の置き土産みたいなものだし。一つ上の学年は部員数も多かったから、私たちは東京に連れて行ってもらえなかったんだよね」

青海学院では、放送部の遠征費は、全国大会の一部門につき五人分までしか出ないことになっているらしい。私学とはいえ、ほとんどの運動部が全国大会に出場するため、予算的にはなかなか厳しいのだという。

「今年行けたら、一〇年連続全国大会出場になったんだけどね。輝かしい連続記録を断ち切った学年って汚名だけが、私たちには残っちゃうんだろうな」

ジュリ先輩は大きくため息をついた。このホノボノ軍団にそれほどのプレッシャーがかかっていたことに驚いてしまう。

「ものすごくがんばったのに砕け散ったら、立ち直れる気がしなかったんだよね、みんな」

強いプレッシャーに対して、三年生の先輩たちは「逃げる」という選択をした。自分たちが全力を出し切れないのは顧問のせいだという言い訳まで用意して。

「まあ、一番キツいのはアカリだろうね。テレビドラマ部門で全国出場どころか、優勝した年の部長がお兄さんなんだから」

ジュリ先輩がさらりと言ったのに対し、僕は思わず唸《うな》ってしまう。もし自分に、三〇〇メートル走で全国優勝した兄がいたら、と考えるだけで脇腹がシクシクと痛くなりそうだ。

「部長になったばかりのころは、いろんな案を出したり、キツいダメ出しをしたりしていたんだけど、アカリが一生懸命やればやるほど、どういうわけか、マジメな子から付いて行けなくなってしまって。ある日まとめてやめられて、私たちみたいな、どうでもいい軍団だけが残っちゃった」

ヘヘッとジュリ先輩が笑ったけれど、僕の表情は少し前から固まっていたはずだ。月村部長がやってきて、ジュリ先輩の後ろに立っているのだから。僕の視線に気付いてジュリ先輩が振り向いた。そして、凍りつく。

だけど、部長はいつもの穏やかな表情のままだ。

「私は、どうでもいいなんて思ってないよ。むしろ、みんなにやめられるのが怖くて、自分の意見を言わなくなったことを反省してる。町田くんたち新入生が少し踏み込んでくれただけで、こんなによくなっているのに。全国大会だってあきらめてない」

きちんと意見を言ったのは正也だけど、月村部長の言葉を素直に嬉しいと思えた。ジュリ先輩も鼻をすすっている。

「ところで、町田くん、入部届はいつ出してくれるの？　宮本くんと久米さんからは、さっきもらったけど」

部長に言われ、放送室の奥の部屋に目を遣ると、正也と久米さんが見えた。何やら楽しそうに話している。

ここまで一緒にやってきて、何で自分だけ先に入部届を出しているんだよ。しかも、久米さんを誘って。

胸の内でひとしきりボヤいて、僕の長い放送部体験入部期間は終わった。

第3章　サウンドエフェクト

四月の最終週、連休が始まる前日に、放送室の奥の部屋で、新入部員紹介と活動報告会が行われることになった。

広いと感じていた部屋も、顧問の秋山先生、三年生の先輩五人、二年生の先輩四人、そして僕と正也と久米さんの三人が、パイプ椅子を広げてテーブルを二重に囲んで座ると、若干、窮屈に感じられた。

「今年の新入部員はこちらの三人です」

月村部長が皆の前で発表した。正式な統計結果は出ていないけど、新入生の部活希望者の八割は、体育会系の部に入ったらしい。

スポーツ推薦ではなく一般入試で青海学院に入学して陸上をがんばる。その目標に対して、ついていけるだろうかと不安を抱いていた時期があったけど、蓋を開けてみれば、同じ志のヤツはわんさかいたわけで、僕はホッと胸をなで下ろしながら陸上部に入部届を提出していたかもしれない、などと想像してしまう。

自己紹介の順番が回ってきても、あまり緊張しなかった。三年生の先輩たちとは、約二週間、一緒にドラマ制作を行ってきたのだから。

「一年三組の町田圭祐です」

「よっ、イケボ！」

アッコ先輩の合いの手にも慣れた。

「そういう理由で入部しますので、よろしくお願いします」

こんなことも言えるようになった。

それでも、二年生の先輩たちの方に目を遣ると、調子に乗り過ぎたかと、ヒヤッとしてしまう。紹介が一人終わるごとに「イエーイ」などと言いながら陽気な拍手を送ってくれる三年生に対して、二年生は、キリッとした表情のまま静かに手を叩くだけなのだから。

男子二人、女子二人。女子の一人は、新入生歓迎オリエンテーションで放送部の紹介をしていた、報道ニュースを読むアナウンサーのような、一本芯の通った声を出す人だ。その隣で、秋山先生が肩を縮めるようにして座っている。一年生の国語担当なので、教室では、ほぼ毎日顔を合わせているけれど、ここでは、様子が違って見える。授業中は、小柄ながらも高い声を張り上げ、元気潑剌《はつらつ》としているのに、今は、居心地が悪そうだ。

新入生の紹介が終わると、三年生、二年生の順番で、クラスと名前のみの自己紹介があり、続けて、活動報告会が始まった。

まずは三年生からで、月村部長ではなく、アッコ先輩がテレビドラマ部門出品予定作品の進捗《しんちょく》状況を説明し始めた。

いつもの威勢の良さがかなり削がれた、おとなしい話し方をしている。緊張しているのだろう。後輩である二年生の先輩たちの方が、腕を組んで、デンと構えているのだから。

ドラマ制作は、撮影はすべて終了し、今は編集作業中だ。動画編集ソフトを利用した、寄りで撮った画像と引きで撮った画像の組み合わせ方や、音の付け方などを、部長や撮影担当のジュリ先輩に教えてもらい、僕にとってはなかなか楽しい作業が続いている。

三年生の報告が終わると、二年生の番だ。アナウンサーではない方の、女子の先輩が立ち上がった。

確か、名前は白井《しらい》先輩。つい、新品のワイシャツを連想してしまった。目力が強く、背が高いため、怒られるわけではないのに、自然と目が合わないように下を向いてしまう。

そのまま、チラリと横を見ると、正也と久米さんも背中を丸めて、おそるおそるといった様子で先輩を見上げていた。

「ドキュメント作品制作チームの進捗状況についての発表をします」

白井先輩がそう切り出すと、女子アナ先輩が皆にプリントを配り始めた。三年生は用意していなかったものだ。

ラジオドキュメント部門の作品タイトルは「シャッターを再び上げる日」。

かつては賑わっていた駅前商店街で、ここ一〇年の間に、五割の店が閉店していった。そんな中、昨年、老舗《しにせ》の和菓子屋が一度は閉めた店を再開した。その理由を店の人を中心に取材した、という内容のようだ。

テレビドキュメント部門の作品タイトルは「トマトクッキーを召し上がれ」。

青海学院の調理部が、市が主催する地元の名産品を使った料理コンテストのスイーツ部門に出品して、第二席となる「優秀賞」を受賞するまでを追った内容だという。

「どちらも完成していて、あとは応募書類を作成するだけです。何か質問はありますか？」

白井先輩は三年生の先輩の方を向いて訊ねたけれど、皆、小さく首を横に振っただけだ。

「では、こちらから三年生に質問します。ラジオドラマ部門の作品制作はどうなっているんでしょうか？」

それを聞いて、正也の顔が上がった。

「ええと、それは……」

アツコ先輩が困ったように月村部長の方を見る。部長が立ち上がった。

「今回はテレビドラマ部門一本に絞ろうと思います」

「それって、テレビドラマしか作れなかったということですよね。しかも、まだ完成していない。去年のコンテストが終わって半年、何をしていたんですか？　くだらない口げんかをしていただけで、部の活動は何もしていなかったんじゃないですか？」

白井先輩は容赦ない口調で言った。部長は黙ったまま、涙をこらえるように口を真一文字に結んでいる。

「何もしていないことはないよ」

アッコ先輩が反論した。

「体育祭や文化祭でのアナウンスとか、敬老会のカラオケ大会の手伝いとか、毎月、何かしら行事があったじゃない。ほら、春休みだって、市のフラワーフェスティバルがあったし」

「それが忙しいって言うから、オリエンテーションの部活紹介ビデオは二年生で作ったし、放送部の紹介まで引き受けたんですけど」

「まあ、ねえ……」

アッコ先輩も返す言葉を失ってしまった。

「もっと早い段階で無理だと言ってくれてたら、ラジオドラマも私たちで作っていたのに。今さら言っても仕方ないけど」

追い打ちをかけられて、三年生の先輩たちはため息をつく余裕もなさそうだ。

「あの……」

張り詰めた空気の中、正也がおそるおそるといった様子で手を挙げた。白井先輩は怒った表情のまま、正也に目を向けた。

「ラジオドラマの枠が空いているなら、僕は作りたいです」

正也は、はっきりとそう言った。

「今からドラマ作りだなんて」

白井先輩はあきれたようにつぶやくと、月村部長に目を遣った。

「あれだけ手伝わせておいて、Ｊコンの応募要項のコピーも渡していないんですか？」

Ｊコン。ＪＢＫ杯全国高校放送コンテストの通称だ。

「ドラマ制作が終わってからと……」

「応募要項は全部読みました」

モゴモゴと答える月村部長を遮るように、正也が答えた。

「家のパソコンでＪコンの公式ホームページを調べました。今年の都道府県大会の日程も出ていたので、制作期間があと一カ月しかないこともわかっています」

白井先輩は驚いた様子で正也に向き直った。

「だけど、今からホンも作らなきゃいけないのよ」

「許可してもらえるなら、僕が脚本を書きます。今月中に仕上げます」

「今月って、あと三日しかないじゃない。それに、ラジオドラマの脚本はテレビドラマとは違うって知ってる？」

「知っています。僕は将来、ラジオドラマの脚本家になりたくて、青海学院を受けたんです。放送部に入るために」

白井先輩とまっすぐに対峙《たいじ》している正也を見ていると、白井先輩を高圧的とは感じなくなってきた。それほどに、正也は堂々としている。

「ラジオドラマ、作ります」

声を発したのは、月村部長だ。

「こんなに真剣に取り組もうとしてくれる新入生がいるのに、制作をあきらめようとしていたこと自体、私は恥ずかしいです」

「賛成！」

アツコ先輩も元気に手を挙げた。

「っていうか、テレビドラマも実質、一カ月で作ったようなもんだし」

「そうそう。間に合わなきゃ、来年応募すればいいだけだし」

「みんなでがんばろうよ」

ジュリ先輩、スズカ先輩、ヒカル先輩も手を取り合って賛成の声を上げた。二年生の先輩たちの白けムードをかき消すように、僕が手を叩くと、久米さんも続いてくれた。

部活終了後、駅に向かう道すがら、正也をねぎらうため、僕は正也をファストフード店に誘った。正也は「行く」と即答し、くるりと後ろを振り向いた。

　久米さんが一人で歩いている。僕たちは久米さんが追い付くのを待って、よかったら一緒に寄り道をしないかと誘った。

「わたしも一緒でいいんですか？」

　小さな声で返した久米さんに、僕らは大きく頷いた。放送部の三年生と二年生、カラーはまったく違うけど、どちらも団結力はある。それを見ながら僕は、自分の仲間は正也と久米さんなのだと、改めて感じた。

　ハンバーガーを食べると、多分、夕飯を残すことになる。僕は中学生のときよりも、小食になった。

　正也には遠慮するなと言ったけど、結局、三人とも、ポテトと飲み物だけを頼むことにした。正也は期間限定で販売中の、ポテトの上からかけるチョコレートソースも注文した。

「糖分、糖分」

　そう言いながら正也は笑っているけど、ジャガイモにチョコレートなんて合うのだろうか。

　三人でテーブル席につくと、正也は早速、紙ナプキンの上に広げたポテトの上に、黒と白、二種類のチョコレートソースを絞り始めた。

「俺も、妹が食べてるときは、何だこりゃ、って思ったけど、意外と合うんだよ。よかったら、味見して」

遠慮なく一本つまむ。おそるおそる口に入れてみたものの、悪くない。もう一本と、ずうずうしくチョコレートがいっぱいかかっているのに手を伸ばした。

「久米さんもどうぞ」

正也が言うと、久米さんは申し訳なさそうに小さく首を横に振った。

「久米さんって、冒険しないタイプ？」

自分にもその傾向があるので、訊いてみた。

「いえ、実は、チョコレート断ちをしているんです」

「もしかしてダイエット？　じゃないか」

正也が自分で訊いて、否定した。久米さんはそんなこと必要ないくらい痩《や》せている。

「願掛けです」

それなら僕もしたことがある。

リハビリ中だった良太が、三〇〇〇メートル走の自己ベストを更新するまでパン断ちをすると言うのを聞いて、自分も好物のマグロ断ちをしようと決めていたのだけど、いつのまにか、そんなことはすっかり忘れていた。

久米さんが何を願っているのか気になるけれど、口に出してしまうのは、チョコレートを食べるのと同じくらい、効果を失うことになりかねない。

「高級チョコならまだしも、トッピングのチョコなんかで破るわけにはいかないよな」

正也は久米さんにそう言うと、僕のポテトに手を伸ばし、口の中に放り込んだ。

「やっぱり、シンプルなのが一番だ」

正也がニッと笑うと、久米さんもほんの少し口角を上げて、自分のポテトをつまんだ。演技中の久米さんの笑顔はお世辞抜きでかわいいのに、普段の表情はどれもこれもぎこちない。

「もうこれ以上あげない、って言いたいところだけど、今日の正也はがんばったからな」

僕は自分のポテトを三分の一ほど正也のトレイにのせた。そして、訊ねる。

「で、脚本なんて三日で書けるの？」

「実は、春休みに一本書いてみたんだ。ちゃんとJコン規定に則《のっと》って」

秘密話を打ち明けるように、正也は声をひそめて答えたのに、僕は「えっ！」と大声を上げてしまった。初めて会った日から、放送部に対する正也の熱い思いは感じていたけど、そこまでしていたのかと、改めて感心してしまう。

「どんな話ですか？」

久米さんも興味を持ったようだ。

「本当は、ちゃんと製本したのを読んでもらいたいけど、二人の意見を聞いておくのもいいよな」

正也はそう前置きして、あらすじを簡単に説明してくれた。

主人公は、他人の心の声を一〇秒間だけ聞くことができる男子高校生X。気になる女の子の「Xくんってステキ」というところまでの心の声が聞こえて有頂天になるけれど、実は「でも、Yくんの方がもっとステキ」と続いている。そんな勘違いが繰り返されるコメディだという。

「おもしろいじゃん。心の声が聞こえる設定は他にもありそうだけど、一〇秒だけというのは新しいんじゃない？　っていうか単純に、この話を読んでみたいよ。いや、ラジオドラマだから聴いてみたいか？」

僕が感想をストレートに伝えると、正也は満足そうにニンマリと笑った。

「結構、自信作なんだ」

そう言って、チラリと久米さんの方を見る。

「わたしも……、聴いてみたいです。あの、脚本を見ないことには、演出方法がわからないんですけど、主人公に聞こえている心の声と聞こえていない心の声は、どうやって違いを出すんですか？」

おそるおそるといった様子で久米さんが訊ねた。「ヌッ」と正也がうめくような声を出して眉を顰める。

「それは、考えてなかった……」

僕も頭の中で、心の声の部分を音だけで思い浮かべてみる。

『Xくんってステキ。でも、Yくんの方がもっとステキ』

なるほど、テレビドラマなら、主人公にどこまで聞こえているかは、役者の表情や動きなどでわかりそうだし、テロップを活用することもできそうだけど、ラジオドラマの場合、それらの手段は使えない。

「たとえばですけど、主人公に聞こえている部分だけがワントーン高く聞こえる、とかどうでしょう？」

久米さんは消え入りそうな声で提案した。

「それいいかも！」

正也が答えると、久米さんの顔がパッと明るくなった。

「聞こえている部分は、別人の声っていう手もアリかな。主人公の頭の中に寄生しているヤツがいて、そいつが心の声をキャッチして、主人公に伝えているとか」

とっさにこんなアイデアを思いつく正也は、やはりすごいのかもしれない。

「ああ、それステキです。たとえ一〇秒でも、他人の心の声が聞こえるのは怖いことだけど、その設定なら安心できそうです。わたしの頭の中にオダユーがいて……、どわーっ！」

頬を真っ赤にした久米さんは、僕と正也が若干固まりつつあるのを見ると、両手で顔を覆った。その状態でペコペコと頭を下げている。

「すみません、ヘンなことを言って」

「いや、久米さんのアドバイスは助かるよ。俺は完璧な作品を書いた、なんて自信満々だったけど、足りないところだらけだって気付くことができたんだから」

正也が慰めるように言うと、久米さんは少し手をずらして、目だけを出した。

「もっといろんなアドバイスがほしいから、二人にメールで原稿を送るよ。LANDで放送部一年のグループ作って、意見交換しようぜ」

正也はブレザーのポケットからスマホを取り出した。僕はすでに電話番号とメールアドレスの交換はしているけれど。

「圭祐、LANDは？」

無料でグループごとに通信ができる「LAND」を僕はやっていない。

「まだ」

というよりは、これからもやる予定はない。三崎中陸上部の同級生グループに誘われたくないからだ。皆と思い出話はできても、今の活動状況を聞く勇気はまだ持てない。

「そっか、まあいいや。久米さん、電話番号教えてもらっていい？」

「それが実は、わたし、スマホを持っていなくて……」

久米さんは顔を覆っていた手を下ろして、申し訳なさそうに頭を下げた。

「もしかしてガラケー？」

「いえ、携帯電話を持ってないんです」

「ホントに？」

正也が驚いたように訊ねると、久米さんは小さく頷いた。声には出さなかったけれど、僕も信じられない。

確かに、僕だってスマホを買ってもらえたのは高校生になってからだけど、入学してひと月経とうとしているのに、未《いま》だに持っていない同級生がいるなんて。親が厳しいのだろうか。

　ドアの開く音がして目を遣ると、青海学院の制服を着た女子が二人、入ってくるのが見えた。あっ、と声を上げそうになる前に、向こうがこちらに気付き、大きく口を開けた。

「サイテー」

「なんで、ここにいるの」

　多分、僕に向かってではない。以前、教室のドアのところで、久米さんの悪口を言っていた二人組だ。

「さくらんのくせに」

「気分悪いし、別のトコ行こう」

　二人は大きな声でそう言うと、僕たちに背を向けた。と、一人が振り返る。僕と同じクラスの子の方だ。

「町田くん、バイバイ」

　笑顔で手を振られた。僕は反応に困り、何も返さなかったけれど、向こうはそんなことおかまいなしといった様子で、店を出て行った。

「なんだよ、あいつら」

　正也が吐き捨てるように言った。久米さんは教室にいるときと同様に、下を向いた姿勢で凍りついている。

たとえば、正也が久米さんと同じクラスで、あいつらの一人に手を振られていたら、「うるさい、バカ！」とか言い返していたんじゃないだろうか。そう思うと、僕は久米さんに申し訳なくなってくる。

あいつらは久米さんのことを「さくらん」と呼んでいた。きっと、かわいらしいニックネームではなく、「錯乱」にかけているのではないかと思う。

「久米さんがスマホを持ってないのって、ああいうヤツらのせい？」

正也が訊ねた。怒っているような口調ではない。久米さんが嫌なことを思い出さないようにさりげなく訊ねている、そんな感じだ。

「中学生のときは持っていて、即レスとかスタンプとか、努力したんですけどダメでした」

久米さんは俯いたまま答えた。多分こう言ったんだろうな、と解釈しなければならないほど小さな声で。

「学校の連絡とかは？」

気の利いた言葉を思いつけないくせに黙っていることが苦痛になって、訊ねた。中学のときは紙で配布されていた月間予定表などが、高校ではメール配信されている。

「学校には、お母さんのスマホのアドレスを登録しています」

「じゃあ、原稿もそこに送ったらいいかな」

正也が久米さんに訊ねた。そうだ、そういう話をしている途中だった。

「できれば、お父さんのパソコンの方にお願いします。多分、原稿を読むほど長時間、スマホを持ってられないと思うので。プリントアウトしてもらいます」

これまた消えそうな声で久米さんは申し訳なさそうに言った。

「持ってられないって……」

正也は訊ねたわけではなく、意味が理解できず、つぶやいたのではないだろうか。だけど、久米さんは声を絞り出すようにして答えた。

「スマホを手にしただけで、その奥に書き込まれている言葉が溢れ出してくるんじゃないかと怖くなって、何度か過呼吸を起こしたことがあるんです」

正也も、僕も、言葉を返すことができなかった。沈黙が流れる。

「すみません。気持ち悪い話をして。親からもわたしが気にし過ぎるからおもしろがられるのだと、怒られたりするんですけど、直せなくてすみません」

久米さんは何度も何度も頭を下げる。親からも怒られるなんて。僕は決して、久米さんが過敏に反応しているとは思わない。目の前で平気な顔して酷い言葉を投げつけてくるヤツらが、ネットでは、その何百倍も悪意のある言葉を垂れ流し続けていてもおかしくはない。

「僕もＬＡＮＤはやってないし、スマホなんか持ってても、ついゲームばかりやってしまって、早くも数学のテスト、大ピンチだよ」

僕はヘラヘラと笑いながら言ってみた。

「圭祐もか。俺なんて、昨日のテスト、あと一点で補習行きだったぞ」

正也も大袈裟にぼやいた。撮影に協力したのに、三年生の先輩たちはテスト対策をまだ教えてくれていないとか、二人でつまらない文句を言い合って、お開きとなった。

別れ際、久米さんが少し笑った顔で手を振ってくれたことにホッとした。だけど、それも僕たちに気を遣ってくれていただけだろう。

週末、正也から僕のスマホに原稿が送られてくることはなかった。

正也から連絡がきたのは、ゴールデンウィーク前半の連休を終えて登校した朝だった。ホームルーム終了後、スマホにメッセージが届いたのだ。

『脚本完成。昼休みに製本を手伝ってほしい。四時間目が終わったらすぐ、放送室に来て』

これくらいの用事なら、直接、教室まで言いに来ればいいのに、と思ったけれど、それは、僕のクラスの授業が小テストのある英語や数学じゃないからだ。正也は今ごろ、どちらかの科目のノートを広げて、必死に勉強をしているのかもしれない、と思いながら『了解』と返した。

スマホを持っていない久米さんに、僕から伝えた方がいいだろうかと、久米さんの席に向かって一歩踏み出したところで、もう一度、メッセージの着信音が鳴った。

『久米さんには内緒で』

間一髪のところだった。だから、スマホを使ったのか、と納得したものの、久米さんを外す理由がわからない。まあ、インクで手を汚させたくないとか、そんな理由なんじゃないかと思う。それとも、せっかく完成させたのに、またダメ出しされたらどうしようと、臆病《おくびょう》風に吹かれているとか。

放送部に正式入部して以来、昼はいつも、正也と久米さんと一緒に、非常階段で弁当を食べていたので、何かひと言伝えておいた方がいいかもしれないと思いながらも、上手い言葉が見つからなかった。四時間目の授業が終わると、僕は弁当袋を持って、こそこそと逃げるように教室を出た。僕が久米さんを仲間外れにしているみたいじゃないか、とぼやきながら放送室に向かう。

放送室の重いドアを開けると、正也と月村部長とアッコ先輩がいた。文句を言うタイミングを失ってしまう。先輩二人は昼休みに音楽を流す当番だ。連休が明けたら、一年生も当番表に組み込まれることになっている。

「圭祐、悪いな。さっそく印刷室に行こう」

正也は紙束を抱えていた。Ｂ５サイズのコピー用紙と水色の画用紙だ。弁当袋は持っていない。昼飯抜きの作業、ということか。

「あたしたちも手伝うのに」

アッコ先輩がそう言って、月村部長と頷き合った。

「いや、僕たち二人で大丈夫です」

正也は先輩たちの申し出を断り、放送室を出ると、職員室の隣にある印刷室へと向かった。僕は弁当袋を提げたまま、先輩たちに会釈してあわてて付いて行く。

「担任が顧問でよかったよ」

そんなことを言いながら、正也は朝一で秋山先生に、印刷室の使用許可を願い出たことも教えてくれた。

しかし、印刷室には先客がいた。確か、オリエンテーションの後片付けのとき、陸上部に指示を出していた先生だ。授業を受け持ってもらっていないので、担当科目も名前もわからない。

先生は僕たちを見ると、壁にかけられたカレンダー仕様のホワイトボードに目を遣った。今日の日付のところに、「昼休み・放送部」と書かれている。

「悪いな。もうすぐ終わるから」

先生は正也に向かって言うと、そのまま視線を僕の方に移した。

「町田圭祐」

「はい」

いきなりフルネームで呼ばれて驚きながらも、僕は大きな声で返事をした。駅伝のメンバー発表のときのように。

「放送部に入ったのか?」

「そうです……、けど」

どうしてこんな質問をされるのか。返事のときとは打って変わり、小さな声で答えた。

「そうか。ざ……」

先生が何か言いかけたところで、ピーッと音が鳴り、印刷機が止まった。

「終わったみたいだな」

先生はプリントの束を両手で取り、印刷機の前を僕たちにあけてくれた。

「青海は、放送部も全国大会常連校だからな。がんばれよ」

笑顔でそう言って、印刷室を出ていく。

「何で、僕の名前、知ってるんだろ」

ドアが閉まるのを確認して、つぶやいた。

「確か、陸上部の顧問の先生だよね。駅伝の県大会で活躍した選手とか、有力な中学生をチェックしてるんじゃないかな」

抱えていた紙束を作業台に置きながら、正也が言った。

僕は陸上部の先生のチェックリストに入っていたということだろうか。

「さっ、時間ないし、始めようか」

空気の流れを変えるように、正也がパンと手を打った。

コピー用紙と色画用紙の下に、正也はクリアファイルも持っていたようで、原稿はその中に入っていた。B5用紙の片面を縦長に使っている。上半分は空白のままで、下半分に二〇字×二〇行の脚本形式で書いたものが、ざっと数えて二〇枚。

正也は中学生のときに修学旅行のしおりを作る係だったとかで、印刷機の使い方は知っているらしく、手早くコピー用紙をセットし始めた。放送部が部費で買った紙を、月村部長に出してもらったのだという。それを横目に、僕はタイトルのない一枚目の原稿を手に取り、目を通した。

いきなり、テレビドラマ用の脚本では出てこなかった記号が出てくる。

「正也、SEって何？」

「サウンドエフェクト、音響効果って意味。ラジオドラマは音で物語を進めていくだろう。だから、テレビドラマのト書きの部分も、音で表現しなければならないんだ」

「へえ……。目覚まし時計が鳴って、時間を言えば、朝だってわかるもんな」

僕は用紙のセットを終えた正也に、一枚目の原稿を渡した。印刷機がウイーンと音を立てて読み込みを始める。

「名前の下にあるMっていうのは？　Nは『チェンジ』に出てきて、ナレーションだって教えてもらったけど」

「モノローグのMだよ。心の声」

「なるほどね」

正也は印刷のボタンを押した。紙が連続してはき出されていく。

「何冊作るの？」

「一五にしようと思う」

放送部の部員は一二人だ。協力してくれるという三年生の先輩たちだけにではなく、二年生の先輩たちにも配るつもりだろうか。

僕は二枚目の原稿を正也に渡し、一枚目が印刷された紙の束を印刷機から取った。

印刷された一枚目の原稿の束を、印刷室中央にある作業用テーブルの上に、形を整えて置いた。二枚目、三枚目、と同じ作業を繰り返しながら、原稿を読んでいく。

あれ？　おかしい……。

「正也、これって、このあいだ教えてくれた、心の声が一〇秒だけ聞こえる話？」

正也は印刷機の方に向かったまま、手を止めずに答えた。

「いや、連休中に新しい作品を書いたんだ」

「じゃあ、三日でこれを書いたってこと？」

僕は驚きの声を上げた。印刷が終わっているのに気付き、あわてて一一枚目の原稿を渡す。振り向いた正也は、いつになく真剣な表情になっていた。

「圭祐たちに話した作品は、時間をかけて書いた分、完成度は高いかもしれない。でも、あのあと、別の物語が浮かんできて、Ｊコンのために一本作ることができるなら、こっちを書かなきゃならない、って思ったんだ」

放送部の一年生三人で訪れたファストフード店で、僕と正也は苦い思いをした。僕は家に帰れば他人事になっていたけれど、正也の頭の中では、物語としてふくらんでいった、ということか。

「半分読んだだけでも、正也が誰のために書いたかわかるよ。だけど、同じような悩みをかかえている人は、他にもたくさんいるはずだから、多くの人に届くんじゃないかな」

正也は数秒、僕をじっと見た。顔にインクでもついているのだろうかと、指先で鼻の頭をかいてしまう。これは、正也の癖なのに。

「そう言ってもらえて、安心した」

正也はニッと僕に笑いかけると、印刷機の方に向かった。安心ポイントが何だったのか、僕にはいまいちわからない。

原稿の最終ページを読み終えたとき、僕は少し興奮していた。すごいヤツと友だちになってしまったのかもしれない、と。僕の方が背は高いはずなのに、正也をとても大きく感じた。

正也が印刷機に色画用紙をセットし、僕は原稿の下にあった、最後の一枚を手渡した。表紙となる紙がはき出される。

タイトルは「ケンガイ」——。

『ケンガイ』　宮本正也・作

SE　スマホのアラーム音が鳴る。

圭司《けいじ》「（眠そうに）もう七時か……」

SE　アラームを止める。

圭司M「スマホは今日も圏外表示。これで五日目だ」

SE　階段を下りて、ドアを開ける。

　　朝のニュースが流れている。

桃花《ももか》「お兄ちゃん、おはよう」

父親「圭司、おまえの通ってる高校が、今、テレビに映っていたぞ。じゃあ、お先に」

SE　席を立つ音。

　　ニュースのボリュームが上がる。

アナウンサー「国内一二人目のケンガイ症患者となった少年は、昨夜、国の施設に保護されました。政府は引き続き、この症状の原因と予防対策、治療方法を早急に解明していきたいと発表しています。それでは次の……」

SE　ニュースのボリュームが下がる。

圭司M「ケンガイ。正式名称は電波防壁症候群。発症した人物の半径一キロ以内が、携帯電話の圏外になってしまうという、謎の症状、というか、現象だ」

母親「こんなに近くで、ケンガイが発生したなんて……。それより、二人とも、早くご飯食べなきゃ、遅刻するわよ」

圭司「はいはい」

桃花「私、お腹痛いからいらない。学校も休んでいい？」

母親「あら、どうしたのかしら。でも、もうすぐ期末テストでしょう？　お薬飲んで、学校行っておいた方がいいんじゃない？」

圭司「そうそう。案外、テストが嫌だから腹痛起こしてるんじゃないの？　気持ちの問題。テストが〇点でも、楽しく生きていけるって」

母親「こら、圭司」

圭司「へへっ」

桃花「（つぶやく）そういうことじゃ……」

SE　チャイムが鳴る。
ざわつく教室。

サツキ「シゲル、ケンガイだったって。マジ、ウケる」

男子A「サツキのストーカーってだけでもキモいのに、そのうえ、ケンガイとか。まあ、収容施設はけっこう豪華だっていう噂だし、シゲルも学校来なくてよくなって、喜んでるんじゃね？」

男子B「サラバ、シゲル！　ご臨終でーす」

サツキ・男子A・B「ギャハハ（バカ笑い）」

SE　教室のドアが開く。

圭司M「シゲルは僕の幼なじみだ。親友だったはずなのに、そうじゃなくなってしまったのは……」

男子A「おっ、圭司、おはよ。おまえん家《ち》、シゲルの家の近くだろ。マスコミとかいっぱい来てたんじゃねえの？」

圭司「いや……」
サツキ「うちもシゲルん家からケンガイ範囲だけど、あんまり見なかったよ。なんか、スマホだけじゃなく、カメラにも影響が出るみたい。画面が真っ黒とか、音が録れていないとか」
男子B「それってもう、オカルトじゃん」
サツキ「でも、もう通じるようになったし。昨日なんて、徹夜でLANDしちゃった」
圭司「昨日？」
サツキ「確か、九時頃から？」
圭司M「僕のスマホは今朝も圏外だった」
男子A「何？　圭司のスマホ、圏外のまま？　ってことは、まさかおまえもケンガイ？　シゲルと仲良かったから、うつったとか」
男子B「バーカ。それなら、俺たちのスマホも今、圏外になってるはずだろ」
男子A「あっ、そうか。念のため……、うん、バッチリ繋がってる。よかったな、圭司」
サツキ「圭司とシゲルを一緒にしないで」
男子A「何が一緒？　美少女アニメ好き？　推しキャラがサツキに似ていて……」
サツキ「もう、やめて！」
男子A・B「ギャハハハ（バカ笑い）」

ＳＥ　チャイムが鳴る。

　英語の授業。

圭司Ｍ「小学生のころからサツキに片思いしていたシゲルに、告白してみろとけしかけたのは僕だ。好きなアニメキャラにサツキが似ていたんじゃない。アニメキャラがサツキに似ていたんだ」

ＳＥ　英語授業中。

男子Ａ「先生、俺もケンガイなので、先生の声を受信できません」

男子Ｂ「チョーウケる」

圭司Ｍ「写真を隠し撮りする勇気もないシゲルは、サツキに似たキャラクターのグッズを買って、カバンの奥に忍ばせていた。なのに、体育の着替えのときにあいつらに見つけられて、それからは……」

男子Ａ「あーあ、俺も豪華施設で保護されたいよ」

男子Ｂ「おまえがスマホなしで生きていけるわけないだろ」

圭司Ｍ「あっという間に、クラスの嫌われ者になってしまった。靴を隠されたり、足を引っかけられたり。そんな直接的な嫌がらせに僕は加わっていない。だけど…
…」
男子Ａ「シゲルがつかまるのがあと一日遅かったら、俺、死んでたかも」
男子Ｂ「ホント、中毒だな。俺もだけど。っつうか、クラス全員じゃね？」
圭司Ｍ「ＬＡＮＤのクラスグループで、シゲルの悪口を書いていない最後の一人になる
前に、書いてしまった。たったひと言、キモい、と」

ＳＥ　自転車のブレーキ音。
玄関のドアを開ける。

圭司「ただいま」
母親「あら、おかえり」
桃花「（小声で）おかえり……」
圭司「二人でどこかに出かけるの？」
母親「桃花、午後から早退したのよ。だから、病院に連れて行こうと思って」
桃花「寝てたら治るって」
母親「ダメ。ちゃんと診てもらいましょう。じゃあ、圭司。夕飯までには帰ってくるか
ら」

圭司「わかった。気を付けて」

　ＳＥ　玄関のドアが閉まる。
　　　階段を上がる。

圭司Ｍ「桃花、部屋のドア開けっ放しじゃん。あれ？　スマホ忘れてる。まあ、病院だからいらないか。……そうだ、電波。やっぱり圏外だ。桃花のは？　ちょっと確認するだけ。失礼します。……何だ、これ？」

　ＳＥ　大音量の音楽。

女子Ａ「桃花、ウザい」
女子Ｂ「桃花、キモい」
女子Ｃ「もう、死んでー」

母親「圭司、近所迷惑でしょう。ご飯ができたから、下りてきなさい」

　ＳＥ　音楽切る。
　　　階段を下りて、ドアを開ける。

圭司「父さん、おかえり」
父親「ただいま。学校は大丈夫だったのか？」
圭司「ケンガイ？　何も。いつも通りだよ」
父親「そうか。なら、よかった。桃花は病院に行ったんだって？」
母親「ただの風邪ですって。桃花は寝相が悪いから、お腹出して寝ちゃったんでしょう」
桃花「うん……」
SE　ドアフォンが鳴る。
母親「はあい。……何ですって？　あなた！　あなた！」
SE　バタバタと足音。
湯呑《ゆのみ》を置く。
母親「お茶です」
職員「お気遣いなく」

父親「それで、うちの桃花がケンガイだというのは間違いないのでしょうか」
職員「はい。ＮＡＳＡが開発した機械で調べましたので」
母親「桃花はどうなるんですか？」
職員「国の専用施設で責任を持って保護いたします」
桃花「（泣きながら）私、嫌」
母親「どうしても、そこに入らないといけないのでしょうか？」
職員「我々が保護する前にケンガイだと気付かれた人たちは皆、周囲から誹謗《ひぼう》中傷を受け、迫害されているんです。ですから、なるべく早急に……」
圭司「待ってください」
職員「何ですか、いきなり」
圭司「順番が逆だ。それじゃあ、何の解決にもならない」
父親「圭司、どういうことなんだ？」
圭司「ゴメン、桃花。スマホ、見ちゃったんだ。酷い言葉が並んでた。随分前から」
母親「だから、学校も休みたいって……」
圭司「桃花は誰にも相談できなくて、ただ、こんな言葉は見たくない、やめてくれ、スマホなんか使えなくなってしまえばいい、と強く願い続けるしかなかったんじゃないか？」
桃花「うん……」

圭司「だから、ケンガイになってしまった」

職員「まさか、そんなことで」

圭司「そんなこと、なんかじゃない。昨日保護されたシゲルだって、イジメられていた。酷い書き込みをされていた。親友だと信じていた相手からも……」

桃花「お兄ちゃん……」

圭司「ケンガイになったから、誹謗中傷を受け、迫害されるんじゃない。誹謗中傷を受け、迫害されるから、ケンガイになったんだ！　被害者を隔離しても、何の解決にもならない。それどころか、次のケンガイが生まれるだけだ。桃花は、僕がこの家で守る」

職員「しかし、そういったデータはまだ」

母親「データなんて、関係ありません。桃花、ゴメンね。それほど追い詰められていたことに気付けなくて。お母さんも、あなたを守るから」

職員「そんな、困ります」

父親「どうか、お引き取りください。娘は私たち家族が全力で守ります。相手が誰であれ、死ぬ気で闘う覚悟もあります」

職員「少々、お待ちください。上と相談します」

SE　スマホの呼び出し音。

圭司「あれ？　何でスマホ、使えてるの？」
職員「本当だ。圏外じゃなくなっている。このような例は初めてなので、憶測となりますが……、これがケンガイを解決する道の、第一歩なのかもしれません」
父親・母親・圭司「桃花！」
桃花「みんな、ありがとう……」
職員「では、私はこれで」
圭司「待ってください。あの、施設に入った親友に、連絡を取る手段はありますか？」
職員「手紙なら、お届けできますよ」
　SE　玄関のドアが閉まる。
圭司M「シゲル、書くよ、手紙。おまえに、一人じゃない、と信じてもらえるまで」

END

放課後、正也は昼休みに完成させた脚本を、放送室に持って行った。まずは、久米さんに一冊渡し、奥の部屋のテーブルの真ん中に置くと、三年生の先輩たちが取り囲み、一冊ずつ手に取った。

「へえ、本当に書いたんだ。俺たちのもある？」

二年生男子の先輩から訊かれると、正也は「どうぞ」と言いながら、全員に配って回った。皆が早速読み始める。僕は一人ずつの顔を観察していった。本を閉じたとき、何と口にするのだろうとワクワクしてくる。中でも一番気になるのは、久米さんの反応だ。自分が書いたわけでもないのに。

正也の方が落ち着いた様子で、自分の書いたものを読み返している。

「いいじゃん、これ」

声を上げたのは、アッコ先輩だ。

「イジメをやめようって話は、Jコンではありがちだけど、SFチックな設定はあまりないよね」

三年生の先輩たちは全員、読み終わったようで、アッコ先輩の言葉に頷いている。

「欲を言えば、これに恋愛要素があったら最高だよね。たとえば、兄と妹じゃなくて、恋人同士に書きかえたらどうかな」

ヒカル先輩が言った。「それいい！」とジュリ先輩が続いた。家が隣同士で、などと二人で盛り上がっている。

胸がザワッとした。とても不愉快な気分だ。正也がこの作品にどんな思いを込めたのかも考えずに、言いたい放題。その目を持って「チェンジ」を読んでみろ、と毒づきたくなってしまう。

「簡単に書きかえろなんて、ダメよ」

スズカ先輩が言った。脚本を担当しているだけあって、その辺りの気持ちは理解できるのかもしれない。

「私も、兄と妹という設定は変えたらいけないと思う。家族の絆《きずな》がこの物語のキーポイントの一つなんだから」

月村部長だ。マトモな意見にホッとする。

「そうそう、モエ要素は圭司とシゲルでいいじゃん」

アツコ先輩がはしゃぐように言った。もう、あきれるしかない。

正也の顔には明らかに落胆の色が浮かんでいる。僕がすごいと感じたように、正也にとっても自信作だったのかもしれない。こんな小さな集団でも反応は様々で、創作物を発表するということは、喜びだけでなく、恥、落胆、覚悟など、様々な感情と付き合っていかなければならないのだな、と考えさせられてしまう。

「茶化すのはやめてください」

声を上げたのは、二年生の白井先輩だ。ハリのある凛《りん》とした声に、一瞬で室内が静まりかえった。胸の内で「ワイシャツ」とあだ名を付けていたけれど、「生徒会長」もアリかな、などと思っている場合ではない。

「練習作品ではなく、Jコン応募用の脚本なんです。もっと、真剣に向き合ってください」

白井先輩は三年生の先輩たちに厳しい目を向けた。

「ちゃんと感想を話していたんだけどなあ。それに、今から作るなんてとか言って、あきれてたのは二年生の方じゃない。じゃあ、白井さんはこの作品を読んでどう感じたの？」

アッコ先輩がぼやくように言い返した。

「イジメの描写が過剰すぎて、かえって、イジメを助長する内容になっているのではないか」

白井先輩はここで言葉を止めて、正也の方を見た。正也の顔が強張っていく。庇《かば》ってくれるのかと思っていたら、いきなり批判だ。だけど……。

「イジメの内容については、どこの学校にもありそうなことだと思うけど」

アッコ先輩が反論した。僕も同じことを考えていたので、大きく頷く。

「私たち生徒なら大半がそう感じると思います。だけど、おとなたちの中には、未だ、それを認めたくない人がたくさんいます。子どもが一人死んでいるのに、我が校でイジメはなかったと言い張る。子どもたちから複数の申告があったのに、気付かなかったとシラを切り通す」

ニュース番組をほとんど見ない僕でも、頭の中で再現できるほど、人が変わり、場所が変わり、何度も繰り返されていることだ。

「イジメを解決しようと努めるのではなく、見ないふり、気付かないふりをして、ないことにしようとしている。そういうおとなたちに審査されるんです」

「ないことにしていた出来事が、身近にあることを突きつけられたおとなは、それでも原因の一端が自分にあるとは思いたくない、ってわけね」

　アッコ先輩が納得したように頷いた。

「そうです。だから、原因を別のところに求める」

　白井先輩が答えると、指を鳴らしてジュリ先輩が続いた。

「なるほど、有害図書に有害テレビ番組。教師も親も、子どもたちは外部からの悪影響を受けてしまったのだ、って言い訳したい」

「あんたたちの教育のせいだっつーの」

　アッコ先輩が吐きだすように突っ込むと、月村部長以外の三年生たちは笑い出し、そして、ため息をついた。

「せっかくよく書けているのに」

　スズカ先輩が残念そうにつぶやく。

「でも、審査員が全員そういうおとなだとは限らないんじゃない？」

　ヒカル先輩が遠慮がちに言った。僕もそう思いたい。

「まあ、そうなんだけど。そういうおとなの方が後ろめたさをかき消すために、声高に主張するからね」

アツコ先輩がお手上げポーズを取った。それでも作りたいです、という声は聞こえてこない。僕は正也をチラリと見た。がっくりとうなだれるように俯いている。久米さんもだ。つられるように僕も下を向いた。「ケンガイ」の表紙が目に入る。この作品がラジオドラマとなり、多くの人に聴いてもらえるチャンスは潰《つい》えてしまったのだろうか。

「みんな、ちょっと待って」

声がする方へ顔を向ける。月村部長だ。

「審査員の趣味に合わなそうだからあきらめるって、おかしくない？　応募要項には『高校生らしい作品』って書いてある。それって、おとなが理想とする高校生っぽい作品、っていう意味じゃない。今、高校生である私たちだからこそ感じ取れることを、自分たちの言葉で伝えた作品のことをいうんじゃないかな」

僕は部長の言葉を頭の中で反芻《はんすう》した。自分では思いつけなかったことだけど、同意に難しい言葉はいらない。僕は大きく頷いた。

「でも、コンテストに出品するなら、賞を目指すべきじゃないですか？　私はこの『ケンガイ』という作品を否定しているんじゃありません。むしろ、よくできていることに驚かされました。だからこそ、全国大会に行けるよう、改善できる点を皆で話し合ったらいいと思っています」

白井先輩は熱く反論を続けた。だけど、作品は認めてくれている。それについてはホッとした。

「賞を獲るためにこの脚本を改変するのなら、賞なんか獲れなくていいんじゃないかな」

月村部長は声のトーンを変えずに答えた。

「宮本くんはメッセージを込めてこの脚本を書いた。それを受けて、私たちもそれぞれの思いを込めながら、ラジオドラマを作っていく。それで賞が獲れなくても、誰も後悔しないと思う」

「また、言い訳ですか？」

挑むような目を向ける白井先輩に、なんと、部長はやんわりと微笑み返した。

「今回だけは、そういうのじゃない。おもしろい作品っていうのは、怒られたり、非難されたりする覚悟をもって境界線を越えた先に生まれるものだと、私は教えてもらった。その境界線だって、他人の反応ばかり気にして自分で勝手に内側に引きすぎたものだったりして、本当に越えたことには滅多にならないみたいだけど」

そう言うと、部長はぐるりと部員全員を見回した。

「少なくとも、私の兄の代が作ったテレビドラマは、『ケンガイ』とはテーマは違うけど、そういう作品だった。だから、今話したことは、兄からの受け売りだけど、私は今、自分もそういう作品に挑めることにワクワクしてる。だから、一緒に作ろう、宮本くん！」

正也は顔を上げて部長と目を合わせると、コクリと頷いた……、のだと思う。実は、視界がぼやけてよく見えていない。アッコ先輩を筆頭に三年生の先輩たちが大きく拍手をした隙に、僕は急いで鼻をすすり、ブレザーの袖口でじんわりと浮かんだ涙を拭った。

「あの、ちょっといいですか？」

手を挙げて立ち上がったのは、二年生男子の先輩だ。名前は、何だっけ？　ガタイがよく、日に焼けた顔は放送部よりも、ラグビー部の方が似合っていそうだ。

「俺、フツーにこの作品、参加したいっす」

想定外の意見だったのか、ラグビー部先輩に月村部長はポカンとした顔を返した。

「もちろん、大歓迎よ」

「俺もです」

二年生の、もう一人の男子の先輩も手を挙げた。メガネをかけたキリッとした顔立ちは、「シュウサイくん」といったイメージだ。

「ていうか、白井もケンカ腰な態度取らなくても、ホンがおもしろいから参加させてほしい、って素直に言えばいいんだよ。おまえなんか、最後に出てくる杓子《しゃくし》定規な物言いしかできない職員役にピッタリじゃないか。ミドリはアナウンサー役」

「えっ、私、それやってもいいの？」

女子アナ先輩が嬉しそうな声を上げた。シュウサイ先輩の勝手な役振りは、なかなかのチョイスだ。

「待って、ちゃんと決めていこうよ」

アッコ先輩が立ち上がり、ホワイトボードを持ってきて、主役から順に手早く役名を書き出していった。そして、主役の「圭司」の下に「町田」と僕の名前を書く。

「ちょっと待って、主役って僕ですか？」

あわてて訊ねた。

「当然じゃない」

今さら何を、といった感じでアッコ先輩は答え、「桃花」の下に「久米」と書いた。

久米さんは黙ってホワイトボードを見ているだけで、さほど困った様子はない。確かに、脚本を読んだときから、僕は桃花を久米さんに置き換えていた。

その後、立候補と推薦を合わせながら配役と役割分担が決まっていった。

父親＝正也、母親＝ヒカル先輩、サツキ＝アッコ先輩、男子Ａ＝ラグビー部先輩、男子Ｂ＝シュウサイ先輩、アナウンサー＝女子アナ先輩、職員＝白井先輩。その他、ＬＡＮＤに書き込みする女子Ａ・Ｂ・Ｃを、月村部長、ジュリ先輩、スズカ先輩がすることになった。

演出を、月村部長と正也。録音と編集を、ジュリ先輩と僕。音楽を、スズカ先輩と久米さんが中心になって担当することになった。

もちろん、監督は月村部長で、地区大会まで残りひと月、全学年でラジオドラマ制作に挑むことになる。

思いがけず二年生の先輩にも協力してもらえることになり、僕は大満足だったけれど、一番肝心な人の反応を確かめていないままだったことに、解散後、気付いた。

「よかったな、正也」

普段と中身が入れ替わったように、僕だけが興奮気味に話しながら、校門に向かっていたときだ。振り返るといつも通り、数メートル後ろに久米さんの姿があった。人目の多いところで一緒にいると、また悪口を言われてしまうかもしれない、と少しばかり気になったけれど、スマホを持っていない久米さんには、今、訊ねるしかない。

「久米さん！」

足を止めて声をかけ、久米さんが追い付くのを待った。

「久米さんは『ケンガイ』読んで、どう思った？」

勢いよく訊ねた僕のブレザーの裾《すそ》を、正也が引っ張った。今さら、何を照れているのだろう。

「おい……」

「おもしろかったです。あの……、あの場では言えませんでしたが、アッコ先輩が言ってた、圭司とシゲルの関係、わたしも萌《も》えました。じゃあ、また」

そう言って、久米さんは走り去っていった。想定外のスピードに、彼女が中学時代、陸上部だったことを思い出す。いや、あっけにとられたのは、走る速さではない。

萌え？

無言のまま、おそるおそる正也を見る。どうか、がっかりしていませんように、と。

「あのさ、圭祐。おまえがもしイジメられていて、何も助けてくれない同級生がいきなり、圭祐くんのイジメをやめよう、って作文書いて、みんなに配り始めたらどうする？」

そういうことか、と思わず頭を抱え込んでしまった。

「書いてるときは夢中だったけど、放課後、みんなに配って、自分も読み返しているうちに、こんなこと、書いちゃいけなかったんじゃないかって思ったんだ。久米さんは自分がネタにされたと傷ついているんじゃないか、って」

正也が放送室にいるあいだじゅう、複雑そうな顔をして黙っていたのは、先輩たちのやり取りのせいではなく、それが原因だったのか。

「でもさ、もう動き出したんだ」

僕はまっすぐ正也を見ながら言った。

「中二のとき、三年生の先輩で、駅伝メンバーに選ばれたあとで、俺でいいのかなとか、最近足首に痛みがあるとか言う人がいたけど、僕はそれがものすごく不満だった。なら、メンバー発表の前に辞退するって先生に言えよって」

「ゴメン……」

シュンとした様子で正也が謝る。

「正也に怒ってるんじゃない。その先輩だって構ってほしかったり、目立ちたかったりじゃなくて、本当に不安で、口に出さずにはいられなかったんだろうけど。これからみんなでがんばろうってときに、一人でも愚痴をこぼすと、僕はうまくたとえられないけど、穴が開いたような気分になるんだ」

「穴？」

「水をいっぱいに入れてふくらませた風船の。一つの穴から別のヤツの不満もこぼれ出す。で、破裂」

「圭祐のたとえは、いつもわかりやすいよ。……二年生の先輩まで手伝ってくれることになったんだし、ウジウジ悩んでいるヒマなんかないよな」

「そうだよ。こんなの生徒会長に聞かれたら、ほら思った通りだわ、なんて鼻で笑われるだけじゃん」

そう言って、僕は周囲を見回した。よかった、いない。

「えっ？　白井先輩って二年なのに、生徒会長なんだ」

正也が驚いたように言う。

「いや、単にイメージ。心の中のあだ名的な？　それに、僕、名前出してないんだけど」

「ホントだ。ちなみに、他の二年生にはどんなあだ名つけてる？　いや、待って。当ててみようかな」

正也は可笑《おか》しそうに「キンニク」とか「メガネ」とか「アナウンサー」などと言いながら歩き出した。

久米さんが「ケンガイ」のことを本当はどう思っているのか、わからない。だけど、正也が久米さんを傷つけようとは決して思っていないことは、ちゃんと伝わっていると信じたい。

　連休後半が明けて、ラジオドラマ制作が本格始動となるのに、僕は放課後、放送室ではなく、一年五組の教室に向かうことになった。数学の小テストが合格点に二点足らず、補習を受けなければならないからだ。

　ふがいない伝言を正也に託そうとしたら、なんと正也も補習組で、二人して頭をかきながら久米さんに頼んだ。

「入学ひと月で、早くも補習か」

　席は決まってないようで、廊下側の後ろの方に正也と並んで座りながら、ため息をつく。

「俺は今回、脚本書いてたからなあ」

　正也が澄ました顔で言った。

「そんな言い訳する？　なら僕だってさせてもらうけど、数学は五時間目だったんだ」

「それで？」

「だから、昼休みに『ケンガイ』の製本したあとのテストだったんだって」

「それは、悪いことしたな。ゴメン」

　普通に謝られると、恥ずかしくなってきた。忙しかったのはあの日の昼休みだけで、連休前半にはたっぷり時間があったのだから。アメリカドラマの人気シリーズのＤＶＤ

を大量にレンタルして、見続けていた。母さんには、ドラマの研究なんて言いながら。

教室の席がほとんど全部埋まるほど補習組がいたことにホッとしながら、課題プリントを提出し、正也と放送室に向かった。

ドアノブに手をかけると、正也が「あっ！」と声を上げた。正也の視線の先を見る。ドアの上で「ＯＮ　ＴＨＥ　ＡＩＲ」の文字が光っていた。

「何してるんだろ」

外で話をするのは大丈夫なはずだけど、声のボリュームを最小限に絞って正也に訊ねた。

「さあ」正也も首をひねる。

ほどなくして、灯《あか》りが消えた。おそるおそるドアを開けて中に入ると、手前の部屋に三年生の先輩たち四人と久米さんがいた。奥の部屋との仕切りとなる窓越しに、月村部長がいるのも見える。

「よっ、重役出勤。主役が補習じゃ、本の読み合わせもできないじゃない」

アツコ先輩にからかうように言われ、僕はやはり、頭をかくしかなかった。

奥の部屋では、普段、中央に置かれているテーブルが壁際に寄せられ、代わりに、スタンドマイクが一台置かれている。その前に、月村部長が窓側を向いて立っていた。教科書のようなものを広げて読んでいるように見える。

「何をしているんですか？」

正也がアッコ先輩に訊ねた。

「ＳＥの音録りの練習よ。英語の授業中っていうところがあったでしょう？」

「実際の授業を録音するんじゃないんですね」

「そんなの雑音だらけになるじゃない。授業の邪魔にもなるし。チャイムの音を鳴らして、誰かが英文読んでたら、ラジオじゃ充分に英語の授業風景になるでしょう？」

「なるほど」

正也は腕を組んで頷いた。脚本については勉強している正也も、制作については未知の部分がたくさんあるようだ。

「ところで、圭司は何年生？」

スズカ先輩が正也に訊ねた。そういえば、脚本には書かれていなかった。正也が、あっ、という顔をする。

「すみません。急いでたので登場人物表を作るのを忘れてました。……二年生です」

僕は一年生だと思っていた。久米さんも、えっ、というような顔をした。だけど……。

「よかった、正解」

スズカ先輩は満足そうに頷いた。

「どうして、そう思ったんですか？」

正也が訊ねる。

「期末テストという言葉は出てくるけど、何学期かわからないし、作品を発表する季節も広い意味でのSEとして取り込むとしたら、コンテストの時期と同じ夏前じゃない？一年生なら、ケンガイになるまで追い詰められるには早いだろうし、三年生なら、受験に集中する子も出てくるだろうから、クラス全員でイジメるのは難しい。そんなふうに三年で相談して、二年生の教科書の六月頃に習うところを、アカリに読んでもらっていたの」

　スズカ先輩の説明に僕は感心しながら頷くしかない。

「でも、実は、私は異議アリなんだけどね」

　ヒカル先輩が加わった。

「桃花がお腹が痛いのを風邪だって決めつけたり、未知の施設に収容される不安をあおるのに効果があるのは、冬だと思うの」

　ヒカル先輩の言い分にも、頷いてしまう。

「すみません。俺、季節のこと、まったく考えていませんでした」

　正也がペコリと頭を下げた。確かに「ケンガイ」の脚本の中に、暑い、寒い、といった季節を表す言葉は出てこなかったような気がする。

　僕は自分が「ケンガイ」を読んでいたときに頭の中に浮かんでいた映像を思い返そうとしたけれど、登場人物の制服が夏用だったのか冬用だったのか、迷いが生じた今となっては、はっきりと思い浮かべることができない。

「でも、季節感を出すとしたら、秋の終わりにします。一年生の二学期」

正也が断言した。やはり、正也は最初から主人公を高校一年生の設定で書いていたのではないだろうか。思いがけず、久米さんをモデルにしたんじゃないんだ、とアピールできるチャンスが生じて、二年生と答えたものの、逃げるのはやめようと考え直した。なんて、僕の勝手な想像にすぎないのだけど。

「それも、アリだよね」

ヘッドホンを首にかけたままパソコンを操作していたジュリ先輩が言った。

「確かに。アカリを呼んでくるね」

スズカ先輩が奥の部屋に向かう。ジュリ先輩がパソコンからヘッドホンのコードを外すと、流暢《りゅうちょう》な英語が聞こえてきた。

「これ、月村部長ですか？」

パッと目が合ったアッコ先輩に訊ねてみる。

「そうよ。校内スピーチコンテスト、うちの学年代表。発音、すごくキレイでしょう？」

「一瞬、外国人かと思いました。っていうか、そんな行事があるんですか？」

「秋にね。残念ながら、去年優勝したのは、一つ下の学年の子だったけど」

「もっと、すごい人がいるんですか？」

「ううん。テーマがね。アカリは、自分が影響を受けた映画についてだったけど、相手は、身内が病気で大変だけどがんばってます、的な感じ？　そういうの、私はあまり好きじゃないんだけどなあ……」

「終わったことをいつまでも言わないの」

　奥の部屋からやってきた月村部長が、頬をふくらますアッコ先輩の背中越しに声をかけた。

「宮本くん、私も賛成。二年生を呼んで、みんなで読み合わせしながら、季節感を出すところとか直していこう」

　部長はそう言うと、カチンコを打つような感じで手を叩いた。

　二年生は図書室でドキュメント作品用の書類を仕上げていたらしく、アッコ先輩が内線電話で呼び出すと、すぐにやってきた。

　その間に、僕たち一年生は部長の指示に従いながら、奥の部屋のセッティングを行った。マイクを端に寄せ、全員がテーブルを一重で囲めるように、予備のテーブルも広げて、パイプ椅子を並べていく。

「小テストの補習って、本当にやっていたんだな」

「そういう言い方するから、二年はイヤミ軍団だって思われるんだよ。俺も、受けたことないけど」

　二年生の男子二人、シュウサイ先輩とラグビー部先輩が笑いながらやってきた。その後ろから女子二人もやってくる。全員が「ケンガイ」の脚本と筆記用具を持って、席に着いた。

「今から読み合わせを始めますが、その前に、脚本を書いた宮本くんから補足があります」

　座ったまま、月村部長が正也を促した。

「えっと、登場人物表を付け忘れたのですが、主人公の圭司は高一、季節は二学期末です」

「そんなこと今さら言われなくても、そのつもりで読んできました」

　ただでさえ室内は蒸し暑いのに、厳しいひと言で正也のおでこに汗が噴き出した。声の主は当然、白井先輩だ。

「こんな幼稚なイジメ方をするのは大抵一年生だし、そうなると、一学期じゃまだ早い。三学期だと、あともう少しでクラス替えだ、って前向きな考え方をすることもできる。だとしたら、二学期以外ありえないでしょう？」

　理屈は通っているけど、もう少し優しい言い方はできないものか。そう胸の内でつぶやく。いったい僕は何と言われるのだろうか、と読み合わせが始まる前から憂鬱《ゆううつ》になってきた。

　一冊の本でも、物語のイメージは読み手の数だけある。部員全員での「ケンガイ」の読み合わせを通しで終えたあとの、僕の感想だ。

　解釈の仕方が分かれてしまうのは、主人公の学年や季節といった、正也が脚本に書き忘れた基本的な事柄だけではなかった。

物語冒頭の、困ったなという調子で読んだ「今日も圏外表示。これで五日目だ」という僕の台詞に、月村部長と正也が同時に首をひねった。どこがおかしいのかと気になりながらも、次の、久米さんの「お兄ちゃん、おはよう」という台詞に耳を傾けた。明るい口調に、僕も首をひねってしまった。イジメを受けている桃花は、落ち込んだ声を出すのではないかとイメージしていたからだ。続く母親の台詞は、思っていたよりも優しい言い方だったし、ニュースに息子の高校が映っていることを伝える父親の口調は、想像していた切羽つまったものとはまるで違った。

父親役は脚本を書いた正也なので、僕の解釈が間違っていたということになる。すると、自分の台詞を読むごとに、こんな口調でよかったのだろうか、と自信がなくなってきた。連休の後半、僕は自分なりにこの物語を解釈して、台詞を読む練習を自宅で何度もしたのに。

ニュースを読む女子アナ先輩は、さすがという感じ。それ以上に驚いたのは、イジメ役の、二年生男子の先輩たち二人の演技だ。僕はイジメを受けるシゲル役ではないのに、二人のやり取りを聞いていると、胸がヒリヒリと痛むような感覚に捉われた。

家で練習をした際、圭司以外の台詞も一通り声に出して読んでみた。イジメ役のときは、意地の悪い言い方をしてみたけれど、先輩たち二人の足元にも及ばない。たとえ演技でも、こういう台詞は言いたくないと、ブレーキをかけていたということだ。だけど、それではリアリティは生まれない。シゲルはケンガイになんかならない。

　アッコ先輩はかわいい子ぶった嫌な女子といった雰囲気がよく出ていて、上手いなあと思った。そして、圧巻は白井先輩だ。こんな人に連れて行かれたら人生終わってしまう、と絶望的な気持ちになるくらい冷たい声を出していた。他人に厳しいのも納得だ。

　脚本を一通り読み終えると、皆で台詞を一つずつ確認していった。

　スズカ先輩の提案で、季節感を出すために、圭司の最初の台詞「もう七時か」の前に、「寒っ……」と加えることになった。スマホのアラーム音のあとにこの台詞がくるので、布団から手を伸ばす画も自然と頭の中に浮かんでくる。

　学年を明確にするよう、アナウンサーの読むニュース原稿の「少年」のところに「高校一年生の」と加えることにもなった。

　こういった、台詞の追加や言い回しの変更もあれば、読み方のアドバイスもあった。圭司の「今日も圏外表示。これで五日目だ」は、月村部長の提案で、圭司はスマホ依存症ではないから、あまり困った雰囲気を出さず、「もう七時か」と同じトーンで言うことになった。正也も賛成というように頷いていた。

　誰か一人の意見に従うわけではない。話し合いも持たれた。桃花の「お兄ちゃん、おはよう」はもっと暗いトーンにした方がいいのではないか、という白井先輩からの提案に、久米さんはしどろもどろになりながらも、桃花はイジメられていることを家族に気付かれないように、無理に明るくふるまっているのではないかと思います、と自分の解釈を伝え、初めのままで通すことになった。

母親は、前半は少し厳しめの口調の方が、後半の理解に繋がったとき、感動が高まるのではないか。三年生の先輩たちはそんな意見も交わし合っていた。

「自分の息子の高校がテレビに出ていたら、もっと驚かない？」

アッコ先輩に言われ、なんと、脚本を書いた正也まで台詞の言い方を変えることになった。だけど、これも納得の変更だった。

イジメをする男子たちは、シゲルのどんなところが気に入らないのか。アニメのキャラクターグッズを持っていただけで、ここまで酷い態度を取るだろうか。どちらか片方はサツキに気があるのか。サツキは圭司のことが好きなのではないか。だから、シゲルの好意を大袈裟に否定してしまったのではないか。

そんなふうに話し合ったことを、脚本の空いているスペースに書き込んでいくと、物語がどんどん膨らんでいくように感じた。

感情がすぐ顔に出てしまう僕は、家でも楽しそうな表情になっていたのかもしれない。

「ケンガイ」の収録を七割方終えて帰宅した週末の晩、食事中に母さんから、部活でどんなことをやっているのか、と訊かれた。僕から放送部でのたわいない出来事をポツポツと報告することはあっても、母さんの方から訊ねる、というのは初めてだ。

町田家、部活の話題解禁、か。

「ラジオドラマを作ってるんだよ」

「へえ、おもしろそうじゃない。ザルと小豆《あずき》で波の音を表現したり、片栗粉を踏み固めて雪道を歩く音を出したりする、あれでしょう？」

何のことかよくわからなかった。効果音を、昔はそういう方法で作っていたということだろうか。

「今はそんなことしないよ。効果音専用のＣＤもあるし。でも、自転車のブレーキ音とか椅子を引く音とかは、自分たちで録音した。階段の上り下りは、旧館の作法室前で撮ったんだけど、あとで茶道部にお茶をたててもらったよ。抹茶って、初めて飲んだかも」

「なるほど、圭祐はそういう係なのね」

母さんは嬉しそうに笑った。

「そういうこともするけど。なんと、僕、主役なんだ。声優」

もっと喜ばせたい気分で打ち明けると、母さんは目を丸くして驚いた。

「その作品はどこで発表されるの？　母さんも見れる、いや、聴けるの？　文化祭？」

興奮気味に訊ねてくる。僕は母さんが陸上の大会で張り切ってビデオ撮影していたことを久々に思い出した。

そういえば、一般の人は作品を聴くことができるのだろうか。放送室には先輩たちの過去の作品のＣＤがあるそうだけど、一年生は誰も聴かせてもらっていない。

――入賞作っていうことを意識して、その作品に引っ張られるといけないから。

月村部長にそう言われたからだ。ＣＤを借りられるかも、と母さんに答えようかと思ったけれど、すんでのところで止めた。

恥ずかしい。自分で聴き返すのも、未だ、ムズムズするのに。走る姿を見られるのとは、まったく違う。訊いておくよ、と早口で答え、茶碗《ちゃわん》のご飯を口に押し込んだ。

週明け、月曜日の朝、全校集会が行われた。春の高校総体地区予選の結果報告のためだ。

連休中や五月前半の週末に、そういう大会があったことを初めて知った。ほんの一年前の同じ時期、自分も毎週のように何かしらの陸上大会に出場していたというのに。

表彰式はない。地区予選では、体育会系のほとんどの部が三位までに入賞しているからだ。名前を呼ばれて、その場に立つだけ。サッカー部、野球部などの団体種目はキャプテンのみ。テニス部、団体戦、個人戦……。次々と立っていくのは二、三年生、スポーツ推薦クラスである一組の生徒ばかりだ。そんな中、一年一組にも一人、名前を呼ばれて立ち上がったヤツがいた。

山岸良太。陸上、男子三〇〇〇メートル走、三位入賞。

一年生の部、とは付いていない。続けて発表された同種目の二位と一位は、三年一組の列から返事が聞こえてきた。タイムまでは発表されない。しかし、地区予選とはいえ、上級生に交ざっての入賞なのだから、いい記録が出たに違いない。九分切れたのだろうか。

よかったな。

体育座りがまだ長時間できない僕は、身長に関係なく、クラスの最後尾に並ばせてもらっている。だから、良太の背中しか見ることができない。きっと、いつもの澄ました顔でいるはずだ。心の中ではものすごく喜んでいるはずなのに、……あれ？

自覚できるほどに、鼓動が速まっている。良太の活躍が嬉しいから、ではない。嬉しいという気持ちを別の感情が覆い隠そうとしている。黒い雨雲のような……。

落ち着け、落ち着け。

僕だって放送部でがんばっている。やりがいも感じている。ラジオドラマの主役だ。全国大会だって目指している。もしかすると手が届くのではないかと、日々、期待が高まっている。

交通事故に遭わず、陸上部に入っていたとしても、僕は良太にかなわない。このシチュエーションはかわらない。なのに、陸上部に入っていたら、この黒い雲は湧き上がってこなかったのではないかと思う。

放課後、僕はテーブルの端でノートパソコンに向かっていた。「番組進行表」の作成だ。様式をＪコンのサイトからダウンロードして、学校名や作品タイトルなどを打ち込んでいく。他にも「ＣＵＥシート」「権利処理一覧表」、片付けていかなければならない書類はたくさんある。一行書いては、ため息をつく僕の横に、正也がやってきて座った。

「最後の場面、聴いてみない？」

「今はいい」

答えると同時にため息がもれた。

「なあ、圭祐。達成感って何だと思う？」

声が優しい。落ち込んでいる僕に気付いてくださいとアピールしたようで、情けなさが増し、僕は正也から目を逸らして俯いた。

「正直、わからない」

「俺も、わからない」

嘘だと思う。正也は入学前からの目標を着々とこなしているのだから。

「でもさ、もう動き出したんだ」

聞き憶えのある台詞に顔を上げた。

「圭祐が俺にそう言ったときより、もっと動いているんだ」

そうだよな、と思う。皆の思いが詰まった風船を、僕が割ってしまうところだったかもしれない。

「そうだよな」

口に出して言ってみた。正也がニッと笑ったのを確認して、パソコンに向き直る。が、そのまま正也の方にスライドさせた。

「『ケンガイ』のあらすじは僕が書いたけど、制作意図はやっぱり、正也が書いた方がいいんじゃないかな」

正也は無言のまま画面をしばらく睨み付け、キーボードを打ち始めた。速い！

『言葉を電波に乗せ、多くの人に発信できるようになった現代。操作の簡易化に伴い、言葉まで軽視されるようになったのではないでしょうか。手遅れになる前に、改めて、言葉について考えてみませんか。電波を取り払った状態で。その思いを込めて、この作品を作りました』

もし、「ケンガイ」で全国大会に行くことができたら、正也は、そして、僕は、どんな達成感を得るのだろうか。いや、達成感自体を得ることはできるのだろうか。

第4章　完パケ

編集作業を行いながら、僕はラジオドラマ「ケンガイ」を何度も通しで聴いた。

以前、正也に言われた、三〇〇〇メートル走になぞらえ、特に呼吸法を意識しながら。前半三分でダレてきたとか、スパートのタイミングが早すぎてゴール前でへばっているとか、思いつくままのことを口にすると、じゃあこうしてみよう、と月村部長や正也、ジュリ先輩が編集の提案をしてくれる。

本の読み合わせをしてわかったことだけど、正也の書いた脚本「ケンガイ」を、登場人物全員が感情を込めてゆっくり読んでいると、九分の制限時間を三分ほどオーバーしてしまう。台詞の合間に効果音を入れると、さらに一、二分のオーバーになる。台詞をカットすることも話し合ったけれど、どの台詞もこれ以上削れないというところまで磨き上げられたものだったことに気付かされただけだった。

月村部長の提案で、三通りのペースで録音をすることになった。時間を意識せずに、感情を込めて読むパターン。感情は込めるけれど、少し早口で読むパターン。滑舌よく早口で読むパターン。その三つを組み合わせていく。

男子生徒A・Bとサツキがシゲルの悪口を言うところは、早口バージョンを使った。台詞に無機質なイメージが加わることにより、スマホでのやり取りもこんなふうなのだろうと、聴く人に想像させる効果が出たように感じた。

僕のモノローグ部分も早口バージョンが採用されることになった。脚本にモノローグのMマークがあるので、台詞と同様に感情を込めて読んでも、作り手には区別がつくけれど、聴くだけの人には区別がつきにくいのではないかという、ジュリ先輩の提案だった。

台詞が多いので、BGMに歌詞のある楽曲は用いず、場面転換時のみ、バイオリンで効果音を入れることになった。スズカ先輩は三歳のころから習っているらしい。作曲は難しいけれどこれくらいなら、と緊迫した音、不安をかきたてる音、力強い音、などを即興で次々と表現していった。

知恵を絞り出し、才能をかき集め、僕たちは「ケンガイ」を完成させていった。

しかし、これで完成だと思っても、翌日、誰かが意見を出して、再び手を加える。そんな日が何日も続いた。ゴールはどこなのか、いまいちわからない。

県大会のエントリーシートは、五月半ばの締め切りに合わせて、提出済みだ。青海学院からは、テレビドラマ、ラジオドラマ、テレビドキュメント、ラジオドキュメント、各部門に一作ずつ、プラス、アナウンス部門に二年生の女子アナ先輩がエントリーしている。

「町田くんや久米さんも、来年はアナウンス部門か朗読部門に出ればいいのに」

三年生の先輩たちから、そう言ってもらえたけれど、自分の声のみで勝負できると、僕にはまだ思えない。朗読部門には出ないのかと女子アナ先輩に訊ねると、どちらか一方にしかエントリーできないことを教えてくれた。

久米さんは朗読部門に興味を持ったようで、今年の指定作品が何かを調べていた。映画化された人気エンタメ小説から教科書に載っているような古典まで、幅広いジャンルの五作品で、全部を読んだことがあるという。ちなみに、僕は一作も読んだことがない。何か、スタートの段階から違うような気がする。

五月二〇日からは中間テストが四日間行われた。高校生になって初めての定期テストは、全教科平均点以上、という志の低い目標をギリギリ達成することができ、県予選まで、ドラマ作りのラストスパートに集中できることになった。

Ｊコンの地区予選に当たる都道府県大会は、それぞれの場所で規定が少しずつ違う。事前に作品を収録したＤＶＤやＣＤを提出するところもあれば、当日、会場に持参するところもある。僕たちの県は後者だ。

「どの部門の作品も、これがベストだよね」

放送室の奥の部屋で、上映会と視聴会を終えて、テーブルを囲んでいる部員たちに月村部長が訊ねたのは、県大会前日の放課後だ。

三年生の先輩たちがバラバラと頷くのを確認して、僕たち一年生も頷いた。同時に、まだ直すところがあるんじゃないだろうか、と不安が込み上げてくる。

「はい」と声を出して答えたのは二年生の先輩たちだ。すべて出し切った、という達成感が伝わってくるような声のトーンだった。

これまでの僕にとって、陸上の試合や駅伝大会、受験、どれも勝負は、当日だった。コンディションのピークをその日に持っていく。すべてを出し切る。だけど、放送コンテストでは、大会当日には何もすることができない。

月村部長がＤＶＤやＣＤを、クッション付きの茶封筒に慎重に入れるのを見ながら、今この瞬間がゴールだったのだ、と感じた。

僕たちの県は、放送コンテストへの参加校数が他県と比べて多いため、県大会は二週にわたって行われる。一週目が予選で、二週目が決勝だ。会場もそれぞれ違う。

昨年の参加校数は、八三校。参加人数、九一二名。単純に計算して一校当たり約一一人。どこもそれほどの大所帯じゃないといえる。

参加校のすべてが、全部門にエントリーするわけではない。ドラマ、ドキュメント部門はテレビ、ラジオ共に、それぞれ五〇作前後となる。逆に、朗読、アナウンス部門は、一校から複数人エントリーしていることが多く、一七〇人前後となる。

その中から全国大会に出場できる（各都道府県から推薦される、といわれる）のは、ドキュメント部門は、テレビとラジオ各四校、ドラマ部門は、テレビとラジオ各二校、アナウンス、朗読部門は各六名、となる。参加校数が一〇〇を超えると、推薦の数は倍となる。

僕たちの県は参加校数が全国で三番目に多い。しかし、二番目までは参加校数が一〇〇を超えているため、推薦数は二倍になり、実質、五〇校で競うのと規模は同じになる。ということは、全国一の激戦区だといっても過言ではない。

ちなみに、ドラマやドキュメント作品を一校で複数作エントリーすることは可能だ。しかし、推薦されるのは一校一作と決まっているので、例えばテレビドラマ部門で、一校で一位と二位を独占しても、一位になった作品しか全国大会に出すことはできない。

それを知り、二年生もドラマを作ればよかったのに、と思ったものの、そうしたら、ラジオドラマに協力してもらえなかったかも、と余計なことは言わないでおくことにした。

審査は、参加校の顧問が、各部門七名ずつ担当することになっている。

顧問の秋山先生は四月終わりのミーティング以来、一度も部活に顔を出していない。大会事務局に提出する書類を職員室の先生の机の上に置いておくと、翌日か翌々日、校長先生の印鑑を押したものを、担任クラスの正也を通じて戻してくれる。それだけだ。

先輩たちの口から、秋山先生の名前が出ることもない。熱中症や脱水症状など、体調管理の心配もないし、これでいいのだろうとも思う。

「一年生は明日の予選どうする？」

封筒をカバンに入れたあと、ふと思い出したように、月村部長は僕たちに訊ねた。どうする？の意味がわからない。これだけガッツリ制作に携わってきたのに、ずっと見学でもしていたかのような扱いだ。

正也も久米さんもポカンとしていた。その表情を見て、部長は自分の言葉が足りなかったことに気付いたようだ。

「ドラマもドキュメントも、予選は非公開審査なのよ」

つまり、大会会場まで出向いても、他校の作品を見ることができない。

「どうしてですか？」

正也が部長に訊ねた。

「当日作品を提出するということは、審査員の先生たちも、事前にチェックできないっていうことでしょう？もしかすると、作品に差別的表現があるかもしれないし、アニメのキャラクターを無断で使用しているかもしれない」

「濃い〜、ラブシーンとかね」

アッコ先輩が笑いながら口を挟んだ。「もう」と部長が窘める。

「公開できる作品であるかというのも、予選においては大切な審査基準の一つになるのよ。だから、決勝は大丈夫なんだけど」

なるほど、と頷くしかない。だけど、予定はしっかりあけている。会場となる三崎市民ホールは、自宅からも近い。

「でも、朗読とアナウンス部門は公開審査だから、見学できるわよ」

女子アナ先輩が補足してくれた。その場で三人で相談し、全員一致で、一年生も予選会場に行くことに決めた。放送コンテストの空気感も知りたいと思った。


六月の第一週、県の予選大会当日――。

現地集合となった三崎市民ホールの前は、カラフルな集団であふれかえっていた。運動部のユニホームのように、各学校がおそろいのポロシャツを作っているのだ。赤、青、黄、緑、といった原色が多い。背中や胸、袖口の部分に、校名のアルファベットの頭文字にBC（ブロードキャスト・クラブ）と続けたロゴが入っている。青海学院なら「SBC」となる。僕は当然のように制服で来たけど、先輩たちは作っているのだろうか……。

辺りを見回すと、玄関前の大きな木の下に、ジュリ先輩とスズカ先輩、ヒカル先輩がいるのが見えた。制服姿だ。僕が合流するのと同じタイミングで、正也と久米さんもやってきた。続いて、二年生のラグビー部先輩も。

他の先輩たちは受付に行っているという。

「うちはポロシャツ、作らないんですか？」

正也が誰にともなく訊ねた。

「前はあったみたいだけど、注文し忘れた年があって、制服で出たら全国優勝したから、それ以来、ゲン担ぎのように制服参加になっているって、私は聞いたことがあるけど」

ヒカル先輩が答えた。

「アカリのお兄さんが部長の年ね。きょうだいそろって、うっかりなところがあるみたい」

ジュリ先輩が補足する。

「俺は、ユニホーム的なものがあった方がいいと思うけど。なっ、町田」

ラグビー部先輩にいきなり名前を呼ばれ、僕は何も考えないまま「はい！」と大きく返事をした。ユニホームか……。

三崎中学陸上部のユニホームは深い緑色のランニングとショートパンツだった。顧問の村岡先生の、出身大学の陸上部が着ているものとよく似た色だった。

一年生、五月の連休明けに受け取ったときは、陸上部員になったのだ、と気持ちが引き締まった。陸上大会では、自分の競技の番ではなくても、目は常に緑のユニホームを追い、声援を送っていた。駅伝大会でタスキを待っていると、遠くから見えてきた先頭選手の緑のユニホームに、胸が躍り、パワーが倍増していった。

母さんや他の部員の保護者たちは、緑のユニホームを着ている選手を、片っ端から応援していた。

もしも、放送部にユニホームがあったら。自覚や連帯感はもっと増すだろうか。ドラマの撮影時などは、スケッチブックにわざわざ「放送部です」と書かなくても、服でわかってもらえて、便利そうな気はする。

「俺も放送部ポロシャツほしいな。せっかく校名に色も入ってるのに」

　正也が周囲を見ながら言った。

「ホント、青はうちの色だろ」

　ラグビー部先輩も青いポロシャツ軍団に目を遣った。

「でも、ゲン担ぎとか気にならない？」

　ヒカル先輩が訊ねた。

「まったく！」

　正也とラグビー部先輩が同時に答える。二人ともウマが合うようだ。

「その後、優勝してないし」

　やはり、二年生の先輩は厳しい。

「あのマイクの模様かわいいですね」

　場を取り成すように、久米さんが濃いピンク色の集団に目を向けた。色だけでなく、マイクやカメラなど、模様も様々だ。「一作入魂」などの文字が入っているものもある。

　僕も自分が着るならどれがいいだろうと思いながら眺め、自然と緑色に目が留まった。

　そういえば、部活紹介ビデオで見た、青海学院の陸上部のユニホームも緑だったような気がする。他の体育会系の部は青だったのに。

　受付を終えた先輩たちもポロシャツ談義に加わった。三年生の先輩たちは、今からでもほしい、と言い出した。珍しく、白井先輩から反対意見が出ることもなく、週明けにでも注文しそうな勢いだ。

その横で、女子アナ先輩だけが、のど飴《あめ》をなめながら原稿を黙読していた。

ポロシャツで盛り上がったのも、アナウンス部門が行われる中ホールに入ったときまでだった。待機するため、舞台袖に向かう出場者たちは皆、制服を着ていた。私立だからというだけではないだろうけど、改めて、青海学院の制服はかっこいいし、知的に見える、と思う。着る人にもよるのだろうけど。

大会本番で着ないユニホームなど、何の意味もないのではないか。

アナウンス部門は朗読部門と違い、指定図書のようなものはなく、原稿も出場者が作成しなければならない。「自校の校内放送に使用するもの」というテーマで、時間は一分一〇秒以上、一分三〇秒以内だ。ドラマやドキュメント部門とは違い、事前に原稿を提出することになっている。提出後の原稿訂正は不可だ。

読書習慣のない僕はアナウンス部門の方が向いているかもしれない、などと少し思っていたけれど、こちらはこちらでマトモな原稿を書ける自信がない。

舞台の中央にはスタンドマイクが置かれていて、発表者はそこで原稿を読む。舞台後方には待機者用のパイプ椅子が五脚並べられている。自分の出番のときだけでなく、五人前から舞台の上でライトを浴びていなければならない、ということだ。

少しでも出場を考えた自分がおこがましく思えるほど、どの出場者も皆、いい声をしていた。それだけではない。発声、イントネーション、テンポなど、読み方にもそれぞれ工夫がある。問いかけるように読む人、訴えるように読む人、正確に伝えることを重視した読み方をする人。

テーマも、ＳＮＳに画像を載せることへの注意喚起といった現代的なことから、ビニル傘の置き忘れが多いといった日常生活の何気ないことまで、幅広い内容が取り上げられていた。

多分、何度も読み返しながら原稿を作成したはずなのに、緊張したのか、時間オーバーになってしまう人や、後半、急に早口になってしまう人もいた。

そんな中、女子アナ先輩は堂々と原稿を読み上げていた。週に一度のノー・スマホデーを作りませんか、という内容だった。自分がどのくらいスマホに依存しているのか。利点、欠点、そういったものに気付くことによって、もっと上手にスマホを使うことができるようになるのではないか。

説教臭さはなく、優しく問いかけるような読み方だった。ペース配分もぴったりだった。

舞台上の女子アナ先輩を見ながら、この人は今、本番を迎えているのだなと感じた。緊張感に包まれる心地よさを存分に味わえるなんて、うらやましい、と。

夕方、ホールのロビーに結果が貼り出された。各部門ごと、Ａ４サイズのコピー用紙に、決勝に進む作品名と校名がプリントされている。ドキュメント部門はテレビとラジオ共に二〇校、ドラマ部門はテレビとラジオ共に一〇校、アナウンス、朗読部門は共に三〇人だ。

だけど、人ごみを避けるように、離れたところに立っている僕からは、紙に書かれた文字を読むことはできない。

二年生の先輩たちは、当然と言わんばかりの澄ました顔で、ハイタッチをし合っている。正也がスマホで結果を撮影したのを見て、僕は三年生と一年生の輪に合流した。

青海学院はテレビドキュメント、ラジオドキュメント、ラジオドラマ、アナウンスの四部門で、決勝進出となった。要は、テレビドラマ部門「チェンジ」のみ落選したということだ。

他校の作品が見られないうえ、点数や順位もまだ公表されていない（後日になるらしい）ので、惜しかったのか、まったく及ばなかったのか、見当もつかない。残念な気もするけれど、こういうものかな、と妙に納得している自分もいる。だけど、三年生の先輩たちはメチャクチャ悔しがっていた。

ヒカル先輩とスズカ先輩は泣いていたし、アッコ先輩とジュリ先輩は怒っていた。

「せっかく協力してくれたのにゴメンね」

月村部長は僕たち一年生に、申し訳なさそうに言った。謝られることではない。

「秋山先生が審査員で、わざと低い点をつけたんじゃないの？」

アッコ先輩の言いがかりとしか思えない言葉に、部長以外の三人が頷いた。

「それは関係ないよ」

部長の返事にホッとしたのも束の間、続いた言葉に首をひねる。

「七人で審査するうち、最高点と最低点を除く五人の点数の合計で競われるんだから」

そういう問題ではないのではないか。部長も秋山先生が最低点をつけたと思っているのだろうか。お世辞にもいい関係が築けているとは言えないけれど、さすがに、顧問がそんなことをするはずがない。

正也と久米さんも居心地が悪そうで、僕たちはそっと目配せし合い、三年生の傍を離れた。

「『チェンジ』も後半、かなり良くなったと思ったけど、やっぱり甘くないよな」

正也が神妙な顔を作って言ったけど、嬉しい気持ちが今にも溢れ出しそうな口調になっている。ラジオドラマは予選通過したのだから当然だ。

「『ケンガイ』の通過、よかったな」

僕は正也に言った。隣で久米さんも頷いたことにホッとした。

「まあ、地区予選通過は想定内だったけどな」

ビッグマウスで答えながらも、正也はたちまちとろけそうな笑みを浮かべた。二年生の先輩たちに倣《なら》って、三人でハイタッチを遠慮がちにし合った。

だけど……、何だろう。嬉しくないわけじゃないけれど、思い描いていたほどじゃない。主役として参加したにもかかわらず、どこか他人事のような気分だ。

正也、よかったな、と。

「ラジオドラマの決勝進出を喜んでいるのなら、あたしたちも交ぜてよね」

振り向くと、アッコ先輩を真ん中にして、三年生の先輩たちが並んでいた。悪口を言い合ってスッキリしたのか、さわやかな笑顔になっている。断る理由もなく、一年生と三年生でもう一度ハイタッチし合うことになった。

「目指せ、全国大会！」

アッコ先輩がはしゃいだ声を上げると、「オー」と三年生四人が続いた。この切り替え力は見習わなければならない。

とはいえ、来週の決勝まで、特にやることはない。アナウンス部門で残った、女子アナ先輩以外は。

秋山先生も合流したものの、「お疲れさまでした」と小さな声で言っただけで、すぐにどこかへ行ってしまった。

「おめでとう、くらい言ってもいいんじゃない？」

ボヤくアッコ先輩に、こればかりは同意してしまう。あっけない、地区予選大会の幕切れとなってしまった。

月曜日——。朝のショートホームルームの各係からの連絡時に、木《き》崎《ざき》さんという女子が挙手をして立ち上がった。久米さんの悪口を言っていたヤツなので、僕はあまりいい感情を持っていない。

「昨日、ＬＡＮＤで連絡した通り、球技大会のメンバーを今月中に決めないといけないので、みんな、希望する種目を、わたしまで連絡してください。全員参加です。優勝目指してがんばりましょう！」

木崎さんは片手で握った拳《こぶし》を上げ、元気よく振りまわしてから座った。

連絡はこれで終わりなのか？　何の種目があるのかわからない。だけど、それを質問するヤツはいない。ＬＡＮＤをしていないのは僕くらいだということだろうか。

担任からの補足もない。全員に連絡が行き渡っていると、当然のように思っているのだろうか。

ここで手を挙げて、種目を訊いても、体育の授業さえ未だ見学中の僕に参加できるものはないだろうし、その日は欠席してもいいのではないかとも思う。というか、球技大会の日がいつなのかもわからない。

そうだ、久米さん！　ＬＡＮＤどころか、スマホも持っていない。そっと顔を向けてみたけれど、久米さんは教室ではいつもそうしているように、髪で顔がかくれてしまうくらい深く俯いているので、どんな表情をしているのかわからない。

多分、困ってはいるだろうけれど、助けを求められているわけでもないのに、やはり、僕がでしゃばって質問する必要はない。

それよりも、一時間目の英語の小テストの心配でもしていた方がいい。

放課後も、放送部の活動らしいことはほとんど行わず、優秀な先輩たちから数学や英語を教えてもらったり、放送室の大掃除をしたりしながら、のんびりと過ごした。決勝大会前だというのに、陸上部なら考えられないことだ。だけど、この感覚は初めてのものではない。青海学院の入試終了後、僕は学校の授業以外でシャーペンを一度も持つことがないまま合格発表の日を迎えた。あれと同じだ。その先のことは思い出したくないけれど。

六月第二週――。決勝大会は県庁所在地のど真ん中にある、県民文化ホールで行われる。国際的な交響楽団のコンサートや有名アーティストのライブが開催されるその場所で、僕たちの作品も公開されるのだ。

ホールまで、学校の最寄駅から電車で一時間弱。今回は現地集合ではなく、学校で待ち合わせをして、全員で向かう。遠征に行くのだというワクワク感が高まっていった。

県民文化ホールでこれなら、ＪＢＫホールではどんな気持ちになるのだろう。「ケンガイ」は正也の作品、などとすかした態度を取りながら、実は、自分もものすごく期待をかけていることに、今更ながら気付かされてしまう。

これぞ、遠征効果だ。会場が遠ければ遠いほど、バスや電車の乗車時間が長ければ長いほど、闘志が蓄積されていく。

着いて何をするわけではないにしても。

ホールに到着すると、やはり、ポロシャツ軍団がまっ先に目に留まった。決勝に残った学校というフィルターがかかっているせいもあり、どの軍団も、予選大会のときより背筋が伸びて、キリッとしているように思えた。

舞台に上がるときは制服だとしても、やはりポロシャツは魅力的かもしれない。

「青がいないな」

ラグビー部先輩がポロシャツ軍団を見渡しながら言った。予選のときは二、三校いたのに、確かに見当たらない。

「じゃあ、来年は青海が青担当ってことで」

正也もやはりポロシャツがほしいようだ。

広い玄関ホールの中央には、タマネギの皮が積み重なったような、金色にピカピカと輝くオブジェがドーンと置かれている。タイトルは「煌《きら》めきのシルエット」。素人が深く意味を考えてはならない領域だ。

その前で秋山先生と合流した。一人ずつにプログラムを配ってくれる。

大ホールでは、午前中、朗読部門、午後から、アナウンス部門。

中ホールでは、午前中、テレビドラマ部門、午後から、テレビドキュメント部門。

小ホールでは、午前中、ラジオドキュメント部門、午後から、ラジオドラマ部門。

どれも観覧できると書いてある。

各ホールの午前中の演目で、青海学院が出場するのはラジオドキュメント部門だけなので、皆でそれを観覧するのだと思っていたのだけど……。

「申し訳ないけど、テレビドラマ部門を見に行かせて。『チェンジ』よりもいいって評価された作品を、自分の目で確認しなきゃ、納得できないの」

アッコ先輩が珍しく、神妙な面持ちで白井先輩に頭を下げた。

「ごめんなさい。私からお願いしなきゃいけなかったのに」

月村部長もアッコ先輩の隣で頭を下げ、他の三年生の先輩たちもあとに続いた。

「やめてください。普段、私たちの意見にまったく耳を傾けてくれないのに、こういうときだけ許可を求めないでくれませんか？　イジメられてもいないのに被害者みたいな態度取るから、こっちがイジメているように見えてしまうんですよ。好きにすればいいじゃないですか」

白井先輩は厳しい口調で返した。ここまで言わなくても、と僕はヒヤヒヤしているのに、三年生の先輩たちはもう、白井先輩の方など見もせずに、「よしっ！」と小さくガッツポーズをし合っている。一年生がやきもきしなくても、これはこれでいい組み合わせなのかもしれない。

「一年生も誰か行ったら？」

白井先輩が僕たちの方を振り返った。

「来年の応募作を作るときの勉強になるでしょう？」

なるほど、と納得する。

どうする？　という空気が流れる中、正也が名乗り出ないのはドラマよりもラジオにより興味があるからだろう。

「僕が行こうか？」

「ああ、頼む。久米さんは？」

「わたしは朗読部門を見てきていいですか？」

久米さんははっきりと自己主張し、一年生は三つの会場それぞれに分かれて観覧することになった。僕は三年生の先輩たちについていけばいいのだから、気楽なものだ。

「そうだ、町田くん」

白井先輩に呼び止められる。

「これ、持っていきなさいよ」

白井先輩はバッグから白い紙を挟んだクリアファイルを取り出し、一枚を僕に渡した。

A４のコピー用紙に四角い表が描かれている。左端にある縦の項目は空欄になっていて、最上段にある横の項目は「①企画・内容」「②構成・演出」「③取材方法・努力」「④演技」「⑤技術」と書き込まれ、一番端には「合計点」と書かれている。

採点表だ。

「ぼうっと眺めていても仕方ないでしょう？　一項目二〇点、合計一〇〇点。審査員になったつもりで採点しながら見てみたら？」

「これって、審査員もこの基準で採点するんですか？」

「そうよ。こういう書式かどうかはわからないけど。審査基準、ちゃんと要項に載っていたでしょう？」

白井先輩はあきれたような口調だ。だけど、あきれられるのもわかる。僕は、○○をやるぞ、とスイッチを入れているときにしか、それについての行動を起こさないし、意識を働かせていないのだ、きっと。

ドラマを見たり、本を読んだり（滅多にないけれど）する際、意味がわからない言葉や読めない漢字が出てきても、なんとなくこんな感じだろうと、あまり気に留めずに素通りしていく。

だけど多分、白井先輩はスイッチがずっと入りっぱなしなのだ。見るもの、聴くもの、すべてを吸収して、自分のことに生かそうとしている。

そういえば僕は、陸上部のときも、他校の選手にあまり関心を持っていなかった。村岡先生が「○○中の誰々のフォームは……」などと話していても、どんなふうだっけ？と頭の中がはてなマークでいっぱいになることの方が多かった。

放送の大会当日は何もすることがない。そう決めつけて、心の片隅で未だに文化系クラブを少しばかり見下し、僕は今日、筆箱すら持ってきていない。バカじゃないだろうか。シャーペンを貸してください、なんて白井先輩には口が裂けても言えない。

「この用紙、予備があったら私たちももらっていい？」

月村部長が白井先輩に訊ねた。

「ありますよ」

そっけなく返事をして、白井先輩は僕にくれたのと同じ紙を五枚、部長に渡した。そして、そのまま久米さんにも一枚渡す。

「アナウンス部門用に作ったものだけど、朗読部門でも応用できると思うから」

久米さんはペコペコと頭を下げながら受け取った。正也はきっと、ラジオドキュメントの会場で渡されるのだろう。白井先輩は、苦手だけどすごいと思う。これまでに出会ったことのないタイプの人だ。

観覧準備も整い、青海学院の放送部員たちはそれぞれの会場に分かれていった。

テレビドラマ部門が行われる中ホールでは、様々な色のポロシャツ軍団が八割方、席を埋め尽くしている。自校の作品が上映されない僕たちは、ホール最後列の中ほどの席に横並びになって座った。僕は六人の一番端で、隣は月村部長だ。シャーペンも借りた。

「ホントに、お弁当だけ持ってきたんだ」

アツコ先輩に揶揄されても、頭をかくしかない。

舞台上には白いスクリーンが下ろされている。向かって右手にはマイクが設置された演台があり、その横にはパイプ椅子が一脚置かれている。

ブーッ、と会場全体に映画の開始前に流れるような音が鳴り響き、客席の照明が消えると、舞台袖から赤いポロシャツ姿の男子生徒が一人登場し、演台の前に立った。作品部門はポロシャツ姿で出てくるのか。

　ピ、ピ、ピ、ピー、と時報のような音が鳴る。ここからもう始まっているのだ。

「一番、県立瀬戸東《せとひがし》高等学校、タイトルは『旅立ちの日』です」

　赤いポロシャツの男子がそう言って一礼し、横のパイプ椅子に座ると、舞台の照明も消えた。上映中、ずっとそこに座っておくのか、と驚いてしまう。今は真っ暗だけど、上映が始まると、観覧者の顔は丸見えだろう。

　スクリーンに映像が映し出された。

テレビドラマ作品「旅立ちの日」は、タイトルから想定できるように、高校の卒業式前日の物語だった。

　主人公の男子生徒が『明日は卒業式か』と言いながら床に就く。だけど、朝起きるとスマホは前日の日付を示している。翌日も、その翌日も。繰り返される卒業式前日。

　おかしいと感じた主人公は、何かやり残していることがあるのではないかと考える。そして、勉強机の引き出しの奥を探ると、一枚の紙が出てきた。入学式前日に書いたものだ。

『高校三年間で必ずやる一〇のこと』

　バスケ部でレギュラーになる、英語のテストで一〇〇点を取る、彼女をつくる……。叶《かな》えられた項目もあるけれど、達成できていないものが三つある。ドストエフスキーの『罪と罰』を読む。ギターで作詞作曲をする。それを一番大切な人の前で披露する。

コミカルなタッチで、主人公が何日も続く卒業式前日にそれらをやりこなしていく姿を描き、最後に、彼女の前で歌を披露する。しかし、翌朝も同じ日のままだった。彼女の前でさらに心を込めて歌う主人公。しかし、彼女が言う。

『これって、旅立ちをテーマにした歌でしょう？　聴かせる相手を間違ってない？』

卒業後、主人公は進学のために故郷を離れる。今の自分にとって一番大切な人は誰なのかと考えた主人公は、家族の前で熱唱する。

そして翌日、卒業式の日が訪れた。

上映終了後、舞台が明るくなった。赤いポロシャツの男子はパイプ椅子から立ち上がり、「ありがとうございました」と一礼した。そして、舞台の袖に下がっていく。

ほどなくして、会場も明るくなった。次の開始まで二分だ。三年生の先輩たちの感想を聞いてみたかったけれど、その前に、自分で採点をする。

表の、縦の項目の一番上にタイトルを書き、横の項目を一つずつ照らし合わせていく。
①企画・内容＝一七点、②構成・演出＝一七点、③取材方法・努力＝一五点、④演技＝一八点、⑤技術＝一八点、合計八五点。
最初の作品は基準点となるため、こんなものかな、と深く考えずに点数をつけてみたけれど、なんだかしっくりこない。

続く作品は、部活動を通じた友情ものだった。交通事故で試合に出られないあいつのためにも、次のバスケの試合、必ず優勝しよう……。どこかで見たことがあるような、感じたこともあるような物語だ。

『俺の分までがんばってくれ』

そう言えるのは、自分が復帰できることが前提なのだと、モヤモヤした気分が込み上げてきた。自分が出場できない試合をこんな笑顔で応援できるはずないじゃないか、と。

採点も厳しいものになってしまう。

その後、恋愛ものが続いた。地味な女子が友人たちのアドバイスを経て大変身したり、かぐや姫のような学年一の美女が告白してきた五人の男子に手書きのラブレターで競わせたり、笑える要素はあるけれど、何か物足りない。

次は、部活もの。今度は剣道部。レギュラーになれなかったから部活をやめる、とゴネる（僕にはそう見えた）部員を説得する話。

要項に書いてある研究主題が「高校生に向けたもの」で、演者が自校生徒と決まっているから仕方ないのかもしれないけれど、高校生同士がガチャガチャと接するだけの物語ばかりだ。まあ、「チェンジ」もそうだったけど。

次の作品は「手紙を届ける」。また恋愛ものかとため息をつきそうになったけれど、そうではなかった。図書委員の生徒たちが古い本を整理していると、ある一冊の本に手紙が挟まれているのを見つける。封筒には宛名だけが書かれていたけれど、「小鳥遊《たかなし》弥生《やよい》」という珍しい苗字のため、すぐに見つかるのではないかと、生徒たちは卒業生名簿を調べていく。

しかし、見つからない。本は登録シールが貼られておらず、外部から持ち込まれたものだとわかる。また、その本は三〇年前に刊行され、すでに絶版になっているものだともわかる。生徒たちが調べていくうち、学校周辺で三〇年前に台風による大規模な土砂災害があり、学校が三ヵ月間、避難所になっていたことが判明する。生徒たちは当時を知る人たちの元を訊ね回り、ついに、「小鳥遊弥生」の家を見つけ、ポストに手紙を入れたのだった。

僕はこれに九五点をつけた。

次の作品は片思いの女子に弁当を作って告白する女子の話で、性別をテーマにもってきたことに僕としては、勇気があるな、と感じた。

その後再び、男女の恋愛もの、友情ものと続き、最後の作品は放送部のドラマ作り自体をテーマにしたものだった。題材をめぐる放送室での口げんかのシーンで、どこの放送部でも同じようなことでもめているんだな、と思いきや、いきなり歌やダンスが始まってミュージカル風になる。どのくらい練習したのだろうと、自分が出演することを考えただけで気が遠くなるような作品だった。

観覧を終えた僕と三年生の先輩たちは県民文化ホールを出て、隣接する公園に向かった。木製のテーブルと椅子が並んだ、弁当を食べるエリアがあるからだ。他の部員たちとも、そこで待ち合わせているけれど、僕たちが一番のりのようだ。

先に食べよう、と三年生の先輩たちに促され、僕も弁当を広げた。

「町田くんのお弁当、おもしろいね」

アッコ先輩が言い、他の先輩たちも「ホントだ」と続いた。特別なおかずが入っているのではない。というか、弁当箱ではない。一つずつ味が違うおにぎりが五個と、長方形のタマゴ焼きを半分に切ってラップで巻いたものが二つ。タマゴ焼きの中にはソーセージとチーズとほうれん草が入っている。

「普段は普通の弁当なんですけど、部活で出て行くときはいつもこれなんです」

僕はおにぎりにかぶりついた。梅干だ。陸上の大会は昼休みが設けられないことがよくある。自分の参加種目に合わせて、競技開始一時間前に食べ終えていたり、二種目以上に出場する場合は、そのあいだの時間に食べたりと個人で調整しなければならないからだ。それを母さんに話すと、時間も食べる分量も調整しやすいようにと、このスタイルの弁当にしてくれたのだ。放送部はいつも通りの弁当でいいと伝えておけばよかった。

「効率的でいいよね。入試のときにもよさそうだし、タマゴ焼きの丸かぶりもおいしそう」

アッコ先輩に言われ、僕は指先で鼻の頭をかいた。正也の癖がうつったようだ。

「ところで、みんなどの作品がよかった？」

月村部長が箸を片手に訊ねた。なんとなく、皆が僕に注目したような気がしたので、急いでタマゴ焼きを飲み込んだ。

「僕は『手紙を届ける』がよかったです」

「あー、あれか」

アッコ先輩が気のない返事をする。僕としては、私も私も、と満場一致の同意を得られるのではないかと思っていただけに、「手紙を届ける」を褒める言葉を続けることができなくなってしまった。

「感動的な話だったけど、九分の中に詰め込みすぎって感じがしたな。それより私は、女の子同士のラブストーリーに、ヤラレタって感じ」

ヒカル先輩が言った。オシャレなサンドイッチ弁当は、作品に出てきたものとよく似ている。

「私もあれよかった。見せ方がいいよね。ずっと男子に告白するんだと思わせておいて、最後に女子だったのかって驚かせる」

ジュリ先輩が続いた。

「そうそう。途中から、バスケの試合に差し入れするお弁当なのに、弁当箱やバッグにこだわったり、なんで見た目重視なんだろうとか、エビとアボカドのサンドイッチなんて女子好みなんじゃない？　なんてモヤモヤしていたら、そういうことだったのね、って最後にスッキリしちゃった」

スズカ先輩も熱く語っている。

「わかるけど、相手が女子でしたってこと以外は、ありきたりなラブストーリーだよね。

バレバレな尾行するところとか。それより、あたしは最後のミュージカルにヤラレタな。ああいうのもアリなんだ」

　アッコ先輩だ。

「応募規定で禁止はされてないよね。すごい練習量だと思う。でも、内容はありきたりすぎるかな。私は最初の『旅立ちの日』が一番よかった。卒業式の前日くらい、家族に感謝しなきゃいけないなって思ったもの」

　月村部長が言った。女子同士の恋愛に三票入ったものの、評価はバラバラだ。どんな結果が出ても、全員が納得できることなどないのではないか。

「でも、『チェンジ』より出来の悪い作品って、けっこうあったよね」

　アッコ先輩の言葉に三年生の先輩たち全員が頷いた。そして、内容が平凡とか、無理がある展開などと、他校の作品の欠点をあげつらっていく。やはり、そうなるのか。

　僕は全作品を見て「チェンジ」の落選はあまり接戦というわけではなかったのではないか、と感じた。ありきたりな内容はもちろん、演技だって、かなりよくなったと思ってはいたものの、他校と比べれば、二、三歩及ばないような気がする。

　だけど、ここでは言えない。そこに、久米さんがやってきた。まさに、救世主だ。

「朗読部門、どうだった？」

　久米さんが弁当を出すのも待たずに、僕は訊ねた。と同時に、久米さんの顔にじんわりと笑みが広がる。

「男子もイケボ揃いで、夢のようなひとときでした。わたし、これまで読書をするとき、声に出したことなかったんですけど、音読した方が、より物語の世界を深く解釈できる気がして、家で試してみようと思います」

　そう言いながら、弁当より先に採点表を出して見せてくれた。点数だけでなく、白い部分がなくなるくらいメモ書きがされている。台詞と地の文の読み分け方、息継ぎのタイミング、物語の抽出の仕方など。ただ、うっとりと聴いていただけではなかったのだ。

「物語の抽出って何？」

「指定作品の中から、朗読の規定時間の一分三〇秒から二分以内の間で、自分が表現したいところを選んで読むんです」

「そうなんだ。国語のテストみたいに、あらかじめ抜き出されているのかと思ってた」

「意外と、同じ作品でも皆さん別々のところを選んでいて、驚きました。自分が感銘をうけたところが、必ずしも他の人のそれと同じではないんだなって」

　なるほど、朗読部門も見学したかったな、と思いながらも考え直す。指定作品を読んでいない僕は、どの作品のどの部分を抜き出しているのかもわからないのだから。

　やはり、自分が出るとしたら、アナウンス部門の方がいいかもしれない。

　弁当を食べ終わると、月村部長がバッグからかわいらしい箱を出して、蓋をあけ、僕と久米さんのあいだに置いてくれた。

　手作りのクッキーだ。プレーンな生地のハート型や星型の上に、アーモンドやチョコチップがのったシンプルなものだけど、なんだかドキドキしてしまう。

「これも、うちの伝統なの」

県の決勝大会の前日に、三年生全員でクッキーを焼くらしい。明日は決勝、だけどもうできることは何もない。でも、何かしていないと落ち着かない。そんな気分の中、一〇年以上前の先輩たちは、クッキー作りをすることを思いついたのだという。

「焼き色が均一で、すごくきれいですね。どこで作ったんですか？」

久米さんが訊ねた。

「調理室。見たことある？　おととし改装されて、専門学校並みに設備が整ってるの」

「調理台や棚のパネルも青で統一されて、オシャレなんだから。セレブお嬢様の料理教室みたい。行ったことないけどね」

アツコ先輩がクッキーをつまみながらおどけた。

「竹宮先生なら、ここで缶コーヒーか紅茶を差し入れしてくれて、一緒にクッキー食べてたのにな」

ヒカル先輩がぼやく。また、秋山先生の悪口になってしまいそうだ。そこに、正也と二年生の先輩たちがやってきた。

「もう食べてる！　クッキーは全員で食べるものだと思って、ここに合流したのに」

白井先輩があきれたような声を出す。三年生の先輩たちも、先生の文句を言っている場合ではなくなったようで「ゴメン」と小さな声で謝っている。

「まあ、弁当食おうぜ」

ラグビー部先輩がドカッとテーブルの端につき、正也も僕の隣に座った。ここに来るまでのあいだにクッキーのことを聞いていたようで、「これか」と僕が持っているクッキーを眺めている。「どうぞ」と差し出しながら、正也に訊ねる。

「ラジオドキュメント、先輩たちの作品はどうだった？」

「いきなり、そこから訊く？　普通、ラジオドキュメント部門はどうだったじゃない？」

正也がクッキーを喉に詰まらせながら、抗議してきた。他校に比べてあまりよくなかったのだ、と察し、申し訳なく思う。

「青海の感想からで充分。宮本くん、遠慮せずに思ったことを言って」

正也の正面に座った白井先輩に言われ、僕まで姿勢を正してしまう。

「先輩たちの『シャッターを再び上げる日』は、他校と比べると、ラジオならではの工夫が弱かったと思います。さびれた商店街とか老夫婦とか、言葉で説明するよりも、映像で見せた方がわかりやすいと思いますし、これはテレビドキュメント向けの題材だったんじゃないかと……」

正也の声がボリュームを絞るように小さくなっていったのは、白井先輩の顔がみるみる強張り、鬼の形相となっていったからだ。

「私はそうは思わない。ラジオを意識したからこそ、最後に、さびついたシャッターを上げる音を強調するような構成にした。あの音で店の古さは伝わるはずだし、地面から少し持ち上げるときの、よっこらしょ、っていうおじいさんの声で、店主の年齢を想像させることもできたっていう、自信がある」

　怒るなら、意見を求めなければいいのに。僕は自分が責められたような気分になって顔を伏せた。運悪く、白井先輩に隣に座られた久米さんも、教室にいるときのように俯いてしまった。

「白井、一年生を怖がらせるなよ。じゃあ、宮本はどの作品が一番よかった？」

　シュウサイ先輩が落ち着いた口調で話に加わった。

「僕は『空想野球観戦』がおもしろかったです。高校野球の県予選大会の決勝を、球場の外から音だけで観戦して、試合の状況を想像する。球を打つ音。その後の歓声で、バッターが一塁に走ったことがわかる。さらに、その後の歓声で、アウトだったのか、セーフだったのか、二塁打だったのか、ホームランだったのかを予測する。ラジオならではの作品だと思いました」

「俺も『空想野球観戦』が一番かな」

　ラグビー部先輩が正也の助太刀に入った。

「一点合ってなくて、五回裏の悲鳴のような歓声は、盗塁成功ではなく、失敗だったんですね、なんて反省会をするところとか、おもしろかったし」

「そうそう、そこ。反省会があるのとないのとじゃ、全然、印象が違いますよね」

　正也が嬉しそうに答える。やはり、この二人はウマが合うようだ。

「ちょっと、テーマ性が低いようには感じたけどね」

シュウサイ先輩が白井先輩の様子をうかがうように言った。

「私もそう思う。まあ、うちの反省会は、結果が全部出てからよ」

白井先輩は不機嫌そうに弁当を取り出して広げた。生徒会長は弁当まで完璧なのだな、と感心してしまう。色とりどりの野菜を使ったおかずが、整備の行き届いた花壇のように並べられた、料理本の表紙になってもおかしくないような弁当だった。

「その弁当、白井先輩が作ったんですか？」

「親よ」

そっけないひと言が返ってきた。

「白井のお母さんは料理研究家なんだよ。なのに、こいつ、料理苦手でさ。去年のクッキー、俺たち一年生も手伝ったんだけど、白井のこねた生地だけ、ガッチガッチに固いの。腹もち重視の忍者クッキーかよ、って」

ラグビー部先輩が茶化す。完璧そうな人にもこんな欠点があったのか。そんなふうに僕は楽しい気分になったのだけど……。

「余計なことは言わないの。個人情報。放送部員の自覚がないぞ」

窘めたのは、白井先輩本人ではなく、シュウサイ先輩だった。

「だよな。ゴメン、白井！」

ラグビー部先輩も両手を合わせてすぐに謝った。白井先輩はどうでもよさそうな顔で、弁当を黙々と食べている。文句を言わないのが、怒っていないという証拠か。

白井先輩の隣に座っていた女子アナ先輩は弁当を出さず、紙パックの野菜ジュースだけを飲み干して、原稿に目を通していた。

「午後からの観覧のことだけど」

月村部長が切り出し、弁当を食べ終えている僕はプログラムを開いて、正也や二年生の先輩たちに見えるようにテーブルの真ん中に置いた。

大ホールのアナウンス部門、女子アナ先輩の番号は一番、トップバッターだ。

中ホールのテレビドキュメント部門、青海学院は三番目。

小ホールのラジオドラマ部門、なんと、ラスト一〇番目、大トリだ。

「発表順って、予選の点数で決められるんですか？」

僕は月村部長に訊ねた。

「それが、よくわからないの。毎年、発表の順番と決勝の結果に関連はないみたいだから、エントリーシートを提出したときの順番か、予選当日の受付順じゃないかな」

「予選当日の方じゃないですか？　私は早く来て、すぐに済ませたけど、部長、ギリギリだったじゃないですか」

白井先輩がそう言って、三年生の焼いたクッキーを一枚、口に放り込んだ。

「それなら、もう少し遅く、受付に行けばよかったな」

女子アナ先輩がつぶやいた。

「トップバッターなら、舞台の上で待機する時間が短くていいじゃないですか」

僕は朗読部門の観覧の際に感じたことを伝えた。

「決勝は課題原稿があるのよ」

女子アナ先輩はそう言って、小さくため息をつき、アナウンス部門の決勝について説明してくれた。

予選時と同じ自作原稿の発表後、続けて、大会事務局が用意した決勝課題原稿を読み上げなければならないのだという。原稿は本番三〇分前の、出場者招集点呼の際に配られる。読点等を省いた文章であるため、自分で工夫して読まなければならないらしい。

それなら、他の人が読むのを聴きながらイメージを固めていくことができる、後半の方が有利だ。

「ミドリなら、どんな原稿でも大丈夫よ」

白井先輩が力強く声をかけた。そういえば女子アナ先輩の名前は、ミドリさんだった。そうそう、とシュウサイ先輩も続いた。

「がんばれ、未来の女子アナ」

ラグビー部先輩が威勢のいい声で言った。本当に目指していたんだな、と僕はミドリ先輩をさらに応援したい気分になった。

「私たちはテレビドキュメント部門があるから応援に行けないけど、町田くんと久米さんはアナウンス部門を見てから、ラジオドラマ部門に行ってもいいんじゃない？」

白井先輩の提案を、僕と久米さんは受けることにした。

「俺はラジオドラマ部門を最初から最後まで見届けたい」

想定通りの答えだった。

一足先に県民文化ホールに戻ったミドリ先輩を、観覧席開場時間に合わせて、僕と久米さんも追いかけた。

大ホールへの入り口は三カ所ある。中央のドア横にはホワイトボードが置いてあり、Ａ４サイズのコピー用紙が一枚貼られていた。真ん中辺りに横書きで文章が印刷されている。

『○○高校△△の時間です。来月五日より県民文化ホールでカラヴァッジョ展が開催されます。ミケランジェロメリージダカラヴァッジオは西洋美術史上最も偉大な巨匠の一人でありイタリアを代表する大画家です。代表作は聖マタイの召命キリストの埋葬などです。皆さんも一度足を運んでみてはいかがでしょうか。（注・○○には校名を、△△には番組名（架空のものでもよい）を入れる）』

アナウンス部門の決勝課題原稿だ。出場者に配布されたあと、会場入り口にも掲示されるようだ。召命、ってどう読むのだろう。

「ホールの掲示板の一番目立つところに、カラヴァッジョ展のポスターが貼られているので、単純に、身近な出来事の告知としてこの原稿が作られたのかもしれませんけど、意地悪な内容ですよね」

久米さんは原稿を睨みつけている。意地悪って、漢字が難しいことだろうか。

僕と久米さんは掲示板から離れ、大ホール後方のドアに向かった。たいした上りではないけれど、やはり、階段は足に響く。

「カラヴァッジョとカラヴァッジオ。どちらの表記も間違いではないけど、二通りで書かれていることに気付かないと、先に出てきた方に揃えて読んでしまうかもしれません。要項には、文章の改作は認めない、とあるので、減点の対象になってしまいます」

久米さんの言葉を、このまま踵《きびす》を返してミドリ先輩に伝えに行きたい気分だ。だけど、出場者はもう舞台袖に待機していて、観覧者である僕たちがそこへ行くことはできない。原稿を見た際、僕は久米さんが指摘したことに気付かなかった。黙読のおそろしいところだ。

もし、音読せずにそのまま舞台に上がってしまったら、僕なら多分、カラヴァッジオと読んだあとで、うん？　と読むのを止めてしまうだろう。でもそう書いてあるしなあ、と続けてみても、それはもう読み詰まったことになってしまう。

だけど、プロのアナウンサーはすべての原稿を事前に音読できるわけではない。速報が飛び込んでくることもある。そういう、急に与えられた原稿にきちんと対処できるかどうかも、採点の対象となるのだろう。

アナウンス部門は、五人終了ごとに三分の休憩が入り、入れ替えとなるため、スムーズに退出できるよう、僕たちは後方のドアのすぐ横の席に並んで座った。五人分しか聴かないけれど、白井先輩から一応、採点表は渡されている。

ブーッ、と開始の合図が鳴り、照明がともる舞台上に、五人の出場者が現れた。まずは全員、待機用のパイプ椅子に座る。会場全体に、携帯電話の電源を切る、私語は禁止、といった諸注意がアナウンスされたあと、一番手として、ミドリ先輩の名前が呼ばれた。先輩は、ぐっと背筋を伸ばしたまま立ち上がり、中央に置かれたマイクの前まで出て行った。手には原稿を持っている。自作原稿と課題原稿。

僕は祈るような気持ちで、ミドリ先輩のアナウンスに耳を傾けた……。

アナウンス部門の最初の五人が終了して、僕と久米さんは大ホールを出た。互いに無言だ。ミドリ先輩は久米さんが心配していた通りの失敗をしてしまったのだから。ラジオドラマ部門が行われている小ホールに向かったものの、こちらは入れ替えのタイミングではなく、僕たちは通路の端にある長椅子に座って、ドアが開けられるのを待つことにした。

そうなると、やはり、アナウンス部門の話になってしまう。

「ミドリ先輩、カラヴァッジオのところもカラヴァッジョって読んでしまいましたね」

久米さんは、自分が間違えたかのように落ち込んだ様子だ。

「でもさ、次の人なんか、名前を区切るところがおかしくなかった？　メリー・ジダ・

カラヴァッジオみたいな読み方になっていたと思う。それに……」

「何ですか？」

「僕は決勝課題よりも、個人の原稿の方が気になったんだけど」

「どういうことですか？　先輩、そっちは完璧だったじゃないですか」

久米さんが違和感を覚えていないなら、僕ごときが気にすることではないのかもしれないけれど。

「五人中四人がＳＮＳについてだったよね。ＬＡＮＤについてとか、写真の取り扱い方とか、先輩みたいに使わない日を作ろうとか、くわしい内容は違うけど、三人目辺りから、またＳＮＳネタか、って思ったんだ。その分五人目の、ビニル傘も大切に使おう、っていうアナウンスは新鮮で、僕も一本学校に置きっぱなしにしているよな、なんて頷きながら聴いてしまったんだ」

僕と同じような気分になった審査員もいるのではないだろうか。

「確かにそうですね。予選のときはＳＮＳ関連がそれほど多いとは思わなかったので、そういう内容が高得点を集めたということでしょうか。だけど、そちらに偏りすぎて、決勝では逆に不利になってしまう」

久米さんの分析に僕は頷いた。題材選びは意外と奥が深いのかもしれない。

小ホールのドアが開き、僕と久米さんは真ん中の横一列に陣取っている青海学院チームに合流した。久米さんを正也の隣に促し、僕もその隣に座る。

小ホールは、大ホールや中ホールと広さが違うだけでなく、舞台はあるものの、観覧席は傾斜になっていないし、座席も初めから設置されているソファのようなやわらかいものではなく、パイプ椅子が並べられているだけだった。

二作目が終わったところだという。

「ミドリ先輩は？」

正也に訊かれた。

「自作原稿は完璧だったと思う。でも、決勝課題が難しかったんだよな」

僕は感じた通りのことを話した。ラジオドラマの様子も気になるけれど、発表が終わった学校の人たちも近くにいるはずなので、訊くことはできない。

「採点表、見る？」

さすが、エスパー正也だ。そう言って、膝の上にのせていた紙を下敷きごと久米さんに渡し、僕もそれを一緒に覗き込んだ。

二作品とも七十点台後半だ。ここから僕もしっかりと見ていくぞ、とリュックからクシャクシャになったラジオドラマ用の採点表を取り出し、久米さんにシャーペンを借りた。

ブーッ、と開始の合図が、ホール内の四カ所に設置された巨大スピーカーから鳴った。

舞台中央にはスタンドマイクが一台、向かって右脇にはパイプ椅子が一脚、置かれている。舞台袖から、黒いポロシャツを着た女子生徒が出てきて、マイクの前に立った。

ピ、ピ、と五カウントの音も響きがいい。

「三番、河北《かわきた》高等学校、タイトルは『われら宇宙部』です」

黒ポロ女子がパイプ椅子に座ると、ホール全体が薄暗くなった。なんだか奇妙な光景だ。大勢が集まって、スクリーンを見るでも、舞台に注目するでもなく、音だけを聴くなんて。

コンテストだから皆でいるけれど、ラジオドラマとは、本来、自分一人で楽しむための娯楽なのかもしれない。

五、四、三、二、一、〇、というカウントのあと、ゴゴゴーッ、と轟音《ごうおん》が響き、宇宙船とともに、僕自身も異空間に連れて行かれたような気分になる。

「われら宇宙部」とはタイトル通り、高校の宇宙部の生徒たちが、夏合宿で宇宙に行くという物語だった。高度何万メートル、大気圏突破、わあ地球が見える、そう言ってしまえば宇宙になるのが、ラジオドラマだ。

ラジオの特性を生かしているな、これは強敵だ。宇宙部なんて、日頃どんな活動をしているのだろう。特別なトレーニングを積んでいるのかな。期待がどんどん膨らんでいったものの、メインストーリーは、談話室に一つ残してあった貴重な大福がなくなっている、犯人は誰だ、というものだった。

適度なボケとツッコミがあって、会話もおもしろい。だけど、これ宇宙じゃなくてもよくない？　と心の中でつぶやいた。放送室で充分成り立つ内容だ。

『ほら、地球を見てみなよ。争いの原因となる国境なんてどこにも引かれていない、丸い美しい姿を。こんな小さなことでケンカしていたら、笑われちゃうよ』

大福でその台詞を言ったらダメだろう、と最後まで残念な気分が残ってしまう作品だった。八〇点。

次の作品タイトルは「ミッション」で、深夜の学校が舞台だ。一〇〇年に一度見ることができる彗星《すいせい》を観測するために、理科部の男子生徒が一人で学校の屋上にいると、スマホに電話がかかってくる。

非通知設定だが出ると、相手は「ヒロキ」と名乗った。物理の得意な一学年上の先輩からだ、と主人公は用件を訊ねる。

『学校の屋上に爆弾が仕掛けられている。警察に通報したし、俺も今から駆け付けるけど、間に合いそうにない。おまえしか頼めるヤツはいない。俺が指示をするから、どうか、爆弾の時限装置を解除してくれ』

主人公は屋上を捜し、金属製の箱をみつけた。蓋を開けると、五色の配線コードが複雑にからみあっていた。電話で指示を受けながら、一本ずつコードを切断していくごとに、主人公の脳裏には、人生の大切な場面が蘇《よみがえ》っていった。

最後のコードを切断した主人公は電話の相手に、時限装置を解除したことを伝える。しかしその瞬間、電話の向こうから、爆発音が響き渡る。

『ユウマ、解除成功じゃなかったのか？　おい、ユウマ、大丈夫か！　ユウマ！』

　相手がそう叫んだきり、電話は通じなくなった。何が起きたのか理解できない主人公。そこに、誰かがやってきた。

『遅くなって悪い。彗星、見えたか？　そういや、さっき、どこかの町の高校で爆発事件があったんだって』

『うちの高校、じゃなくて？』

『当たり前だろ。……うん？　アーッ！　おい、おい、おい。おまえ、俺が必死に作った宇宙人との交信機、なんで分解してんだよ。なあ、カズヒコ』

　そして、主人公のモノローグで物語は終了する。

『そう、俺の名はカズヒコ。ユウマではない』

……これが、ラジオドラマだ。

　僕は腕を組むようにして、両方の二の腕をギュッと掴んだ。鳥肌が立っている。

　会場が明るくなったので、正也の方を見ると、正也はまっすぐ前を向いたまま、固まっていた。眼の焦点も定まっていないし、口もポカンと開いている。

「正也」

　少し心配になって声をかけてみると、正也はハッとしたように肩をピクリと動かして、僕の方を向いた。

「あ、ああ、何？」

大丈夫？　と訊いてはいけないような気がする。

「採点しなきゃ、次が始まるぞ」

当たり障りのないことを言ってみた。「ミッション」の採点は、僕もまだしていないのに。

えっ！　と思わず声を上げてしまったのは、正也が採点表をクシャクシャに丸めて、ズボンのポケットに突っ込んだからだ。

「紙に書いてしまうと、書いたことしか頭に残らなくなってしまうから」

正也の顔はこれまでに見たことがないほど、真剣なものになっていた。

僕は作品をただおもしろいかつまらないかというくらいでしか判断していないけれど、正也はもっと細かいことを吸収しているのだと思う。

ライバルに刺激を受けている。この言葉がぴったりなんじゃないだろうか。

続く作品のタイトルは「真鍋《まなべ》会議」。全国的にはそれほどポピュラーな苗字ではないけれど、県北部の町には「真鍋」が集中しているらしい。ドラマは放送部全員が真鍋という苗字で、前半はまぎらわしい思いを吐露し合う会話劇、後半は「真鍋」のルーツを探っていき、最後に「真鍋」でよかったとハッピーエンドになる物語だ。

さすがに現実は部員全員が「真鍋」ではないだろうから、フィクションとして成立するようにラジオドラマ部門に出品したのかもしれないけれど、僕はこれはドキュメント向きの作品ではないかと思う。

もちろん、「真鍋」の由来も完璧なフィクションならドラマなのだろうけど、地味な検証結果は、事実なのではないかと察せられる。

二年生の作ったラジオドキュメント「シャッターを再び上げる日」を正也がテレビドキュメント向きだと評したように、伝えたいことや表現したいことを、どの形で見せるかというのは、とても重要なのかもしれない。

次の作品のタイトルは「ありがとう」。主人公の男子高校生は夏休みのバスケ部の練習中に塩分不足で倒れてしまう。病院のベッドで目を覚ました主人公を一〇人が囲んでいた。皆、主人公の知らない人たちだ。

一〇人は口ぐちに主人公に『ありがとう』と伝える。が、主人公はまったく身に憶えがない。唯一、他校の制服を着た女子高生は見たことがあるような気がする。

朝、バス停付近で貧血を起こしてうずくまっている彼女に、スポーツドリンクと自家製の干し梅が入った瓶を渡したことを思い出した。

女子高生は主人公に、その後、バスに乗った際、立っている最中に突然足がつってしまった男性サラリーマンに干し梅を瓶ごと渡して下車したと話す。

女子高生の隣には、そのサラリーマンが立っていた。

結局、主人公の周囲に集まっていた人たちが皆、主人公の手から渡った干し梅に助けられたという、風が吹けば桶《おけ》屋が儲《もう》かるというか、バタフライエフェクトといった、ささやかな言動が思いがけないところにまで波及するという話で、最後は、銀行強盗が干し梅を食べておばあさんを思い出し、改心するという、とんでもない展開になっていた。

次の作品タイトルは「告白シミュレーション」。主人公の女子高生が好きな男子に思いを伝えるため、幼なじみの男友だちに告白の練習台になってもらい、様々なシミュレーションを重ねていくうちに、本当に好きなのは幼なじみの方だったと気付く、ラブストーリーだった。

　ありがちな話だけど、シミュレーションの一つとして、県内に実在する平家《へいけ》の落ち武者が作ったという朽ち果てた吊《つ》り橋を、二人で渡る際の演出がおもしろく、僕は思わず声を出して笑ってしまったし、会場の至るところで、同じような笑い声が上がっていた。

　テレビドラマで同じものを作ろうとしたら、まず、撮影許可が下りないだろうし、ワアーッと叫びながら落下する場面も、笑いごとでは済まされない気持ちになるはずだ。『鼻血出し過ぎ』という台詞があっても、それぞれが思い浮かべる血の量はおそらく違って、自分の許容範囲内で想像しながら楽しめるのも、ラジオドラマの利点なのではないかと思う。

　次の作品タイトルは「じいちゃんと僕」。主人公の男子高生が面倒臭がっておじいさんの七回忌法要に出席しなかったところ、おじいさんの幽霊が出てきて、取り憑《つ》かれてしまうという話だ。

　前半は試験中におじいさんがカンニングを手伝ってくれるものの、なかなかうまくいかないといったコメディタッチの展開だけど、後半は、親友のイジメを見て見ぬふりをしている主人公に、おじいさんがカツを入れるという人情的な物語になっていった。主人公は生前のおじいさんの口癖を思い出す。

『勉強なんかできなくてもいい。だけど、お天道様から目を背けるようなことはしちゃいけない』

　主人公はおじいさんの幽霊に背中を押され、親友を助けるのだけど、おじいさん役を高校生が演じているわりには、違和感がほとんどない。これがテレビドラマ部門なら、顔にしわを描いて、頭に三角の布をつけた、足のある幽霊役の高校生が出てくるのかもしれないけれど、そうすると見た目ばかりが気になって、物語に集中することが難しくなるかもしれない。

　そういう点においても、ラジオドラマは自由度が高いと感じる。だからこそ、決勝に残った作品も、テレビドラマ部門のように登場人物が高校生しかいない恋愛ものや友情ものに偏っていないのではないだろうか。

　次の作品は女子校が制作したものだ。タイトルは「未来をください」。役者が女子しかいないのは、共学と比べてハンディになりそうな気もする。どんな内容なのか。

　女子高生が白血病になるというものだった。骨髄移植のドナーが必要となるけれど、身内に適合者はいない。女子高生の仲良しグループのメンバーは友人を助けたいけれど、未成年のため、自分たちはドナーになることができない。そのため、駅前でドナー検査を受けてくれるよう、町の人たちに呼びかける。

『未来をください』そう言って。

高校生と放送という大会趣旨に、この作品が一番近いのではないかと感じた。だけど、惜しいなとも思う。急性骨髄性白血病について、骨髄移植について、ドナーになるため必要な検査について、友人役の女子生徒たちが順番に医学書を読み上げているような構成になっているのだ。

多分、現実に自分が同じ立場になった場合、町中で訴えるとしたら、同じような感じになるかもしれない。だけど、ラジオドラマとしての作品なら、現実に起こりそうなことをそのまま再現するのではなく、やはり、脚色が必要なのではないだろうか。

例えば？　音……、雨音！　呼びかけの最中に雨が降ってくる。通行人たちの足は速まり、耳を傾けてくれる人は誰もいなくなるかもしれない。それでも、続ける。

他校の作品になら、何とでも意見をつけることができる。

いよいよ、次だ。月村部長が舞台中央のマイクの前に立った。

「一〇番、青海学院高等学校、タイトルは『ケンガイ』です」

人生において、マイクを通した自分の声を聞いたことすらなかった僕が、ラジオドラマの主人公を演じた。

録音したものを聴きかえす際、初めは恥ずかしさのあまり、ジェットコースターに乗ったときのようにお腹の奥の方がヒョワヒョワとくすぐったくなるような感触が込み上げてきて、まともに耳を傾けることなどとうてい無理だった。

だけど、何度も繰り返すうち、耳が慣れたのか、腹が据わったのか、必要以上に大きなリアクションをしているのが自分だけだということに気付いたせいなのか、冷静に聴くことができるようになった。

それでも、小ホールとはいえ、音響設備の整った会場いっぱいに自分の声が響き渡ると、むずがゆい気分になってくる。ただ、そんなのは最初の一分くらいまでだった。

話の展開は他校の作品と比べてもテンポがよく、おもしろいと思う。だけど、なんだ、この僕の台詞回しは。部内の皆から声がいいと褒められて調子に乗っていたけれど、「ミッション」や「じいちゃんと僕」の主人公の声の方が何倍も耳に心地よく響くし、聴き取りやすい。

特に、「ケンガイ」は早口で台詞を言う箇所を多く取り入れている。この部分、会場にいる人たちはちゃんと聴き取れているのだろうか。今になって思いついても遅いけれど、脚本を何度も読み、内容がしっかり頭の中に入っている部員の前で読むだけでなく、家で母さんにでも聴いてもらって、ちゃんと理解できたか確認するという手段もあったのではないか。

それから、怒ったり泣いたりと、感情が昂《たか》ぶる場面。これは自分のパートだけでなく、全体を通して、少しくらい大袈裟な演技をした方がよかったのではないだろうか。ラジオドラマでは表情を見せることができない。その分、声に感情を上乗せしなければ、こちらの思いを一〇〇パーセント伝えることは難しいのではないか。

それでも、僕はこの物語をおもしろいと感じた。決して、他校に負けていない、と。

「ケンガイ」発表後、会場が明るくなり、正也を見ると、一度丸めてクシャクシャにした採点表をきれいに伸ばしていた。その表情には鬼気迫るものがあり、今は話しかけない方がよさそうだと、黙って様子をうかがっていると、正也はシャーペンを手に取り、裏面にすごい勢いで何やら書き始めた。


冒頭はケンガイでパニックになっている学校の様子を入れた方がよかったのではないか。早口の部分はやはり、聞き取りにくかったかも。では、削るとしたら？

「ケンガイ」の反省だ。「ミッション」を聴いたあと、書いたことしか頭に残らなくなってしまうからと言って、メモを取ることを放棄したのに。多分、頭に留《と》められないほどの、反省点や今後に生かしたいことが込み上げてきているのだろう。


三年生の先輩たちが立ち上がった。皆、思い思いに欠伸をしたり、大きく伸びをしている。他校の採点はしているのに、「ケンガイ」の欄は空白のままになっている。

「昼ごはんを食べた公園に移動しよう」

舞台から戻ってきた月村部長に言われた。今日の結果は、これから約一時間半後、午後四時にエントランスロビーに貼り出されるらしい。

「正也、移動だってさ」


紙とペンをそれぞれの手に持ち、あたふたしている正也の足元に置いてあるリュックを久米さんにとってもらい、僕たち一年生も小ホールをあとにした。

テレビドキュメント部門はまだ終了しておらず、三人で昼食を取ったときと同じテーブルにつくと、僕たちより先に出て行ったはずの三年生の先輩たちもやってきた。テーブルの上に、数種類のペットボトルの飲料が置かれる。

「三年からのオゴリ。好きなのを取って」

アッコ先輩に言われ、先輩たちに頭を下げながらスポーツドリンクをもらった。正也もスポーツドリンク、久米さんはアイスティーを選んだ。先輩たちもそれぞれ手に取ると、キャップを開けた。テーブルには四本残っている。

「今日はお疲れさまでした」

月村部長の音頭に合わせて乾杯をしたものの、これでいいのだろうか。また白井先輩に怒られそうだ。

どの作品がよかった、などと昼休みのように盛り上がることはない。どの作品も「ケンガイ」のライバルなのだから、安易な発言はできない。それを思うと、昼は、二年生の先輩たちに失礼なことをしてしまった、と反省してしまう。

正也だけがテーブルの片隅で、「ケンガイ」についてまた必死で何か書き始めた。

僕と久米さんは、三年生の先輩たちが夏期講習の話をしているのを、横でぼんやりと聞いていた。

ほどなくして、二年生の先輩たちもやってきた。僕たちが先に飲み物を開けていたことについては何も言わず、三年生にお礼を言うと、四人で乾杯して一気に飲み干していた。

二年生の先輩たちも作品の話をする様子はなかった。梅雨なのに雨が全然降らない、といったどうでもいいことをポツリポツリと口にしている。

ヒカル先輩がふと思いついたというふうに、「あっ」と声を上げた。先輩にしては大きな声だったので、三年だけでなく、二年生の先輩たちも注目した。

「私たちが一年生のとき、クッキーはこの時間に食べてなかった？」

「ホントだ。そうだよ」

スズカ先輩が同意した。

「ライバル校の名前とか、作品名を大声で言いながら、緊張する気持ちを飲み込むようにして、食べていたと思う」

アツコ先輩がそのときのことを思い出したのか、興奮気味に言った。

「どう考えても、その食べ方が正しいと思います。どうして、今の今まで思い出せなかったんですか？」

白井先輩が三年生を責める。

「忘れていたんじゃない、去年は顧問の先生が替わって、本当に全滅の危機だったから、この時間用に残しておいたクッキーを、先輩たちは誰も食べることができなかったのよ。私だって、今ここにクッキーがあっても、喉を通るとは思えない」

月村部長が静かに答えた。連続出場が途絶えるか、一〇年連続出場となるか。

発表までいよいよ、残り半時間だ。

決勝の結果は、県民文化ホール、大ホールの前方入り口の扉に掲示された。駆け寄る生徒数は予選のときより少ないため、ダッシュする正也の背中を追いながら、僕もゆるゆると扉の方に向かった。

予選時と同様、各部門につき一枚、Ａ４のコピー用紙が横並びに六枚、貼り出されている。結果が横書きで印字されているけれど、予選時と違うのは、通過した作品だけでなく、決勝に残った全作品の得点と順位が、表形式で記載されているという点だ。

ラジオドラマ部門を探す。得点順ではなく発表順なので、表の一番下の欄を目で追う。
⑩青海学院高等学校、ケンガイ、４４７、２、赤字で「推薦」——。
五〇〇点満点中の四四七点で、一〇校中、二位。そして……、全国大会へ二校推薦されるうちの、一校に選ばれたということだ。

「正也！」

大声で叫んでバシッと背中を叩き、隣に立った。背中に当てたままの手から、正也の震えが伝わってくる。横顔を見ると、目に溜《た》まった涙が膨れ上がり、今にもこぼれ落ちそうになっていた。僕の鼻もムズムズしてくる。

その横から、鼻を何度もすする音が聞こえてきた。月村部長がボロボロと涙をこぼしながら泣いている。

普段はもっと感情表現が大袈裟な、三年生の他の四人の先輩たちの方が、涙ぐむ程度にこらえ、「よかったね、よかったね」と交代で部長の肩をやさしくなでていた。

その向こうに、ミドリ先輩が見えた。両手で顔を覆って泣いている。

僕はアナウンス部門の結果を確認した。トップバッターのミドリ先輩の順位は七位。全国大会に推薦されるのは六人、あと一人というところで、届かなかったことになる。カラヴァッジオをカラヴァッジョと読んでしまったからか、他のところに原因があったのか……。僕が中学の駅伝県大会で、あと三秒と悔やんだときと同様の後悔が、先輩の頭の中だけでなく、全身を駆け回っているかもしれない。いや、もっと悔しいか。六位の人との点差は、わずか二点なのだから。

ミドリ先輩の隣にいるのは、白井先輩だ。ミドリ先輩を慰める様子はなく、まっすぐ前を向き、結果が書かれた紙を凝視している。テレビドキュメント部門か、ラジオドキュメント部門か。

僕に近い方に貼られているラジオドキュメント部門に視線を移そうとしたそのとき、白井先輩はくるりと扉に背を向け、人ごみをかきわけるようにしてどこかへ走っていった。それを、白井先輩の後ろにいた、ラグビー部先輩があわてて追いかける。

振り返りながら二人を目で追っていた、シュウサイ先輩と目が合った。泣き笑いのような表情に、僕はどんな顔を返していいのかわからない。

改めて、結果を確認する。青海学院、テレビドキュメント部門は六位、ラジオドキュメント部門は八位だった。

ドキュメント部門は上位四校が推薦されるため、惜しかった、とは言えないかもしれないけれど、自信をもって挑んだ作品が期待する評価を得られなければ、やはり、悔しいだろう。

ラジオドラマ部門の一位は「ありがとう」だった。これには驚いた。「ケンガイ」の方が断然よかったし、もし「ケンガイ」が負けるとしたら「ミッション」にだろうと覚悟していたのに、「ミッション」はなんと六位。集計ミスなどの間違いではないかと、他校の僕が思うくらいだから、この作品を作った人たちは、悔しさを通り越して、怒り、もしくは脱力感を抱いているのではないだろうか。

扉の前に集合した、ほとんどの生徒たちが泣いている。一部が嬉し涙、大半が悔し涙のはずだ。喜びのあまり「ヤッター」と声を上げる人はいても、その場で大はしゃぎすることはない。戦った相手に敬意を表しているのだと思う。

正也や三年生の先輩たち、そして久米さんも、二年生の結果を確認して、人ごみから離れ、エントランスから外に出た。と同時に、三年生の先輩たちが肩を組み合って、喜びの声を上げ始めた。

「みんなで東京に行けるね！」

第5章　アドリブ

　ラジオドラマ部門で全国大会出場が決まったと、帰宅前に、母さんにメールしたため、テーブルの中央には、から揚げをドーンと山盛りにした皿が置かれていた。いったい何人家族なんだと、余所《よそ》の人が見たら首をひねるような量だけど、我が家ではこれが、一晩、遅くても翌日の昼にはなくなってしまう。それくらい、母さんも僕もから揚げが大好きだ。そんなお祝いの席を前にして、僕は何だかモヤモヤしている。

　どうしてだろう……。

　県民文化ホールのエントランス前での、秋山先生の挨拶が、全国大会出場が決まったというのに、Jコン本選の詳細は後日郵送で届くとか、講評は来週中には大会ホームページにアップされるといった、業務連絡のようなそっけないものだったからだろうか。

　せっかく遠出しているのだし、お祝いを兼ねてパンケーキのおいしいカフェに行こう、という三年生の提案を、二年生が無言ではねのけたからだろうか。

　一年生はどうする？　と訊かれたのが、僕には、三年生と二年生のどっちを選ぶかという意味に思えて、一日中座りっぱなしだったため、足が少し痛み始めたのを理由に断ったことが、後ろめたいからだろうか。

久米さんや正也さえも、僕と一緒に帰ると言って辞退したことに、気を遣わせて申し訳ないという思いが生じたからか。いや、これは違う。むしろ、二人は僕に便乗したような気がする。

帰りの電車の中で、正也に「おめでとう」とは言ったものの、すぐに話を逸らすようなかたちで、久米さんと一緒に、アナウンス部門の課題原稿が意地の悪いものだったと、正也に報告をしてしまったのは何故だろう。

正也も「俺はそんな画家がいることすら、知らなかった。圭祐、おまえ、来年アナウンス部門を狙ってるなら、今から新聞とか読んでおいた方がいいんじゃないの」などと言いながら、スマホでカラヴァッジョの検索をし始めた。興味がないはずなのに。

全国大会の話をしたくなかったからだ。

――みんなで東京に行けるね！

モヤモヤの原因はこれだ。最初に口にしたのはアッコ先輩だったと思うけど、三年生の先輩は皆、口ぐちにそう言い合っていた。

行ける、よかった、夢みたい。

この三つのフレーズを、泣きながら繰り返していた。月村部長でさえも。

初めは、よかったですね、なんて思いながら先輩たちを眺めていたけれど、ふと、全国大会は、一部門につき五人分しか学校からの遠征費が出ない、と先輩たちが言っていたことを思い出した。

「ところで、圭祐。全国大会と手術の日は重なっていないの？　今ならまだ、日程の調整をしてもらえるはずよ」

母さんが大きなから揚げを飲み込んでから言った。咀嚼《そしゃく》しているあいだ、僕だけでなく母さんもいろいろ考えていたようだ。

事故から半年となる今年の八月、僕はもう一度、手術を受けることになっている。今まで体育の授業を見学していたのも、この手術に備えるためで、手術が無事成功すると、リハビリを兼ねて少しずつ運動する量を増やしていくことになる。

将来的には走れるようになる、とも医者から説明を受けたけれど、これについては手術が成功するまで、深く考えないことにしている。手術のための入院は八月の第一週、Ｊコン本選は七月の最終週だ。

「大丈夫、重なってないし、そもそも僕は連れて行ってもらえないから」

「でも、圭祐は主役なんでしょう？」

母さんは目を丸くして驚いている。

「演劇コンテストなら、主役は絶対だけど、放送コンテストは、すでに作っているものをオンエアするだけだからね。それに……」

僕は母さんに、学校から遠征費が出る人数と三年生の部員数が同じであることを、簡単に説明した。

「そうなの……。残念ね」

母さんは自分が留守番役にまわされたようにガッカリ顔になったけど、僕は自分自身については、それほど残念に思っていない。

ラジオドラマ制作に一番貢献したのは、正也なのだから。

食事を終えて自室に戻っても、気分はモヤモヤしたままだ。

――じゃあ、正也くんともう一人の女の子と一緒に、記念に遊園地にでも行ってきたら？

母さんはケロッとした顔でそう言ったけど、代わりのもので納得できることではない。

そもそも母さんは、Ｊコン本選出場が狭き門であることをわかってなさそうだ。

まあ、汗も涙も流していない息子を見れば、そんなふうにも思うだろう。才能や努力がなくても、ほどほどにがんばれば届く世界なのだな、と。

ラジオドラマ「ケンガイ」は放送部全員が参加した作品だ。もちろん、皆ががんばった。役者、制作、どの役割においても、出来うる限りの努力をした。だけど、全国大会に行けるような高い評価を得られたのは、皆の努力の結晶であったり、化学反応であったりのおかげではないと、僕は思う。

良太を欠いた三崎中陸上部の駅伝地区大会のときとは違い、決して、凡人の奇跡ではないはずだ。

正也の脚本ありき、一人のエースありきの結果だ。

つまり、良太に足の故障がなく、県大会に出場していたとして、良太のぶっちぎりの快走で優勝し、全国大会への出場権を得るのと同じ状況と言えるはずだ。その全国大会に良太を出さない、連れて行かない選択など、起きるはずがない。

たとえ、正也が行こうと行くまいと、結果は変わらないにしてもだ。

もし、顧問が毎日活動に参加して、それぞれが何をやっているのか見ていたら、作品への貢献度順に五人を選んでくれていたかもしれない。だけど、秋山先生にはまったくそれは期待できない。

久米さんがスマホを持っていたらな……。きっと、同じことを考えているような気がする。愚痴を言い合うだけでも気が晴れるのではないか。だけど、この気持ちを正也に伝えることはできない。

俺もＪＢＫホールに行きたい。そう言われたら、どう返せばいい？

週明けの放課後、県大会の反省会と称したミーティングが放送室で開かれることになった。いつものように、テーブルをパイプ椅子で二重に囲んだ中央には、色とりどりのケーキが入った箱が二つ置かれている。

秋山先生からの差し入れらしいけれど、姿はない。

「『白バラ堂』のケーキ、メチャクチャおいしいよね。先生なりのお祝いなんだろうね」

アツコ先輩がはしゃいだ様子で言いながら、紙皿とプラスティックのフォークを回してくれる。

「種類が多くてどれにするか迷っちゃうけど、今回は一年生ががんばってくれたから、学年の若い順に好きなのを取っていこうよ」

アツコ先輩の提案にジュリ先輩が、「賛成！」と続き、二つの箱が僕たちの方に寄せられた。

「正也から選べよ。一番活躍したんだから」

自然と出てきた言葉に、久米さんも頷いてくれた。

「じゃあ、遠慮なく。先輩たち、お先です」

正也は調子よく立ち上がって、箱の中身を物色し、チョコレートの上に金粉がまぶされているケーキを選んだ。二番手を女子の久米さんに譲ると、久米さんはシンプルなイチゴのショートケーキを皿にのせた。もっと豪華なのにすればいいのにと思いながら、僕はメロンのタルトを手に取った。

久米さんが箱を二年生の方に回した。

しまったあ、とアツコ先輩が僕の皿を見ながらぼやいているけれど、半分はふざけた様子だ。譲りませんよ、と僕はテーブルに置いたタルトをのせた皿を腕で囲った。

三年生も一年生、特に正也ががんばったことはわかっている。ケーキを譲ってくれたように、東京行きも一年生優先にしてくれないだろうか、なんて思ってしまう。

だけど、そんな都合のいい展開にはならないはずだ。むしろ、三年生だけで東京に行くことの後ろめたさをごまかすために、ケーキくらいは先に取らせてあげようという魂胆なのではないか。

　譲りませんよ、は向こうの台詞だ。

　東京行きの話を、月村部長はどう切り出すのだろうと、緊張感を持ってミーティングに臨んだはずなのに、ケーキを食べているあいだは気を緩めてしまっていた。気まずい話はそういうときに、突然始まるものだ。

「これ、サイコー」

　スズカ先輩が三層に分かれたチーズケーキを食べながら、うっとりした表情でつぶやいた。どれどれ、と両隣のヒカル先輩とジュリ先輩が、そのケーキに自分のフォークを刺して、一口すくった。

「そういえば、昨日、ネットでちょっと調べてみたんだけど、ＪＢＫホールの近くにおいしいチーズケーキのお店があるんだって」

　ジュリ先輩が言った。

「えーっ、行きたい。みんなで行こうよ。それくらいの自由時間ってあるよね？」

　アッコ先輩がはしゃいだ様子で口を挟み、月村部長に訊ねた。

「うん、まあ……」

　曖昧に部長が頷いたそのときだった。

「それ、本気で言ってるんですか？」

厳しい声が響いた。

正也の友だちでも同級生でもない。だけど、正也を全国大会に連れて行かないのはおかしいと思っている。そして、間違ったことは正さないといけない。そう考えているのだろうか。

白井先輩が立ち上がった。

「おとといは、先輩たち、感極まって深く考えずに、みんなで東京に行けるって喜んでいると思っていたんです。だけど、今日になってもまだそう思っているなんて」

白井先輩の剣幕に押され、三年生の先輩たちは全員、フォークを置いた。

「できれば仲良し五人組全員で行きたい。その気持ちはわかります。でも、『ケンガイ』は宮本くんがいたからできた作品です。どうして宮本くんが行くという選択肢を、勝手に外しているんですか？」

三年生の先輩たちは皆、俯いてしまった。だけど、今日ばかりは同情しない。そうだ、と口には出せないけれど、僕は大きく頷いてみた。

「だって、毎年三年生が行ってるし……」

アツコ先輩がモゴモゴと言い返した。さっきまでの歯切れの良さはどこにもない。

「それは、三年生が中心になって作ったからじゃないですか」

白井先輩の言うことはいつも正しい。アツコ先輩は黙り込み、他の先輩たちも口を開こうとしない。

ガマン大会だ。

三年生の先輩たちは皆、正也が一番貢献したことくらい理解している。だけど、それを少しでも口にして、話し合いが持たれることになってしまうと困るのだ。一人外れる誰かを、決めなければならなくなるのだから。

私が行かなきゃいいんでしょ！　なんて気持ちを昂ぶらせて、うっかり逆切れでもしてしまったら、即アウト。これ幸いと言わんばかりに周りは、ゴメンね、と泣きながらも、胸をなで下ろし、話を終わらせてしまうに違いない。

黙っているのが一番。ズルいやり方だ。

正也はこうなることを予測して、今日は後ろの列に座ったのか。そっと振り返ると、なんと、ケーキを食べていた。三口ほどで食べきれる大きさになったものを、フォークの先でちびちびと削り取っては口に運んでいる。今、食べているのは、正也だけだ。

「黙っていても解決しません。話し合いをしようともしないなんて。そんなふうだから、自分たちだけでは、マトモな作品が作れないんですよ」

白井先輩は容赦ない。ちょっとそれは、と隣でシュウサイ先輩が窘めたものの、白井先輩は三年生の先輩たちを睨みつけたままだ。

「……ドキュメント部門も、どっちか通過していればよかったのに」

アッコ先輩がつぶやいた。普段おしゃべりな分、黙り続けていることに耐えかねて、つい、うっかり、本音を漏らしてしまったのだろう。決して、反撃するつもりで言ったのではない、はずだけど……、それはダメだ。

バン！　と白井先輩は両手をテーブルに思い切り打ちつけると、まだケーキの残っている紙皿をアッコ先輩に向かって投げつけ、放送室から出て行った。

幸い、白井先輩が投げた食べかけのモンブランはアッコ先輩の手前、テーブルの上に落下した。

どちらかのドキュメント部門で通過していれば、と僕だって考えた。二年生は四人だから、そこに正也を入れてもらえたのに、と。だけど、そんなタラレバを言っても仕方ないということも、二年生の前で絶対に口にしてはいけないということだって、深く考えなくてもわかっている。

アッコ先輩だって、しまった、と思っているはずだ。ケーキを投げられたことに文句を言わないのが、その証拠だ。

「あの、二年はこれから白井のあとを追いかけます。多分、中庭か図書室だと思うので」

そう言って、シュウサイ先輩が立ち上がった。それから、月村部長の方を向いた。

「二年が思ってることは、白井がほとんど言ったので、あとは残った人たちで決めてください。でも、一つ補足させてもらうなら、がんばったのは宮本だけじゃない。一年生三人で確定して、残り二枠をくじ引きでもして決めればいいんじゃないですか？　留守番組の方が多ければ、今ほどギクシャクしないだろうし。じゃあ」

　じゃあ、が示し合わせた合図だったかのように、ラグビー部先輩とミドリ先輩も立ち上がり、中途半端に残したケーキの皿をテーブルに置いたまま、放送室を出て行った。シュウサイ先輩の提案は僕が一番理想とするものだけど、三年生の先輩たちが簡単に受け入れるとは思えない。

　アツコ先輩、ヒカル先輩、ジュリ先輩、スズカ先輩が、無言のまま、どうするの？と訊ねるような顔を月村部長に向けた。部長は少し空に目を遣り、意を決したような表情で口を開いた。

「私の代わりに、宮本くん、行ってくれないかな」

　えっ、と三年生四人だけでなく、僕も驚きの声を上げてしまった。

「私、実は、お兄ちゃんにＪＢＫに連れて行ってもらったことがあるの。だから……」

「やめてください！」

　正也は静かに、だけど、力強く遮った。

「僕、東京に行きたいなんて、一度も言っていませんけど」

　正也は月村部長にまっすぐ向き合った。

「だけど……」

　部長が口ごもる。確かに、僕も白井先輩も三年生の先輩たちも、正也の気持ちを確認していたわけじゃない。

「そりゃあ、何人でも参加可能なら、喜んで行くけれど、他に行きたい人を蹴落《けお》としてまで、とは思ってません。だから、くだらない言い争いを、宮本のために、なんていう理由で続けるのなら、今すぐやめてください」

「でも、いいの？　本当に」

「僕は東京に行くために『ケンガイ』を書いたんじゃありません。どうしても伝えたい思いがあって、それを応募作として物語にする機会をもらえたから書いたんです。もちろん、それが県大会の予選を通過して、決勝で二位になって、全国大会に行けることになったのは、夢みたいに嬉しかった。だけど、その嬉しさは物語が多くの人に伝わって、もっと多くの人に聴いてもらえるチャンスを得たことに対してで、決して、東京に行けるからじゃない」

正也は落ち着いた口調で語ってはいるけれど、僕は正也の言葉の中に、怒りや悲しみを感じる。そして、僕自身も物語に本当の意味で向き合っていなかったことに、気付かされる。

東京に行かれないかもしれないから。

そんなことを気遣って、正也に連絡を取らなかったのがその証拠だ。大会終了後、普通に作品の話をすればよかったのだ。「ケンガイ」のこと、他校の作品のこと。

この場でだって、ケーキを食べながら、純粋に「ケンガイ」が評価されたことを喜び合い、反省会をすればよかったのだ。

なのに、みんなの頭の中には東京に行くことしかなかった。「ケンガイ」を置き去りにした東京行きなんて、正也にとっては何の価値もないのかもしれない。

それでも……。本当に東京に行かなくてもいいのか？　とまだ思ってしまう。全国から集まった高校生が「ケンガイ」を聴いているときの顔を、見たくはないのか？　と。

「それに……」

正也は続けた。

「今年は、僕、行っちゃいけないような気がするんです。ビギナーズラックであっさり目標をクリアしてしまうと、来年、再来年、行き詰まったときに、まあいいや、って思ってしまいそうなんですよね。とりあえず、一回、行けたしって」

正也はそう言って、ニッと笑った。そのまま、右手の人差し指で鼻の頭をポリポリとかく。僕には、正也が自分自身を納得させようとがんばっているようにしか思えない。

「あと、『ケンガイ』は僕の採点では、三位でした」

「えっ！」

月村部長が声を上げた。僕も驚いた。「ミッション」のあとの反応を見て、正也もこれには負けたと思っているかもしれない、とは想像できたけど、三位とは？

「一位は『ミッション』、二位は『告白シミュレーション』。実際の順位が、六位と七位なのは信じられないけど、だからこそ、コンテストの順位よりも大事なものがあるんじゃないかと、大会後からずっと考えてます」

「『ミッション』は僕もゾワッときたけど、『告白シミュレーション』が『ケンガイ』より上なポイントって？」

体をひねって振り返り、正也に訊ねた。

「圭祐、声出して笑ってたじゃん。俺も笑ったし、会場の至るところから笑い声が上がってた。俺は、あんなに笑わせる脚本を書ける自信は、今のところない。ほら、一般的によく言われてるじゃん。泣かせるよりも笑わせる方が難しいって」

「そうか……。ギャグやダジャレが出てくるわけでもないのに、おもしろかったよな」

僕は頷きながら、自分は誰かを笑わせたことがあるだろうか、と考えてみた。記憶にない。なるほど、確かに難しい。

「でも、正也。僕は『ケンガイ』の方がおもしろかった。おもしろいって、イコール、笑えるじゃないと思うから」

頷きながらも、これだけは伝えなければならないと思った。正也がニッと笑う。鼻の頭はかいていない。

「宮本くん、本当にいいの？」

月村部長が神妙な面持ちで訊ねた。

「はい。全国大会には、三年生の先輩たちで行ってきてください。僕は今日、こういう話じゃなく、『ケンガイ』や他の作品の話を、先輩たちとできることを期待していました」

さらりと放たれた正也のひと言に、部長は殴られたかのように顔をゆがめ、俯いた。

部長は部長なりに正也のことを慮《おもんばか》り、自分が引いて正也を行かせる、という苦渋の決断をしたのかもしれないけれど、それでも大切なことは見えていなかった。

何をしに全国大会へ行くのか。

Ｊコンは、田舎の高校生のご褒美旅行のために開催されるのではない。

「ありがとう、宮本くん……」

アッコ先輩が目を真っ赤にして、鼻をぐすぐすとすすりながら言った。先輩たちにも、正也の思いは伝わったようだ。

「お土産買ってくるからね」

続いたヒカル先輩の言葉に、僕はガクッとうなだれそうになった。ほおづえをついていなくてよかった。

何にも届いていない……。こんな人たち放っておいて、僕たちで東京に行こう。そう叫んでやろうか。

「そういうことじゃないでしょう！」

月村部長が自分の同級生たちの方を向き、言い放った。白井先輩よりも迫力のある、腹の底にドカンと響く声だ。

「宮本くんがＪコンに行けば、全国から集まったラジオドラマ作品の、あらゆる長所を吸収して、短所でさえも自作のことのように真剣に捉えて、次の作品に反映させることができるはず。白井さんが行けば、時間が許す限り、他の部門の見学もして、来年のた

め の傾向と対策を分析してくるはず。町田くんや久米さん、他の二年生、誰が行っても、来年のための何かを得て帰ってくる。そんなチャンスを、私たちは譲ってもらったの。私たちはJコンを、少なくとも、Jコンでオンエアされた『ケンガイ』を、ここに持ち帰らなきゃならない。それが無理だと思うなら、五人の枠すべてを、後輩たちに譲ろう」

結局、Jコンには三年生の先輩たち五人が行くことになった。

アツコ先輩が採点表を作って行くことを提案し、県大会のときに白井先輩が作っていたものに、新しい項目を追加することになった。先輩たちは次々と項目案を出していく。中でも、ヒカル先輩の案は、これまで、僕が意識したことのないものだった。

『地方色の度合い』

Jコンには、全都道府県の予選を勝ち抜いてきた作品が集まる。方言や観光名所、その地方が抱える問題などを、意識して取り入れた作品もあれば、無意識のうちに地方色が出ている作品もあるかもしれない。

「それ、僕も知りたいです」

正也が身を乗り出して言った。

「『ケンガイ』は、地方色を出さないようにして書いたけど、果たしてそれは、Jコンにおいて、プラスなのかマイナスなのか。今、すごく気になり出しました」

「全国に通用する作品ということなら、地方色はあまり濃くない方がいいと思うけど、地方色に高校生ならではの郷土愛を感じる審査員っていそうよね」

月村部長も腕を組んで頷いた。周囲に気を遣い過ぎず、こんなふうに思ったことをガンガン口に出していれば、三年生だけでもすごい作品を作ることができたのではないかと、少し残念に感じるけれど、先輩たちだってまだ、これで最後というわけではない。

「作品を聴いて研究するだけじゃなく、いろんな学校の子たちと話してみたいよね。どんな機材を使っているのか、とか」

　まさか、人よりもカメラやパソコンなどの機械に向き合っている方が好きそうなジュリ先輩から、こんな意見が出てくるとは。

「採点表とは別に、アンケート表を作る？」

　スズカ先輩が提案した。

「それじゃあ一方的で、協力してもらえないかもしれないから、意見交換表にした方がよくない？　相手にも渡せるような」

　アツコ先輩が言った。僕のモヤモヤは一〇〇パーセント晴れたわけではないけれど、これでいいのだと、充分に納得はできている。

　Ｊコン本選用の採点表と意見交換表の叩き台ができたころに、二年生の先輩たちが戻ってきた。アツコ先輩が白井先輩に謝ると、白井先輩もケーキを投げたことを謝った。

　三年生と一年（というか、正也）がどんな話し合いをしたのかを説明する前に、二年生の先輩たちはテーブルの上の表に目を留め、だいたいのことを察したようだ。

「地方色の度合いについては、私も気になっていました」

白井先輩は、まるで顧問のように一つずつ項目を指さしながらチェックしている。

「あと、もう一つ、追加してもらっていいですか？　公立色と私立色」

これもまた、考えてもみなかったことだ。

「それって、影響ありますか？」

遠慮がちな三年生を押しのけるようにして、正也が訊ねた。

「ドキュメント部門では、あると思う。県の代表作を選ぶわけでしょう？　たとえば、高校野球の県大会の決勝で、どちらも自分に縁のない私立と公立が戦っていたら、どっちを応援する？」

「あー、まあ、そうですね。でも、放送部には、そういうの関係なさそうだけどな。Ｊコンのために県外から優秀な生徒を集めている学校なんて、ないだろうし」

「でも、勝手に、私立は予算があるとか、最新の機材が揃っているとか、思われそうじゃない？　まあ、ないならないでいいの。むしろ、関係ないって、疑念を払拭《ふっしょく》したい」

「わかった。そこもちゃんと確認してきます」

月村部長が叩き台に新項目を追加した。

その後、ようやくミーティングらしいものが始まった。三年生はＪコン終了後に引退となるけれど、放送部の活動として、夏休み中の市民祭りの補助や、秋の総合文化祭などの計画についても進めていかなければならないため、七月一日から、二年生を中心とした新体制が始まることになった。

新部長は満場一致で、白井先輩に決定。

一年生もこれからが本格始動となるはずなのに、僕の中にはどうにも期待感が湧かずにいる。

放送部のミーティングを終えて、正也と二人で駅まで向かう道中、僕は何と話しかけてよいのか迷ってしまった。

「あのさ、打ち上げしない？　今度の休み、久米さんも誘って、三人でどこか遊びに行こうよ」

結局、母さんの提案と同じようなことしか口にできない。

「うーん、悪いけど、期末テストまでは勉強に専念するよ。中間はさんざんだったから、少しは挽回《ばんかい》しておかないと」

あっけなく却下され「だよな」と頷いた。英語と数学の小テストだって、僕も正也も毎回、綱渡り状態だ。

「放送部目的で青海に入ったのは親も知ってるけど、あんまり成績悪すぎると、部活やめろ、って言われそうだし」

正也の苦笑いに僕も同じ顔で返した。

「でも、誘ってくれてありがとう。多分、東京行きのことで、俺に気を遣ってくれてるんだろうけど、本当に何とも思ってないから。夏休みに遊ぼうぜ。見たい映画もいっぱいあるんだ」

「そうだな」

入院のことは言わずに、曖昧に笑ってみる。ここで打ち明けてしまうと、やはり来週遊ぼう、なんて気を遣わせてしまいそうだ。

僕も勉強しなければならない。母さんに、高い授業料を払ってもらっているのだから。それに、むしろ今週、課題を多く抱えているのは正也より僕の方だ。体育のレポートのことをすっかり忘れていた。

ケガを負っているからといって、見学だけで体育の単位をもらえるわけではない。毎月、一年生の体育担当の水田《みずた》先生から出されたテーマに沿って、レポートを書かなければならないのだ。しかも、Ｂ５サイズのルーズリーフに五枚も。ネットで調べるのは可だけど、五行分以上の丸写しが発覚すると、再提出になってしまう。

四月のテーマは「ラジオ体操」。

五月のテーマは「オリンピック」。

漠然としすぎていて、まとめ方が雑になったものの、幸い、再提出にはなっていない。

六月のテーマは「駅伝」だ。ハイシーズンでもないのに、なぜこんなお題が出てくるのか。水田先生はサッカー部の顧問だし、授業も、今月はマット運動が中心だった。

日本発祥とか、海外ではマラソンリレーと呼ばれているけれど、ＥＫＩＤＥＮという呼び名も定着しているとか、そういうことを書けばいいのだろうか。

いや、そんなことをしなくても、駅伝に関しては、僕には五枚にまとめきれないほど、書きとめてきたものがある。

中学時代の部活ノートだ。練習メニュー、タイム、村岡先生からのアドバイスなど、毎日記録してきたノートを、この先使う予定もないのに、僕はまだ捨てられずにいる。

その中から、最後の全国中学生駅伝大会に向けて練習した一年を抜き出して、春の新人戦と夏の大会での三〇〇〇メートル走、駅伝地区大会直前の試走、地区大会、県大会、それぞれのタイムの、表やグラフを作成し、僕なりに、自分や他のメンバーの成長をまとめていくことにした。


週が明け、六月最後の月曜日の朝、完成させたレポートを体育教官室に提出しに行くと、水田先生はまだ出勤しておらず、代わりに、その場にいた先生が預かってくれることになった。以前、印刷室で声をかけられた、陸上部の顧問、原島《はらしま》先生だ。

「おっ、町田圭祐か」

またもやフルネームで僕を呼びながら、渡したレポートをパラパラとめくり出す。

「タイトルは『エース不在の駅伝大会』か。このエースって、山岸良太のことだよな」

原島先生が良太を知っているのは当然だけど、どうして、僕のレポートとすぐに結びつけることができるのか。

「え、あ、はい。そうです」

体育教官室はすでに、冷房が効いているのに、僕の額には汗が噴き出してきた。

「なかなか興味深い内容だな。ところで、夏休みに膝の再手術をするんだって？」

先生はレポートから顔を上げて、椅子に座ったまま、僕をまっすぐ見上げた。

「は、はい。そうです」

僕は手の甲で汗を拭いながら答えた。

「成功したら、リハビリを兼ねて、少しずつ走ってもよくなるんだよな」

「はい……」

僕は胸の内で首をかしげた。手術をすることは、担任を通じて水田先生に伝えてもらっている。それを同じ体育科の原島先生が知っていてもおかしくはない。

だけど、そのあとのことは、青海学院の先生の誰にも言っていない。

知っているのは、僕、母さん、そして……。

「村岡は中学、高校、大学と、陸上部の一学年下の後輩なんだ」

そう、村岡先生。僕が事故で入院しているあいだ、ほぼ毎日見舞いに来てくれていた。回復の見通しについて、僕から先生に話したことはないけれど、母さんから聞いたかもしれないし、直接、先生が医者に訊ねた可能性もある。

村岡先生と原島先生は同じ大学の陸上部。駅伝の強豪校だ。だから、三崎中陸上部のユニホームも、青海学院陸上部のユニホームも、その大学の陸上部のユニホームとよく似た、緑色なのか。

　だからといって、僕に続ける言葉はない。

「じゃあ、レポート、水田先生に……」

「確か、放送部だったよな」

　ゴニョゴニョと口ごもる声は原島先生には聞こえなかったのか、ドッジボールをまっすぐ投げるような調子で、質問が飛んできた。

「そう、です」

「全国大会出場が決まったって聞いたけど、町田も出るのか？」

　出る。先生たちにも、放送部の活動はいまいち理解されていないということか。

「いいえ。三年生が、出ます」

「そうか。まあ、まだ入部したばかりだもんな。本格的な活動はこれからだろう」

　いや、ガッツリ参加しました。とは言えない。いつまでここにいればいいのだろう。

　原島先生は一度下を向いたかと思うと、グッと目を見開いて僕を見た。

「なあ、町田。陸上部に入らないか？」

　原島先生は、今、何と言った……。

「僕が、陸上部？」

　青天の霹靂《へきれき》、寝耳に水、藪《やぶ》から棒、ひょうたんから駒。乏しい知識の中から、今の気持ちに一番合うものは、などと考えてしまうのが、すでに現実逃避だ。

「高校在学中に好成績を出すのは難しいかもしれない。だけど、走ることを少しずつでも続けていれば、大学、社会人と、次に繋がる可能性がある」

「でも……」

練習についていけない僕は、他の部員の足を引っ張ることになるのではないだろうか。たとえ、個人競技だとしても。いや、僕は本気でそんなことを案じているのか？　思うように走れないもどかしさを、今以上に突きつけられるのが怖いだけではないのか。

「まあ、もう新しい部活に入っているわけだし、無理にとは言わない。ただ、陸上という選択肢が、まだあるってことを、夏休みのあいだにでも、もう一度、考えてみてくれ」

原島先生の投げるボールは、先生が言葉を重ねるごとに力を増し、僕の胸へとぶち当たる。もう、受け止めきれないくらいに。

「どうして、僕なんかを誘ってくれるんですか？　陸上部には、スポーツ推薦で入学したすごい選手がいっぱいいるのに」

事故に遭っていなくても、僕など、活躍できるかどうかわからないのに。

「走り方が、俺に似てるんだって」

「えっ？」

「三年前だったかな。村岡がいきなり電話をかけてきて、何の急用かと思ったら、先輩のフォームを彷彿《ほうふつ》とさせる新入生がいるんです、本人は短距離を希望しているし、三〇〇〇メートルのタイムもそれほど良くないですけど、いい選手になると思うんですよね、だってさ」

思考が半分以上停止し、先生の言っていることがいまいち理解できない。

「良太のことですか？」

「何を、とぼけてるんだ。町田圭祐、おまえのことだよ。村岡から、おまえが一般入試で青海を受けるって聞いて、俺は楽しみにしていたんだ」

顧問の原島先生に、陸上部入部を勧められた。原島先生に走るフォームが似ているとも言われた。

実感が伴わない分、真剣に考える。考えれば考えるほど、聞き間違いだったのではないかと、実感が薄れていく。

体育教官室から教室まで、僕はまっすぐ歩けていただろうか。授業中に当てられて、きちんと答えられただろうか。昼食の弁当のおかずも思い出せないし、正也と久米さんにおもしろい本を薦められたような気がするけれど、タイトルの頭文字すら出てこない。

体が分裂して、ふわふわと浮かんだ自分がもう一人の自分を見ているような感じがするけれど、そのもう一人も浮かんでいて、どちらもまったく地に足がついていない、不思議な感覚だ。

——何かあった？

昼食を終えて、非常階段から教室に戻っている途中に、正也に訊ねられたような気もするけれど、何と答えたっけ？

思い出せ。今、現実に起きていることを意識しなければ、たちまち僕の頭の中は、緑色のユニホームを着て走っている自分の姿で覆い尽くされてしまう。

大切なものを失った主人公が、自分が憧れた仮想世界から戻れなくなってしまうという内容の映画を見たことがある。まだ事故に遭っておらず、ただ毎日、駅伝の全国大会を目指して走り続けていたころだ。

僕は映画の主人公を、現実逃避している心の弱い人物だと感じた。なぜ、その映画が僕でも見に行くくらいヒットしているのか、さっぱりわからなかった。だけど、今の僕なら、そんなふうには思わないはずだ。

もう一度、思い切り走れる世界に行くことができるなら、二度と戻ってきたくはない。たとえそこが、すぐに覚めてしまう夢の世界だとしても。

それでも、放課後になると、正也が教室前に迎えに来て、一緒に放送室に向かう。

重いドアを開けて中に入ると、ふわふわと浮いていた自分の片方が、しっかりと床に着地して両足で立ったような感覚に囚《とら》われた。

浮いたままの方の僕が問いかける。

おい圭祐、ここはおまえの居場所なのか？

立っている僕は、静かに頷いた。

半分夢の中にいる自分を起こそうとするように、大きく伸びをしてから奥の部屋に入ると、少し異様な光景が広がっていた。

二年生と三年生の先輩が、ミーティングをするときのように、中央のテーブルを囲んで座っているものの、各々が自分のスマホを凝視しているのだ。

しかも、その表情は険しい。

「今日も補習だったの？」

アツコ先輩がスマホから目だけを上げた。

「いえ、一年は夏期講習の説明のために、七時間目があったんです」

正也が代表するように答えた。そうです、と隣で頷いてみたものの、僕の頭の中には三割分の内容も残っていない。

確か、夏休みは七月二一日からだけど、七月いっぱいは学校で全員参加の夏期講習が行われるとか、そんな話だったはずだ。

「先輩たちこそ、何をしているんですか？」

テーブルを一周見回してから、僕は訊ねた。

「講評が出てるのよ」

月村部長がスマホを片手に答えた。

「やっぱり、先生に頼んで、印刷室のパソコンで開いてコピーしてきた方がいいかな」

そう言って、腰を浮かせる。

「いりませんよ。何度も読み返すような講評じゃないし、あとで確認したければ、スマホで見ればいいんだから」

尖《とが》った声を上げたのは、新部長の白井先輩だ。はあっ、と大きくため息をつき、ゴンと音を立ててテーブルにスマホを置いた。私物だから手加減したのだろうけど、機嫌の悪さは充分に伝わってきた。

「県大会のホームページを開いたらいいんですか？」

正也はいてもたってもいられない様子で、カバンを肩にかけて立ったまま、ズボンのポケットからスマホを取り出して、操作し始めた。僕もあわててそれに倣い、ホームページのトップから、まずはラジオドラマ部門の結果をクリックした。

決勝会場に貼り出された表は発表順だったけれど、今度は得点順になっている。上位二作品のタイトルは赤字で書かれていて、それがやはり誇らしい。

「あの、これ、使ってください」

スマホから顔を上げる。久米さんが部屋の隅に立てかけてあったパイプ椅子を三脚持ってきて、広げてくれている。

そうだ、久米さんはスマホを持っていない。

「ありがとう」

お礼を言いながら座り、僕はスマホの画面を久米さんの方に向けた。

「一緒に見ようよ」

遠慮がちに誘うと、久米さんは僕の隣に座り、長い前髪を左右に分けて耳にかけながら、画面を覗き込んだ。スマホ恐怖症らしいけれど、こういうのは大丈夫そうで、ひと安心だ。

「俺も」

正也が逆隣に座り、僕のスマホを覗いてくる。自分も持っているくせに、おかしなヤキモチでもやいているのだろうか。結局、三人で頭を突き合わせて、表に目を遣った。

「ケンガイ」の講評、まずは褒められている。

『スマホ社会への警鐘を、オリジナリティのある設定で表現できている』

まあ、そうだろう、と思う。次の一文も褒め言葉だ。

『圏外という現象を人が起こすことなどありえない、と一〇〇パーセント言い切れないのが、この作品が醸し出すリアリティであり、魅力だと言える』

そうだろう、そうだろう、と嬉しくなってくる。しかし、持ち上げるのはここまでだ。

『冒頭に、人々がパニックを起こしている描写があれば、圏外になる不安や恐怖心を、聴き手に、より喚起することができたのではないか』

これは、発表直後の正也のメモ書きにもあった。確かに、この場面があれば、物語の出だしに勢いをつけることができたはずだ。だけど、最後となる、次の講評はどうだろう。

『家族仲はよいのだから、妹はもっと早く親に相談していれば、ケンガイにならずに済んだのではないか。解決法に甘さがある』

「何これ」

　思わず声に出してしまった。白井先輩に指摘されたイジメの描写など、ある程度、批判的な意見は想定していたものの、思いも寄らなかったことが書かれている。

　物語の受け取り方は人それぞれだということは、この分野にまったく精通していない僕でもわかっている。だから、個々の感想に、正しい、間違っている、はないはずだ。

　だけど、これは納得できない。

「相談、できるはずないよね」

　ポツリとつぶやくような声が聞こえた。テーブルについている、ヒカル先輩だ。僕のひと言で、講評のどの部分を読んでいるのか気付いたのだろう。三年生の先輩たちも、驚いた様子でスマホから顔を上げ、ヒカル先輩に注目した。

「私、中二のころ、クラスの女子全員から無視されてたことがあったの。同じ小学校だった男子が先生に報告してくれて、あっけなくおさまったけど、先生としては家に報告しなければならなかったみたいで。そうしたら、お母さん、泣いたんだよね……」

　ヒカル先輩の言葉に、二年生の先輩たちもスマホをテーブルや膝の上に置いて、耳を傾けた。

「お母さんは、我が子がイジメを受けるような情けない子だってことを知って、悲しんでいるんだと思った。無視より、お母さんをガッカリさせたことがつらかった。だから、また同じ目に遭ったとしても、今度は絶対、誰にも気付かれないようにするって決めた」

「わかるよ、それ」

隣にいたスズカ先輩が、ヒカル先輩の肩に優しく手をのせた。

「家族仲がいいほど、家族のことを好きなほど、心配かけたくないよね。だけど、ヒカルのお母さんは……」

「わかってる」

ヒカル先輩は静かに遮った。自分で言わせて、というふうに。

「お母さんが泣いてたのは、まったく別の理由だった。それを確認できたのは、つい最近なんだけどね」

ヒカル先輩は皆を安心させるように微笑んだ。そして、全体を見回していた視線を、正也のところで止めた。

「『ケンガイ』の脚本を家のリビングに置いてたら、お母さんが読んでいたの。ぐすぐす泣きながら。親は、子どもの気持ちに気付いてあげられないことが一番つらいのよね、なんて言って。もしかして、私が無視されてたときもそうだった？　って訊くと、そうよ、あのときはゴメンね、って」

「じゃあ、四年越し！」

アッコ先輩が声を上げると、ヒカル先輩はニッコリ笑って、また皆の方を見た。

「私、圭司と桃花のお母さん役だったでしょう？　練習中も収録本番も、自分の親の顔が頭の中に浮かんでいて、本当にこの役をできてよかったし、私みたいに、親とのあいだに誤解が生じている子に、このドラマを聴いてほしいなって思ってた。……なんだか、上手くまとめられないけど、こんな講評、気にしなくていいんじゃないかな」

僕は頷くしかない。「ケンガイ」によって、ヒカル先輩とお母さんの誤解がとけてよかったけれど、僕としては、ヒカル先輩がどんな気持ちで作品や役に向き合っていたのかを知ることができたのも、よかったと思う。

東京行きの話ばかりが前面に出てしまったけれど、三年生の先輩たちだって、「ケンガイ」にしっかり向き合っていたのだ。

「文言だけの解決策なら、何十年も前から、多くの人たちがわかってる」

今度は月村部長が口を開いた。

「イジメをなくすために、加害者は、他者の尊厳を踏みにじってはならない、相手の気持ちを想像し、尊重しなければならない。周囲にいる人たちは、見て見ぬふりをしてはならない。被害者は、信頼できる人に相談しよう、逃げるという選択肢もある。……言うだけなら簡単だけど、行動に移せる人は少ない。だから、イジメもなくならない。だけど、『ケンガイ』は行動を起こすところまで描いた物語だと、私は断言することができる。本当にいい作品だと思うよ、宮本くん」

批判的な講評も、決して、悪いだけのものではないのかもしれない。

「でも、二位になったんだからいいじゃないですか」

白井先輩が言った。いつものような厳しい口調ではない。

「大半の審査員がおもしろいと評価して高得点をつけたということでしょう？　講評の最後のところだけ、みんなが褒める作品をけなしたい審査員が、自分こそは本質を見抜く目を持っているというふりをしたくて、的外れなことを、恥ずかしげもなく書いたんじゃないですか？」

　必ず誰かに対して厳しいところは、いつもと変わらない。

「そうよね。『ケンガイ』はマシな方」

　アツコ先輩が同意した。この二人の意見が合ったのは、いつ以来だろう。だけど、僕も二人に賛成だ。

「ミッション」は、ボタンの掛け違いのような構成は褒められているものの、最後に爆発したことがマイナスの評価となっている。

「告白シミュレーション」もユーモラスな点が褒められているけれど、吊り橋から落ちるところを批判されている。

「ラジオドラマ部門は行けなかったけど、つまらないことばかり書いてるよな」

　これまではドキュメント部門のページを開いていたのか、シュウサイ先輩がスマホを操作しながら言った。

「お堅い意見ばかりだ。ＪＢＫかよ」

　ラグビー部先輩が答え、大きく伸びをする。

「ＪＢＫだろ」

シュウサイ先輩がラグビー部先輩の脇腹にチョップを入れた。漫才のようなかけあいに笑ってしまいながらも、僕は改めて、Jコンの J は、国営放送局JBKのJであることを意識した。

そりゃあ、爆発も転落もダメだ。

「一位の『ありがとう』は、絆のタスキリレーのような作品、だってさ」

ラグビー部先輩は「絆」を強調した。なるほどね、とあきれるように、皆がいっせいにため息をついた。僕もついたけれど、ガッカリポイントは、多分、皆とは違うはずだ。

タスキリレーを、安易な比喩《ひゆ》に用いるな。

その後、個々にスマホを持ちながらも、皆で他の部門の講評を見ることになった。

テレビドキュメント部門「トマトクッキーを召し上がれ」は、生徒たちが企画会議をする中で、意見が衝突する場面もあったのではないか、という指摘を受けていた。

「実際に、衝突がなかったんだから仕方ないじゃない。調理部の部員六人みんなが、アイデア満載の企画書を作ってきて、話し合いでも、それぞれの意見を尊重して、いいところばかりを取り入れていったんだから。ヤラセの場面でも作れっていうの？」

白井先輩は頭から湯気があがるんじゃないかと思うほど、ヒートアップしていった。

「まあまあ、落ち着いて。的外れな指摘はスルーして、納得できる指摘を真摯《しんし》に受けとめようよ。トマトクッキーの味をもう少し詳しくレポートしてほしかった、とか」

ラグビー部先輩がなだめる。

「確かに、俺たち、栄養面ばかりを強調しすぎていたよな」

シュウサイ先輩も頷いた。白井先輩はまだ文句を言いたそうだったけど、頬を膨らませながら口を閉じた。

次に、ラジオドキュメント部門だ。「シャッターを再び上げる日」は、地方再生のテーマとしては、地方色が薄く、切り取り方にも新鮮味がなかった、と書かれている。

「和菓子屋の看板商品が、八つ橋やもみじまんじゅうだったら、よかったってこと？　黒豆の産地じゃなけりゃ、黒豆大福作っちゃいけないの？」

白井先輩は再びヒートアップした。

「これは納得の指摘だよ。確かに、一〇年前にどこかの高校が取り上げていてもおかしくなさそうなテーマだし、店の再開に繋がったのが黒豆大福なら、この商品が作られた経緯とか、地域の人たちの大福愛を、もっと掘り下げなきゃいけなかったんじゃないかな」

シュウサイ先輩の説得に、白井先輩は「そうだけど」と小さくつぶやいた。

テレビ、ラジオ、どちらのドキュメント部門も、ナレーションは高評価を得ていた。それらを担当したのはミドリ先輩だけど、褒められていてもまったく嬉しそうではなかった。やはり、アナウンス部門の結果が、重くのしかかっているようだ。

ミドリ先輩に対する評価は、発声や表現力、テンポなどの技術点は高いものの、原稿の素材選びの点で厳しいことを書かれていた。

『SNSに関するテーマが多い中で、突出するものがない内容だった』

厳しいなあ、としか言いようがない。ただ、個人の講評ではなく、総括のところにも『昨年に引き続き、SNSを題材としたテーマが多かった』とあり、講評全体を見てみると、ミドリ先輩と同じような指摘を受けた人はたくさんいた。

「最後はテレビドラマ部門ね」

ミドリ先輩をどう励ませばいいのか、とまどった空気が流れる中、アッコ先輩が明るい声を上げた。

決勝に残れなかった作品にも、順位や得点は記されないまま、エントリー順に、一行程度の短い講評が載っている。

『既視感のあるストーリー。演技は良い』

たった、これだけ。でも、誰からも文句は出ない。アッコ先輩は後半の部分にご満悦の様子だ。

「思い違いをしていたのかもしれない」

月村部長がポツリと言った。何のことかと皆が注目する。

「過去の受賞作を見たり聴いたりすると、その作品を意識して、似たようなものを作ったり、受けた要素をそのまま取り入れてしまったりと、引っ張られてしまうから、やめておいた方がいい、って先輩たちから言われた。それを、その通りだと信じていたけど、実は、過去の作品を視聴することが、一番大切なことだったんじゃないかな。もちろん、先輩たちを責めているわけじゃないけど……」

部長の言いたいことは、僕にでも理解できた。部長が、アナウンス部門の総括「昨年に引き続き」というところで思い当たったのか、その前から考えていたのかはわからないけれど。

月村部長に反論する部員はいなかった。

「そうですよ。過去の作品を見なくても、結局は、テレビや映画で何かしらの作品に触れるんだから。それなら、積極的に過去の受賞作を見た方が、研究できていいじゃないですか」

白井先輩は、ずっと前からそう考えていたといった口ぶりだ。

「Aという作品が優勝したら、来年は、Aよりおもしろい作品を作ればいいっていうことだ。ただし、Aにプラスアルファするんじゃなく、まだ他校がやったことのない新しいことに挑戦してみる」

シュウサイ先輩の視線は、僕たち一年生の方に向いている。

「それにプラスして、僕からも提案していいですか？」

正也が片手を挙げた。ご自由に、とシュウサイ先輩が促す。

「Jコン受賞作や応募作はもちろんだけど、みんな、もっとラジオを聴いてください。ラジオドラマだけじゃなく、CMもテレビとは違う工夫が満載で、ドラマ作りの勉強になるし、スマホやPCなら、いろいろな地方局の放送が聴けるから、ドキュメント制作にも役立つと思います」

正也の発言に先輩たちは、半ばからかうようではあるけれど、盛大な拍手を送った。

なんとなく、各学年の隔たりが少しずつ狭まっているように感じる。

この勢いで来年の作品について話し合うのかと思いきや、ラグビー部先輩が足元に置いていた紙袋から、冊子を二冊取り出した。

「ポロシャツを作ろうと思って、体育会の部からカタログを借りてきましたあ」

「ヤッタ！　Ｊコンに間に合うよね」

アツコ先輩がはしゃいだ声を上げた。

「色やデザインの案は、二年と一年、優先ですからね」

白井先輩が半笑いで釘《くぎ》をさす。

「ほら、一年」

ラグビー部先輩に呼ばれてテーブルに向かったものの、ふと、足が止まった。ポロシャツが出来るころ、僕はまだ、放送部にいるのだろうか。

金曜日、登校すると、木崎さんが僕を待ち構えていたように席までやってきた。あっ、と僕はその理由に思い当たり、木崎さんに向かって両手を合わせた。

「ゴメン！　球技大会のエントリーだよね」

「一応、憶えてくれてはいたんだ」

木崎さんはニコッと笑いかけてくれた。よかった、怒ってなさそうで。

「申し訳ないけど、見学でお願いしてもいいかな。八月まで、運動は控えなきゃいけないんだ」

　手術を受けるとまでは、説明しなくていいだろう。

「合格発表の日に交通事故に遭ったんでしょう？　犯人つかまってないとか、大変だよね。了解です！」

　犯人がどうとかは余計なお世話だけど、事故が起きた交差点に、目撃情報を求める看板が未だ立てられているのだから仕方がない。

　木崎さんの印象はあまりよくなかったけれど、こうして直接話すと、明るく、気持ちのいい子だと思う。

「ところで、町田くん。ＬＡＮＤやってないの？」

「うん、何か面倒で」

「うちのクラスでＬＡＮＤやってないの、町田くんだけだよ」

　笑顔で放たれた言葉の中に、棘《とげ》を感じた。僕だけ、ではない。

「それに、お昼休みになったらすぐに出て行っちゃって、付き合い悪いって、みんなもあまりよく思ってないみたいだし、これ以上悪口言われないためにも、ＬＡＮＤ始めた方がいいと思うんだけどな」

　そうか、僕は悪口を言われているのか。ニコニコしながら悪意のある情報を流すヤツを、一瞬でも褒めた自分に後悔する。

「スマホは持ってるんでしょ？」

相手にしたくないけれど、逃げる方法も思いつかない。

「このクラスでLANDやってないの、僕だけじゃないと思うけど」

僕なりに、真剣な面持ちで訊ねた。

「おかしいな。他に誰かいたっけ？」

久米さんの悪口を言うヤツが、LANDのクラスグループに久米さんが入っていないことを、気付いていないはずがない。

悪口の次は、無視、ということか。

「久米さんも、やっていないはずだけど」

非難めいた口調にならないよう、さらりと言ってみた。

「そうだっけ？」

木崎さんに悪びれる様子はない。ニッコリ笑ったまま、一歩、距離をつめてきたかと思うと、突然、キッと睨みつけられた。

「町田くんとさくらんって仲いいよね。もしかして、付き合ってるの？」

「いや、部活仲間だけど……」

ひるむな、圭祐！　そう胸の内で一喝してみたものの、木崎さんの恐ろしい顔を見ているだけで、声はかすれるし、背中も徐々に丸まっていく。

「町田くんも放送部なの？　自分たちでドラマとか作ってるって、みんなが気持ち悪がってる、あれでしょう？　ウケる！」

木崎さんは手を打ち鳴らしながら大袈裟に笑い出した。

何だ、こいつ。ムカつく思いが腹の底から沸き上がってくるけれど、ほうっておけばいいとなだめる自分もいる。

「そっか、町田くん、そっちの人か。そりゃあ、さくらんとも気が合うよね。さくらんとはLANDやってるの？」

気持ちの悪い笑顔から目を逸らすと、戸口のところに久米さんが立っているのに気付いた。不安そうにこちらを見ている。自分のせいで町田くんが攻撃を受けているのではないか、そんなふうに申し訳なく感じている表情にも思える。

久米さんはまた一人で弁当を食べるようになるかもしれない。自分のせいで放送部を悪く言われるのならと、部活をやめてしまうかもしれない。

だけど、久米さんは僕に庇われることを望んでいるだろうか。保護者に連絡がいくほど、事が大きくなってしまうのを避けたいと思っているのではないだろうか。

いや、圭祐。それはおまえの言い訳だ。

結局、臆病風に吹かれず、正しいことを正しいと主張できるのは、ドラマの中だけなのか？

だから、脚本を書いてもらわなければ、何も言えないのか？

だから、「ケンガイ」の講評にも、「解決法に甘さがある」と書かれたのではないか。

あれは、選考委員がイジメの現状を理解できていないのではなく、理解した上で、どうせ現実では行動に移せないんだろう？　と皮肉を込めていたのかもしれない。

　ドラマは理想の世界でしかないのか？　じゃあ、ドラマ作りに何の意味がある。あの世界を現実に持ち込め、圭祐。

「ぼ、僕は、誰ともLANDをやってないけど、始めたとしても、このクラスのグループには加わらない。人が一生懸命に取り組んでいるものを笑ったり、悪口を言ったり、無視をしたり、失礼なあだ名で呼んだり。そんなくだらない会話に加わるくらいなら、嫌われる方がマシだ」

　大きく息をつく。激昂《げっこう》しないよう、気持ちを落ち着かせながら、ゆっくりと言葉を選ぶように、だけど、妥協したり媚《こ》びたりしないよう、自分の思いを伝えたはずだ。けれど、木崎さんの顔は真っ赤になっていった。怒っている顔だ。人前で恥をかかされた、そんなふうに。それを両手で覆ったかと思うと、ワーンと泣き声めいたものを上げだした。

「町田くん、酷い。なんで、わたしが怒られなきゃいけないの？　LANDにさそってあげただけなのに。酷いよお……」

　きっと、涙なんか出ていないのだろう。さあさあ、クラスの皆さん聞いてください、と言わんばかりの滑舌の良さと声の張り上げ方だ。

　謝らないと、僕は悪者になってしまうかもしれない。その証拠に、木崎さんと仲のいい女子二人が駆け寄ってきて、大丈夫？　などと言いながら、背中を撫《な》でてあげている。

「町田くん、酷い。謝りなよ」

ほら、きた。キツい目で睨みつけられる。クラスのヤツらもこちらを見ている。久米さんは、教室の後ろで俯いたまま凍りついていた。

やはり適当にごまかしておけばよかった、と今更ながら臆病風に吹かれた。いや、面倒くさがり風か。そんなものあるのか？

だけど、圭祐、謝ったらダメだ。それどころか、まだ不満はあるけれど、今はそれを言ってもいけない。

「そのくらいにしておきなよ」

背後から声がした。僕に言われたのかと思い振り返ると、声の主は木崎さんの方を見ていた。僕の二つ前の席の、堀江《ほりえ》くんだ。すぐに名前が出てきたことが奇跡的に思えるくらい、彼に関する予備知識は何もない。

「さっきから聞いていたけど、木崎さんの言い方、おかしいよ。町田くんの悪口をみんなが言ってるとか、放送部をみんなが気持ち悪がってるとか」

僕の不満もそれだ。僕のことを嫌いだったり、放送部によい印象が持てないのなら、正々堂々、わたしが、と言えばいいのに、ズルいやり方だ。

だけど、ＬＡＮＤをやっていない僕は、多分そうではないかと思っていても、もしかすると本当にクラスのみんなが、と疑う気持ちも抱いてしまう。

それに、木崎さんのようなタイプは、本当にみんなが？　と訊ねたら、平気な顔をして、そうよ、と言いそうだ。

「そういうこと書いてるのって、木崎さんと何人かの女子だけじゃん。スルーしていたら同意見ということにされるのなら、俺はクラスのグループから抜ける。もともと、教科や行事の連絡のためだと思って入ったのに、他人を攻撃するのに利用されるなんて、まっぴらだよ」

堀江くんは終始落ち着いた口調だったけれど、木崎さんは途中から肩を震わせて、本当に泣き出してしまった。指のすきまから涙が染み出している。

友だち二人も「ハンカチ持ってる？」などと言いながら、あわてた様子でスカートのポケットを探り出した。

堀江くんは困った様子で、どうしよう？　というふうに僕の方を見てきた。だけど、僕は女子の扱いにはまったく慣れていない。

「みんな席についたら？　入学三カ月にしてすでに忘れられてるようだけど、ホームルームの開始一〇分前は読書の時間でしょう？」

颯爽《さっそう》と救世主のごとく現れたのは、委員長だ。僕たちと木崎さんたちのあいだに、するりと割って立つ。

「あった方がいいとは思うけど、町田くん、木崎さんに謝罪なんか求めてないよね。その場限りのごめんなさいより、今後、悪口や仲間外れをやめる方が大事でしょう？　L

ＡＮＤのクラスグループに一度でも悪口が書き込まれたら、私も抜ける。当然、直接の悪口や無視でも。それが木崎さんに対するものであったとしてもね。これでいい？　木崎さん」

　木崎さんは顔を覆ったまま小さく頷いた。友だち二人に付き添われて、自分の席へ向かう。久米さんの前を通りすぎるとき、久米さんは一瞬、息を止めたようだったけど、木崎さんは久米さんの方を見ようともしなかった。それでも、久米さんは少しホッとした様子で自席についた。

　僕は委員長にお礼を言った方がいいのだろうか。目を合わせると、委員長はニカッと白い歯を出して笑った。

「ドラマやアニメを好きな人はたくさんいて、俳優や声優や脚本家とか、それらを制作している人にもファンはたくさんいるのに、制作者を目指している人はオタク扱いされるのって、どうしてだろうね？」

　委員長の問いかけに、入学直後の僕なら、わからないと首を横に振ったはずだ。そもそも、僕もオタク扱いする側だった。だけど、ドラマ作りに、真剣に二作品も関わった今なら、別の答え方ができそうな気がする。上手く言えるかどうかは自信がないけれど。

「実際、気持ち悪いんだと思う。ドラマやアニメは好きだけど、自分とは別世界の人たちが作っている、と切り離して考えている人が大半なんじゃないかな。そういう人たちが、身近なところで、特に、自分より劣っていると見下しているヤツが、そこに向かおうとしているのを見ると、無謀なことをしているな、ってあきれてもおかしくないよ。傘をさして屋上から飛び降りようとしているヤツを、眺めているような、感覚かな？」

　僕のぎこちない説明に「なるほどね」と委員長は真面目な顔で頷いてくれている。隣にいる、堀江くんも。僕は続けた。

「だけど、飛ぼうとしている側は、本当にできるって信じてるんだ。周りを気にしちゃ何もできない。憧れの世界に行けるなら、オタクで上等！　っていうふうに」

　僕の頭の中では、正也が今まさに羽ばたいていこうとしている。それを堂々と、たとえ悪い意味ではなくても「オタク」だなんて言ってゴメン。そう胸の内で小さく謝った。

「オタクで上等、か。うちのお兄ちゃんと同じこと言ってる。私が口を挟む必要なんてなかったかな。確か、Jコン出場作品は文化祭で発表するんだよね。楽しみにしてるから。じゃあ」

　委員長は片手を上げて、最前列中央の自席へと戻っていった。ピンとまっすぐ伸びた背中がりりしい。

「小田さん、カッコいいよな」

同じ背中を、堀江くんはうっとりと見送っている。カッコいいのはキミもだよ、とは恥ずかしくて口に出せない。

　それよりも、委員長の名前だ。

「小田さん、のお兄さんって、もしかして」

「なんか、声優らしいよ。俺、アニメは見ないから、よくわからないけど」

堀江くんはそちらにはあまり興味がなさそうだ。僕も名前でしか知らない。だけど、その人に憧れているのは……。

バッと久米さんの方を振り返った。ビッグニュースだよ、というふうに。だけど、驚いた顔をして俯かれてしまう。そうか、久米さんは、話題が小田祐輔に変わったことを知らないんだ。

ふう、と深く息をついて自席に座った。自分としては、大それた行動に出てしまったけど、これでよかったのだという、安堵《あんど》の気持ちが九割。残りの一割は、久米さんにとってはやはり迷惑だったのかもという、これは、後悔なのだろうか。

昼食時に、何か言ってくれるのではないかと期待したものの、久米さんは非常階段にやってこなかった。

久米さんが現れないことを心配する正也に、僕は、委員長の小田さんが久米さんに声をかけていたことを伝えた。内容まではわからなかったけど、弁当を一緒に食べようと誘ったのかもしれない。

小田さんのお兄さんが青海放送部ＯＢの声優、小田祐輔だということも教えると、正也ははしゃいだ様子で声を上げた。

「そりゃあ、久米さん、大喜びじゃん」

そうであったらいいな、と思う。だけど、僕は久米さんが僕に対してどう思っているのかを知りたかった。皆の前で庇われたことは迷惑だったのか、少しくらいは喜んでくれているのか。

一緒に弁当を食べないならそれでいい。だけど、ひと言くらい何かあってもいいんじゃないだろうか。

決して、感謝の言葉を期待しているわけじゃないけれど、何かしっくりこない。この気持ちが見返りを求めている証拠のようで、自分の器の小ささを感じ、さらにため息をつきたくなってしまう。

とはいえ、教室での出来事を正也に話そうとは思わなかった。今なら、黙って「ケンガイ」の脚本を書いた正也の気持ちが理解できる。

「俺たちも、明日から教室で食べる？」

正也が額に浮いた汗を手の甲で拭った。確かに、非常階段での昼食は、この暑さの中では快適とは言えない。

七月から、各教室にエアコンが入るし、期末テストも始まるため、昼休みも、サッと弁当を食べて、残りの時間を勉強に充てた方がいい。

「正也はクラスに友だちいるの？」

さりげなく訊いてみた。

「いるよ。本やマンガの貸し借りをしたり、クラスの男子だけのＬＡＮＤのグループを作ったり……」

ハッとしたような表情で正也は口を閉じた。

「大丈夫。LANDはしてないけど、友だちはいるから。堀江くん、とか」

取り繕うように笑った分だけ、目の前の正也が少しずつ遠ざかっていくように感じた。

期末テスト期間に入り、放課後、放送室に出向かなくなると、正也と顔を合わせる機会もほとんどなくなってしまった。たまに廊下で顔を合わせても、「勉強してる？」「ヤバいかも」と短い会話を交わす程度だ。

昼休みに音楽を流す当番も、僕たちが度々補習を受けていることを知った二年生の先輩たちの厚意により、免除されている。

久米さんとは、挨拶を交わすかどうかというくらいだ。木崎さんの方がまだ、ぎこちないながらも久米さんと球技大会などの話をしている。その球技大会に、僕は審判や得点係として参加することになった。

放送部をやめたわけではない。一つの大会に向けた制作が終わっただけだ。だけど、作品を作ることによって、僕と正也と久米さんは強く結びついていたということが、改めてわかった。この、胸の内にぽっかりと穴が開いたような感覚は、初めての経験ではない。それよりも、この感覚に囚《とら》われることはもうないだろうと、あきらめていたのに……。

教室で過ごす時間が長くなった分、クラスの男子、特に堀江くんと話すことが多くなった。「くん」も今では互いに省略だ。堀江は中学のときはテニス部で、高校に入ってからラグビー部に入部した。テニスは人生のどこかでまたできるから、今しかトライするチャンスがなさそうな、新しいことを始めたい。そう思ったらしい。

堀江のように、高校から新しい部活を始めたヤツは、男女問わず、クラスにけっこういた。三年生が引退するまで、一年生、特に初心者は、コートを使用させてもらえず、この夏休み明けから本格始動だ、という声もかなりある。一方、やはり中学のときにやっていた部活に戻ろうか、という声もある。夏休み中に決断しよう。ラストチャンスだ、という声までも。

それでも、テストの最終日を終えると、待ってました！　というように、皆、それぞれの部の活動場所に散っていった。

僕も放送室へ向かう。手術を受けるので、夏休み中の活動に参加できないことを伝えるために。

夏休みは部活に出なくても、七月いっぱい行われる全員参加の夏期講習のために、僕は学校に通った。今日、講習終了後、放送室に向かったのは地元新聞社の取材があるからだ。三年生の先輩たちはJコンに出場するため、明後日、東京に出発する。

取材は、東京に行く五人だけでなく、放送部全員で受ける。心の準備が出来ていない、と正也は大騒ぎしているけれど、僕はそれほど緊張していない。中学の駅伝県大会前にもいくつか取材を受けたからだ。不思議な感覚なのは、あれからまだ一年も経っていないということ。

放送室の奥の部屋で、テーブルを畳み、パイプ椅子を人数分車座に並べて、学年順に席についた。当然、なのだろうけど、顧問の秋山先生もいる。

新聞記者は駅伝のときに見《み》憶《おぼ》えのある人で、僕と目が合うと少しだけ首をかしげた。毎日いろいろな人に会っていそうなのに、僕のことを憶えているのだろうか。なんて思ったものの、声はかけられず、インタビューが始まった。

まずは、「ケンガイ」という作品について。制作の経緯を月村部長が説明すると、その後の質問は正也に集中した。一年生がわずか三日で脚本を書いたことに、記者の人は興味を持ったようだ。

正也は緊張した様子で口を開いたものの、徐々に目が輝き始め、記者の人から「ありがとう」とやんわり制止されるくらい、ラジオドラマ愛を熱く語った。だけど、次の質問には眉を顰めた。

「このドラマで、何を伝えたいと思ったのかな？」

ありがちな質問だ。テレビでも、新ドラマが始まるときは、主演俳優が同じようなことを訊かれて答えている。

「それは、作り手が告知することじゃなく、聴いた人がそれぞれ感じることなので、僕は答えません。こういうふうに受け止めてほしいという思いはあるけど、強制することじゃないし、伝わらなければ、力不足ということで、次の作品にまた同じ思いを込めます」

正也の答えは新聞記者の人が期待したものではなかったはずだ。

このドラマで、SNSを使用したイジメをみんなでなくそう、と伝えたいと思いました。

そう答えていれば、見出しに採用されたかもしれない。だけど、久米さんのいる前でそんなことは言えないし、もしかすると、久米さんがこの場にいなくても、正也は同じ台詞を口にしていたのではないかと思う。

正也の言う通り、ドラマから何を受け取るかは、聴いた人の自由だ。

他にも正也は、誰かに脚本の書き方を教わったのか、と訊かれると、パン屋のおばさんに一度だけアドバイスをもらった、などと理解できない発言をし、周囲を呆然《ぼうぜん》とさせていた。

そして、この質問だ。

「Jコン本選への意気込みは？」

三年生の先輩たちが俯き、気まずい空気が流れる。しかし、正也は顔をまっすぐ上げて姿勢を正した。

「皆で力を合わせて精一杯作った『ケンガイ』が、どこまで羽ばたいてくれるのか、あとは見守るのみです」

　そうだ、そうだ、と僕は大きく頷いた。「ケンガイ」の結果がどうなるのか、期待する気持ちは、どこにいても変わらない。

　次に質問を受けたのは、秋山先生だった。

「全国大会への出場は、顧問の先生の指導力も重要だと思いますが、ご指導の際、何に一番力を入れましたか？」

　笑顔で訊ねる記者の人とは対照的に、部員たち、特に先輩たちの表情が険しくなった。

秋山先生はゆっくりと部員たちの顔を見渡してから、口を開いた。

「みんな、全国大会出場、おめでとう。そして、ごめんなさい」

　そう言ってから、記者の人の方に向いた。

「私は何もしていないんです。昨年は教師一年目、今年は担任一年目で、心身ともに余裕がなく、部活動に向き合う時間をほとんど持てませんでした。……いえ、全国大会連続出場のプレッシャーに押しつぶされそうになって、無意識のうちに、そういう言い訳を用意しておこうとしたのだと思います」

　放送部員の皆が、あっけにとられた表情になっている。僕も同じような顔をしているはずだ。多分、大人は謝らない生き物だ、と思い込んでいたからではないだろうか。

　だけど、新聞記者の人に驚いた様子はない。

「では、先生の手を借りず、企画から制作まで全部生徒さんたちで行ったということですね。すばらしいと思います。こういう言い方をするのは何ですが、一部では、先生の発表会になっているようなところもあるので」

そんなふうに褒められても、秋山先生は申し訳なさそうに頭を下げるだけだった。僕はその姿を、頼りないとは思わなかった。

インタビューはまた生徒たちに向けられた。三年生の先輩たちがひとしきり抱負を語ると、記者の人は僕の方に向いた。

「きみは三崎中学の陸上部にいた子だよね」

僕は緊張していないはずだったのに、ひっくり返ったような声で、「はい」と答えた。

「駅伝であんなに活躍したのに、高校ではどうして放送部を選んだのかな」

笑顔で訊かれる。僕は膝の上にのせていた拳をギュッと握りしめた。したたり落ちるんじゃないかと思うほど、手のひらに汗が浮いている。いったい、どう答えたものか。

「僕が強引にスカウトしたんです。声にひと目、いや、ひと耳ぼれして」

正也だ。自分が質問を受けたときよりも、大きくはっきりとした声で。

「へえ、声か。きみはどの役をやったの？」

「主役です」

僕は消え入りそうな声で答えた。

「すごいじゃないか。確かに、耳に優しく響くいい声だ。駅伝では惜しくも、あと十何秒というところで全国大会を逃してしまったけど、早くも新しい分野で、リベンジを果たしたということだね」

「はあ、まあ……」

まったくそうではないと思っても、曖昧な返事をしてしまう。僕には、大きな事を成し遂げたという実感はない。

それでも、全員が何かしらを答えたあとの記念撮影では、完成したばかりのポロシャツを胸の前で広げて、精一杯の笑顔を作った。


講習中、こんなに晴れているのに東京は雨が降っているのか、などと窓の外を眺めながら思ってしまうのは、昨日からＪコンの本選が始まったからだ。

僕のスマホに月村部長の電話番号は登録されているけれど、本選の状況を報告してくれるのは、三年生の先輩たちのＬＡＮＤグループに入っている、正也だ。

夏休み中はチャイムが鳴らない。先生が時計を見て授業を終了するのだけど、九時一五分きっかりに正也が僕のクラスに飛び込んできた。

「おいおい、うちはまだ終わってないぞ」

そんなふうに怒られても、「すみません！」と明るく返すだけ。正也はひどく興奮した様子だ。一度緩んでしまった教室の空気を戻すことは難しく、あと一問やりたそうだった先生もあきらめたように切り上げた。

「どうしたんだよ、いったい」

僕の席までやってきた正也に、半ばパフォーマンス的に眉を顰めた。みんな、僕の友人が講習の邪魔をしてゴメン、というふうに。

「すごいよ、すごいんだ。ああ、久米さんも来て来て」

正也が久米さんを手招きした。

「『ケンガイ』が準決勝に進出したんだ！」

正也の頰は真っ赤に上気している。一拍おいて、「おおっ！」と僕も驚きの声を上げた。「すごい！」と久米さんも両手を合わせて喜んでいる。

本選初日は、準々決勝という位置づけから始まる。昨日、全国大会に進出したすべての作品がオンエアされ、今朝、準決勝進出校が発表されたのだ。九八校中の上位二〇校に選ばれたことになる。

全国でも「ケンガイ」が評価された……。

「俺、東京に行こうと思う」

上気したままの頰で正也は言った。

「と、東京？」

突然の宣言に、むしろ僕は素に戻ってしまう。久米さんもびっくり顔だ。そんな僕たちの目の前に、正也はポケットから取り出した紙を広げて見せた。

数学の期末テスト、一〇〇点だ。なんとか平均点の六五点が取れた僕と、同じペースで補習行きになっていたのに。

「どうこう言いながらも、やっぱ、東京行きたくてさ」

正也はテストを畳んでポケットに戻しながら、照れたように頭をかいた。

「親と約束してたんだ。『ケンガイ』が全国で一回でもコマを進めて、一番苦手な科目で学年一位になったら、交通費と宿泊費を全額出してもらう、って」

僕は「ケンガイ」が準決勝に残ったことよりも、そちらの方がびっくりだ。そんな約束そうそう果たせるものではない。脚本を三日で書いたことといい、正也は目的達成のためならものすごい集中力を発揮できるヤツだったのだ。

「いつ出発するんですか？」

久米さんが訊ねた。

「今晩の夜行バスに乗ろうと思う」

「でも、準決勝は今日なんですよね」

「うん。青海の発表は午前中らしいから、今から新幹線で向かっても間に合わないんだ」

「じゃあ……」

何で、という言葉を飲み込んだ。全国大会で「ケンガイ」がオンエアされるところを見るために東京に行きたいのだと思っていたのに、間に合わないのでは意味がない。だけど、それを言ってしまうと、「ケンガイ」は準決勝止まりと決めつけてしまうことになる。

正也はすべて承知しているというふうに頷いたあと、ニッと笑った。

「明日の朝、準決勝の結果を先輩たちと一緒に見て、そのまま決勝の会場に向かう。そういう予定。知ってた？　準々決勝、準決勝は渋谷《しぶや》記念ホールというところで行われているんだ」

僕は知らなかった。久米さんは、「あっ」と思い出した様子の声を上げた。

「JBKホールは決勝のみ。そこに一歩近づいたんだ。見届けないわけにはいかないよ」

正也の心はもう東京にあるようだ。いや、常に「ケンガイ」とともにあったのだろう。脚本を書いたときからずっと。

「あ、でも、誘わなくてごめん。テストの方はギリギリまで自信がなくてさ」

申し訳なさそうな正也に、僕と久米さんは同時に、いいよ、いいよ、と両手を振った。

午後八時三〇分。三崎バスセンターの待合室に入ると、最後列のベンチの端に正也の後ろ姿があった。放送部の青いポロシャツを着ている。

僕も同じシャツを着てきた。息を殺して正也の背後に近寄り、肩をポンと叩く。

「わ、わわ、なんだ、圭祐か」

半分腰を浮かせたままホッとしたように息をつく正也の隣の席に、僕は腰を下ろした。

「まさか、見送り？」

「夜食の差し入れだよ。かわいい女子の手作り弁当じゃなくて申し訳ないけど」

僕は膝の上に置いたリュックの中から紙袋を取り出して、正也に渡した。

「これって」

「夜食といえばサンドイッチ。三崎中生にとってサンドイッチといえば、学校裏の『パンダパン』、だろ？」

「わざわざ買いに行ってくれたのか？」

「家から自転車で二〇分。今の僕の足じゃ、確かに、わざわざかな」

僕はニッと笑ってみせた。正也とは親しくなって四カ月も経つのに、互いの住所はまだ知らない。

「ありがとう」

正也は紙袋の中を覗いた。「きんぴらサンドだ」と嬉しそうな声を上げる。

「おばさんが正也に、おめでとう、って伝えてくれってさ」

「どうして、俺に、って？」

「取材のとき、パン屋のおばさんに教えてもらったとか言ってただろ？」

間違えていたらごめんなさい、くらいの気持ちで、正也の脚本の師匠ですか？　と訊いてみたら大当たりで、逆に驚いた。

「そうか、ありがとう。プロの脚本家になれるまで、師匠に会わないって決めてたけど、今回のことは知ってほしくて、取材もはりきって答えたのに、パン屋のところは使われなかったからな。よかった」

正也はもう一度、パンの袋に顔を近づけ、息を吸い込むようにして、袋を閉じた。

東京行きのバスが、乗り場に到着したという案内が流れた。

僕と正也で、東京行きのバス乗り場に向かっていると、ロータリーに一台の軽自動車が入ってきた。クラクションが鳴らされ、車は僕たちの横で停まった。

助手席から降りてきたのは、久米さんだ。青いポロシャツを着ている。お母さんらしき人に、「駐車場で待ってて」と伝えて僕たちの方にやってきた。

「よかった、間に合って」

久米さんは、呆然としている正也に、片方の手に持っていた小さな紙袋を差し出した。

「これ、バスの中で食べてください。あ、よかったら町田くんも」

同じ手に持っていたもう一つの袋を僕にも渡してくれる。僕と正也はそれぞれ袋の中を覗き込んだ。もわっとあたたかい空気の中に、甘いチョコレートの匂いが漂っている。

「ブラウニーを焼いたんです」

久米さんは少し照れた様子で言った。

「わざわざ……」

正也がそこで言葉を切ったのは、俺のために、と言おうとしたものの、僕までもらってしまったからだろう。

「宮本くん、チョコレート好きかと思って。味見をしていないので自信はありませんが、ちゃんとレシピ通りには作ったので、とりあえず大丈夫だと思います」

恥ずかしさに負けたら言葉が出なくなるからか、久米さんはものすごい早口でしゃべっている。

「ありがとう」

勢いに負けたのか、正也は指先で鼻の頭をかきながら、小さな声で返した。いや、単に照れているだけか。

ついでとはいえ、僕も久米さんにお礼を言った。正也よりも小さな声で。バレンタインでなくても、女子からチョコレートをもらうのは、こんなにもドキドキすることなのか。きっと、顔も赤くなっているに違いない。

久米さんも徐々にいつものように下を向き出した。が、すぐに顔を上げ、長い前髪を左右に分けた。

「ずっと、言わなきゃいけないと思っていたことがあるんです」

久米さんはまっすぐ正也を見つめた。

「宮本くん、脚本を書いてくれてありがとう。わたしのために、と最初思ったときは恥ずかしいのと、情けないのとで、何も言えませんでした。でも、ドラマを作っているうちにやはり感謝の気持ちを伝えなければならないと思い直しました。だけど、完成したドラマを聴いているうちに、わたしのためではないんじゃないか、と考えるようになりました。きっかけはわたしだったかもしれないけれど、個人の救済のためではなく、宮本くんの中にある正義感に基づいて、ＳＮＳによるイジメに苦しんでいる多くの人に向けて書いたんじゃないかな、と。そうなると、わたしがお礼を言うのは、なんだかおこがましいような気がして、どうしていいのか悩んでいました。でも、別の言葉と一緒になら言えるんじゃないかと……」

「別の言葉？」

呼吸を忘れて聞いていたのか、正也がかすれた声で訊ねた。

「『ケンガイ』準決勝進出おめでとうございます。それから、東京、いえ、ＪＢＫホールに気を付けて行ってきてください……、です」

久米さんはかなり照れた様子ではあるけれど、顔はしっかり上げたままだ。通常、お礼を言うときは、頭を下げた方が誠意を伝えることができるはずだけど、すぐに俯いてしまう久米さんの場合、こうして目を逸らさずいることで、勇気や覚悟を表すことができる。

「あ、ありがとう」

正也はそれだけ言うと、顔中に浮かび上がった汗を、おろしたてのポロシャツの袖で拭い出した。汗に涙も混ざっている。

「正也、タオルくらい持っていけよ」

僕は自分のリュックからタオルを取り出して、正也の首に巻き付けた。

「大丈夫、まだ使ってないタオルだから」

茶化すように言いながら正也の汗を拭《ふ》いていると、久米さんと目が合った。

「町田くんも、庇ってくれてありがとう」

まさかの、不意打ちだ。僕にもお礼を言ってくれるとは思ってもいなくて、ポカンと口を開けてしまった。

「庇った？」

正也がタオルから顔を上げた。結局、クラスで起きたことを話していないままだ。切り出したのは久米さんとはいえ、さて、どう説明したものか。

「わたしのことが嫌いなクラスの子から、ＬＡＮＤのグループに誘われた町田くんが、悪口を書くようなグループには入らない、ってみんなの前で言ってくれたんです」

はっきりとした口調で、久米さんが正也に答えた。へえ、と正也が感心したような目を僕に向ける。

恥ずかしいことではないはずなのに、顔から汗が噴き出してきた。タオル返せよ、とふざけた口調で言ってしまいたい気分だけど、ここは僕も真面目に、今思っていることを伝えるべきなのかもしれない。

「正也が『ケンガイ』を書いてくれたおかげだよ。ドラマを通じて受け取ったメッセージを、ドラマの中だけで終わらせちゃいけないと思ったんだ。カッコつけた言い方になってしまうけど、ドラマが背中を押してくれたんだ。物語の力だよ」

目を逸らさずに言った。正也の鼻がひくひく動いたかと思うと、目からブワッと涙が溢れ出した。そして、僕にガバッと抱き付いてくる。

「ちょ、ちょっと、待って」

とまどいながらも、まあいいか、と背中をポンポンと叩いてやる。僕の肩に沁み込んでいるのは、一所懸命、努力をした人だけが流せる涙だ。

それを受け止めるのが、僕であることが申し訳ないような気がするけれど、思い返せば僕だって、駅伝の地区大会で優勝したときは、メンバー全員で肩を抱き合って大泣きした。

そして、今だってもう、涙は瞼《まぶた》の際まで浮かび上がってきている。僕だって、泣いてもいいはずだ。

と、シャッター音が聞こえた。正也と僕、二人同時に音の方に顔を向けると、久米さんがスマホを構えていた。

「あ、すみません。いい光景だなと思って、つい……」

僕と正也は、同時に互いの体から手を離した。涙もキュッと引っ込んでしまう。

「久米さん、そのスマホはお母さんの？」

正也があたふたしながら訊ねた。

「いいえ、わたしのです」

「えっ！」と二人同時に声を上げた。スマホに目を遣る。最新型の機種の背面は、ピカピカで傷一つ付いていない。

「講習から帰ったあと、買ってもらいました」

「大丈夫、なの？」僕が訊ねた。

「まだ少しドキドキするので、LANDは始めないと思います。でも、どうしても『ケンガイ』の準決勝の結果を宮本くんから直接聞きたくて、スマホを持つことにしたんです。お母さん、喜んでくれました。変ですよね、普通なら、子どものスマホに親は難色を示しそうなのに、うちは、なんというか、次のステップへ進めた、というふうに受け止めてくれたみたいです」

次のステップへ……、僕だって今の久米さんを見ているとそう感じる。スマホを持ったことだけではなく、下を向かず、ちゃんと目を見て話してくれていることにも。

「すぐに、報告するよ」

正也は興奮気味にそう言うと、自分のスマホをリュックから取り出した。僕も出して、久米さんと連絡先を交換し合った。

東京行きのバスがまもなく発車する、というアナウンスが流れた。平日にもかかわらず、外から見ても九割方の席が埋まっている。

最後に、僕たちはバスの乗降口横の「東京行」という表示板の前で、久米さんの真新しいスマホを使って記念撮影することにした。人数確認に訪れた乗り場の係員の人にシャッターを押してもらう。

「部活仲間かな。青春だね。はい、チーズ！」

心地よいかけ声のおかげか、三人とも、互いにこれまで見た中で、一番いい笑顔で写っている。

正也が乗り込み、バスは発車した。最後列に座った正也は振り返って手を振っている。

僕と久米さんも、バスが見えなくなるまで手を振り続けた。

ＪＢＫホールに行けますように、いや、必ず行ける——。

終章

夏休み最終日。夕方、僕は約ひと月ぶりに学校を訪れた。広いグラウンドを見渡せる本館前のベンチに座り、陸上部が練習しているのをしばらく眺め続けることができたのは、足の手術が成功し、その後の経過も良好だからだろうか。

ここ一週間、僕は毎朝、家の近所の公園周りを走っている。約三キロのコースを、初めは歩く方が多かったけれど、だんだんと続けて走れるようになった。

陸上部のころの速さとは比べものにならないものの、それでも、今は再び走れる日が訪れたことが何よりも嬉しい。

そうなってみて、改めて生じる思いがあることも知った……。

「お待たせ」

背中越しに声をかけられ、振り向いた。山岸良太が立っている。色白で華奢《きやしや》なイメージが強かった良太だけど、日々のトレーニングに加え、真っ黒に日焼けしていることも相まって、随分たくましくなったように感じる。

「疲れてるところ、呼び出してゴメン」

僕がベンチの片側を空けると、良太はストンと隣に腰掛けた。

「圭祐の呼び出しなら嬉しいよ。同じ学校に通ってるとは思えないほど、マトモに話したことがないんだから。おまけに手術を受けることも教えてくれなかったしさ」

良太は少しばかり口をとがらせた。こんな態度を取れるのは、昨晩、僕の現在の足の状況について、メールで送っておいたからだろう。安心した上で、事後報告されたことをすねているのだ。

「そりゃあ、何ていうか、サプライズだよ。できれば体育祭まで黙っておいて、いきなり走る姿を見せたかったくらいだけどね」

おどけたふうに話す僕だって、手術前は不安でたまらなかった。走れなくても迎え入れてもらえる場所ができていたにしてもだ。こんなふうにふるまえることを、未だ、奇跡のように思う。

だけど、おまえが泣くことではないじゃないか。鼻をすする良太に、僕は胸の内でつぶやいた。

「なあ、圭祐。また一緒に走れるのかな」

良太がグラウンドに目を遣りながら言った。陽の落ちかけたグラウンドには、土ならしをしている野球部員が数人いるだけだ。三〇〇メートルのトラックを、いつもよりさらに大きく感じる。

「実は、一学期の終わりに、原島先生から陸上部に入らないかって言ってもらえたんだ」

「じゃあ!」

良太は目を輝かせて僕の方を見た。

「明日、先生のところに行こうと思う。だけど、その前に、良太に聞いてもらいたいことがあるんだ」

「何かな。何でも言ってくれよ」

良太の目には一点の曇りもない。僕がいい話をすることを信じて疑っていない様子だ。僕には、これから言おうとしていることが、良太にとって、プラスになるのかマイナスになるのかわからない。

そう、僕はこれから良太に良太自身の話をするのだ。良太は僕自身の話が始まると思っているかもしれないけれど。

僕は今日、良太にあのときの真実を伝える決意を持ってここにやってきた。

「田中と田中のお父さんに会ったんだ」

僕は良太の目をまっすぐ見つめて、口を開いた——。


手術を受けるため、県立病院に入院した初日。総合受付で手続きをしている母さんを、エントランスロビーにある待合所で待っていると、目の前を見憶えのある顔が通りすぎていった。

——田中！

声をかけたあとで、呼び止める必要があったのか、と後悔した。病院で知り合いに会うのは嬉しいことではない。本人か、あるいはその知人が、病院で世話になる状態にあるということなのだから。

特に、田中の場合は、昨年、父親が癌になったことを聞いていた。そのために、村岡先生は駅伝の県大会のメンバーに、良太ではなく田中を選んだ、ということも。

田中は元気そうな顔でこちらを向いた。

——町田先輩、お久しぶりです。

田中は軽快な足取りでやってきた。市内の有名なケーキ屋の紙袋を提げている。完全に、見舞いだ。誰の？　父親に違いない。

——総体、どうだった？

病院とは関係ないことを訊ねた。

——県大会、三〇〇〇メートルで六位入賞できました！　あっ……。

はりきって答えたあとで、僕の足に視線を落とした。交通事故のことは、陸上部員には伝わっているのだろう。

——すごいじゃん。おめでとう。次は駅伝だな。

努めて明るく言ってみた。そして、田中の成長に驚きもした。

——おい、勇樹《ゆうき》！

総合案内のあたりから野太いおじさんの声が聞こえた。田中が振り返る。

——西棟の五階だってさ。知り合いか？　先に行ってるぞ。

おじさんは離れた場所から大声で田中にそう言うと、エレベーターホールの方に向かっていった。

——すみません。うちの父がうるさくしちゃって。従姉《いとこ》が出産したんで、お見舞いに来たんですけど、広いから場所がわからなくて。

田中は僕にだけでなく、周囲の人たちに言い訳するような説明をした。僕は田中が病院を訪れた理由よりも、別のことでホッとした。

——お父さん、元気になってよかったな。

見た目で判断してはいけないのかもしれないけれど、つい、口にしてしまった。

——えっ、先輩、もしかして、うちの父が去年、癌になったこと、知ってるんですか？

田中はあっけらかんとした口調だ。

——いや、又聞きな感じで、そんなに詳しくは知らないんだけど、大変そうだなと……。

——まさか、心配かけてたなんて。会社の健康診断での早期発見だったから、夏休み中に内視鏡手術を受けて、一週間で退院できたんです。有給休暇も取らずに済んだくらいで。さっきの通り、元気すぎるほど元気です。

——それって、村岡先生は……。

——担任だったので、先生にはちゃんと報告しましたよ。

僕の話に良太は眉を顰めた。感情をほとんど表情に出さない良太だけど、不審に思っている様子は明らかに見て取れる。

当然だ。癌と闘う田中の父親に、息子の晴れ姿、がんばっている姿を見せたい。そんなことを言い訳に、村岡先生は良太を駅伝の県大会メンバーから外したのに。田中自身が、父親の病気は大したことがなかった、と言っているのだから。

回復したから、明るく話せるのだということは理解している。初期とはいえ、父親が癌だと知れば、心配するに決まっている。ちょうどそんなときに大会があれば、願掛けのような気持ちで挑んでもおかしくないし、不安な思いを担任でもある顧問の先生に吐露するのも自然なことだ。だけど、手術は夏休み中に無事終わっている。

「どうなってるんだ、って思うよな」

僕が言うと、良太は黙ったまま頷いた。

「僕もすぐに確認したかった。だけど、入院したてじゃ何もできない。こんなに気になることができても、それ以上に、自分の足のことの方が僕にとっては重要事項だったし」

「それは、当たり前だよ」

「だから、退院してから行動に移した」

「もしかして、村岡先生のところに行ったのか？」

　良太は切れ長の目を見開いて驚いた。その表情を意外な思いで眺めてしまう。気になることがあるなら調べる、何ら変わった行為ではない。

　いや、待てよ。僕は今までこういう行動を取ったことがあっただろうか。良太にメンバー選考のことを聞いたときだって、おかしいと腹を立てたものの、それを村岡先生に問いただそうとはしなかった。話しかけるチャンスは何度もあったはずなのに。

　今さら言っても無駄。良太のことを自分が怒るのはお門違い。仕方がない。頭の中にそんなフィルターを何重にもかけていた。

「多分、僕は一学期のあいだでかなり厚かましい性格になったのかもしれない」

　放送部に入ったおかげでね、という言葉は今のところ飲み込んでおく。

「でも、村岡先生のところに行く前に、違う人のところに行ったんだ」

　僕は話を続けた。

　村岡先生は良太に嘘をついたことになる。だけど、先生にはきっとそうする必要があったはずだ。気軽につける嘘ではない。覚悟を持って嘘をついたのなら、僕がのこのこ訪ねて行ったところで、簡単に打ち明けてもらえるとは思えない。

　誰か事情をわかっている人はいないだろうか。ヒントでもいい。僕が知っている、村岡先生が腹を割って話せそうな人はただ一人。先生はその人にも黙っていそうな気はしたのだけど……。

「誰？」

良太が身を乗り出して訊いてくる。僕ももったいぶりすぎだ。

「原島先生だよ。村岡先生とは中学から大学まで、陸上部の先輩後輩だったらしいよ」

「知ってる。おまえは走り方から性格まで村岡にそっくりだ、ってよく言われるよ。ちなみに、原島先生は……、いや」

良太が言葉を切った。陸上部に入るかどうかを、僕がまだ言っていないことを気遣ってくれているのか。

「僕に似てるんだろ。本人に言われたよ。光栄なことだ。動画を検索してみたら、アジア大会に出場しているときのが出てきたんだから」

「俺もその動画なら見たよ。今もけっこう女子から人気あるけど、昔の方が痩せててもっとカッコよかったよな」

原島先生はオリンピックにこそ出場してはいないものの、大学卒業後、陸上で有名な実業団に所属し、世界大会に日本代表として何度か出場している。三〇歳になったのを機に引退し、母校、青海学院に体育教師として戻ってきたそうだ。

だけど、同じように検索しても、村岡先生の動画は出てこなかった。名前だけならほんの少し出てきたけれど。

脱線しかけてしまった。僕は、退院後に原島先生のところを訪れたときのことを、良太に話すことにした。

病院でもらった傷病報告書を担任に提出するため、職員室に行くと、原島先生も三年生の先生たちのエリアにいた。ノートパソコンを開いていたので、近付いていいものかとドキドキしながら、少し離れたところから声をかけると、原島先生はすぐに気付き、僕のところまで来てくれた。

――手術はどうだったんだ？

僕は手術が無事成功し、術後の経過も良好だということを伝えた。

――それで早速、陸上部に入りたい、と。

――違います。いえ、すみません。今日は先生にお聞きしたいことがあって。

悪いことで呼び出しをくらったかのように、僕の声は小さくなっていった。

――内緒話か？　じゃあ、場所をかえるか。

原島先生は僕を進路指導室に連れて行ってくれた。個別に話ができるよう、パーティションで仕切られている。保護者や業者の人用に作り置きしているのか、冷たい麦茶まで出してくれた。

――質問は何だ？

世間話もなく、先生は単刀直入に訊いてきた。僕もまわりくどい言い方はせずに、一番知りたいことを口にした。

――中学最後の駅伝の県大会で、村岡先生はどうして山岸良太をメンバーから外したんでしょうか。

――そりゃあ……。

原島先生はいとも簡単に答えを口にした。

「先生は何て？」

良太はまばたきもせずに僕を見ている。

「ものすごく簡単な答えだった。むしろ、良太がまだ知らされていなかったことが信じられないし、原島先生は、僕だけじゃなく、良太がそれを知らずに入学したことを驚いていた」

田中の父親の病気なんてまったく関係のない理由だった。答えを知った今では、どうしてこれに思い至らず、良太から聞いた村岡先生の嘘を真に受けてしまったのだろうと思うような……。

「ちゃんと教えてくれよ」

良太の語気に少し苛立《いらだ》ちを感じた。

当たり前だ。僕が先に真実を知ったからといって、もったいぶるのは筋違いだ。良太が知ったらどう感じるだろう、などと余計な心配はせず、聞いた通りのことを伝えるのがベストだ。

「それが、良太が青海学院から推薦を受ける条件だったんだ」

「まさか！」

　良太は、僕が原島先生に返したのと同じ反応をした。原島先生は僕にわかりやすく説明してくれた。

　中学で活躍した選手を受け入れる際、一番考慮しなければならないのは、その選手が高校でも活躍できるかどうかだ。一見、当たり前のことのように思われがちだけど、高校に入ってすぐに体を壊してしまう生徒は、毎年かなりの割合でいる。

　そこで青海学院では、スポーツ推薦を受ける生徒に、中学入学時からの傷病報告書の提出を義務付けている。三年生の二学期の初めに声をかけられた良太は、一学期に膝を故障した際の報告書を提出した。もちろん、完治したという証明書も。

　しかし、青海学院側は条件を付けてきた。それが、全国中学駅伝県予選大会に出場しない、ということだ。

「うちの県は全国でも三本の指に入るくらい急坂が続く難コースとして有名だろ？　平《へい》坦《たん》な区間は一つもない。青海学院は、良太の膝が万全な状態で迎え入れたかったんだ。高校陸上で活躍できるように」

　これが、原島先生から聞いたすべてだ。だけど、良太は顔を曇らせたままだ。

「そういうの、本人に連絡するものなんじゃない？」

　僕も最初はそう思った。青海学院から三崎中に連絡が行き、良太に伝える前に止めてしまったのは、きっと、村岡先生だ。先生は何故、良太に確認しなかったのか。

こういう条件が出ているが、どうする？

良太の答えが予想できていたからだ。それを確認するために、原島先生と別れたあと、僕は懐かしい母校、三崎中へと向かった。

三崎中のグラウンドでは、残暑とは思えないほどのうだるような暑さの中、陸上部の長距離部門の選手たちが、足並みをそろえて軽快に走っていた。立っているだけでめまいを起こしそうな僕が、去年まで、あの集団の中にいたことが信じられない。
倒れてしまう前に、ベンチに座り、水分補給をする。気分が落ち着くと、個々の走る姿も冷静に観察することができた。

成長したのは、県大会で六位入賞した田中だけではない。部員それぞれの大会記録をネットで調べてみると、皆、去年とは比べものにならないほどタイムを縮めていた。

駅伝県大会準優勝という自信と悔しさが、後輩たちをここまで引き上げたのかもしれない。まったく、何が奇跡のチームだ。自分が活躍していたときこそがベストだと思い込んでいるおじさんなどを見ると、時間を止めて惨めだな、なんて同情していたのに、まさか自分がそうなっていたなんて。

去年の僕が、今年のチームなら、レギュラーになれるかどうかもあやしいというのに。

グラウンドで生徒たちに大声で指導していた村岡先生が、休憩の号令をかけた。

まっすぐ僕の方へやってきて、隣に座る。

――手術、成功したんだってな。

生徒以上に日焼けした先生は、ニッと白い歯をのぞかせた。

――ありがとうございます。病院に来てくださったそうで。

――まさか、こんなに早く退院するとは思ってなかったからな。おまえに持って行ったメロン、家で子どもたちと食べちまったぞ。

――それは、残念……。

笑い返しながら、僕は先生にどう切り出そうかと考えていた。ストレートにいくか、回り道をするか。村岡先生になら、後者だ。

――先生は大学に入学した当初、一万メートル走のトラック選手として、将来を嘱望されていたんですよね。

――いきなりどうした？　放送部に入ったらしいが、俺にインタビューか？

――いえ、いや、はい。これは、僕から村岡先生へのインタビューです。

僕は姿勢を正して村岡先生に向き直った。

――俺が学生のころは、インターネットがそれほど普及していなかったし、一万メートル云々《うんぬん》は別ルートから仕入れてきたな。原島先生にもインタビューをしたのか？

――はい。でも、原島先生自身の話を訊いたわけではないので、どちらかといえば取材です。

――なるほどな。ということは、今から俺自身に関する質問が続くんだな。

――答えていただける範囲で……。

僕は自分の興味を満たすためだけに、先生から話を訊こうとしているのではないか。

ふと、そんな後ろめたさが胸の内で気泡のように湧いてきた。

いや、これは必要なことなのだ。良太のために。そして、自分のためにも。

――まあ、始めてみるか。

村岡先生はカラッとした笑顔で、先を促してくれた。

――先生が駅伝を本格的に始めたのはいつですか？

――高校生になってからだ。中学のときは短距離選手だったけど、高校の陸上部の顧問に、長距離を勧められてな。

――トラック競技と駅伝の両方をされていたということですね。高校三年生のときには一万メートル走でインターハイにも出場されていますが、どちらに重心を置かれていたのでしょうか。

――どっちも、精一杯取り組んでいたぞ。

――でも、先生は大学一年生のときに、正月駅伝で一躍有名人になりましたよね。山登りの救世主といわれて。

――まあ、そうもてはやされたこともあったかな。

村岡先生は自虐的に笑った。

――二年生になって、先生は膝を故障した。だけど、先生は正月駅伝で山登りのコースを走った。前年の記録には及ばなかったけど、それでも区間賞を取って、チームも念願の初優勝を飾ることができた。でも、それ以降、先生の名前は、陸上競技の記録に残っていません。先生はそうなるのを承知で、覚悟を持って、駅伝大会に出場したのですか？

村岡先生は少し考え込んだあとで、ゆっくりと口を開いた。

——圭祐も競技をしていた側だからわかると思うが、承知だの覚悟だのは、周りが勝手に決めつけたり、自分でもあとからそうだったのかもしれないと気付くことじゃないのか。

競技をしていた側。僕は自分が駅伝のインタビューを受けたときのことを思い返した。確かに、どんな気持ちで走っていましたか、なんて訊かれても困るだけだった。

村岡先生は続けた。

——特に十代のころなんて、ただひたすら目の前にある舞台で全力を出すことしか考えていない。目標は勝つことのみ。お世話になった方々の期待に、なんてのは、その場しのぎで耳当たりのいいことを考えて言っているだけだ。

僕は大きく頷いた。

——俺も、目前に迫った駅伝大会で勝つことしか考えてなかった。しかも、優勝を狙えるメンバーが揃っていたんだ。今年は見送れ、次がある、なんて言ってくれる人もいたが、俺には、次なんて考えることができなかった。チャンスはそう何度も巡ってくるもんじゃない。今を逃せば次はない。そう思って全力で走った結果、それが最後になった。

――その選択に、後悔はありませんでしたか。

どうして僕は先生の傷をえぐるような質問をしているのだろう。自分が同じ立場にあったらどう思う。交通事故のことでこんな訊き方をされたら冷静でいられるか。

――ごめんなさい……。

先生の顔を見ないまま、僕は謝った。真実を知るため、という大義名分のためなら、何を訊いてもいいわけではない。

――おいおい、謝っちゃだめだ。信念を持って俺から聞き出したいことがあるんだろう？

――でも……。

――後悔はしまくったさ。何せ、その後、三年連続でうちの大学は優勝したんだから。次もその次もあったってことだ。

村岡先生は身ぶり手ぶりをつけながら笑顔でそう言った。僕に気を遣ってくれているのだろうけど、僕はそれに気付かないふりをして、最後の質問をすることにした。

「だから、村岡先生は嘘をついてまで、良太を県大会のメンバーから外したんですか？って」

良太の視線は自分の膝の上にあった。今はもう、痛むことはないのだろうか。

「村岡先生は何て？」

「そうだ、って認めたよ」

「でも、それって、田中のお父さんも利用したことになるよね」

「先生は、そうさせてほしいって、田中のお父さんにお願いしたんだ。それをお父さんは快く受けてくれた。お父さんも野球をしていたから、スポーツ選手の気持ちはわかるって言ってくれて。田中にも内緒だったらしい。だから、県大会の日、学校のバスに田中の親はいなかっただろう？　自分の家の車で来て、こっそり応援していたんだ。田中には寝坊したなんて言い訳して」

「そんなことまで……」

良太は膝の上に拳をのせて、ギュッと握りしめた。大人からの特別すぎる配慮を、心から喜べないことは、僕も身を以て知っている。何も気付いていなかったという、ふがいなさも感じているかもしれない。

それでも、もう一つ、言わなければならないことがある。

「あと、村岡先生は、良太のお父さんにも相談してた。当然だよね、息子の進学のことなんだから」

「そんな！」

良太は目を見開いて驚いた。だけど、すぐに息をつく。

「まあ、そうだよな。出ないのに応援に行くって言い張るから、おかしいと思ったんだ。バスの中でのテンションも変だったし。俺の様子次第では、打ち明けようとしていたのかもしれないな」

泣いている部員たちを励ます良太に盛大な拍手を送っていたお父さんの姿を思い出した。僕だって事情を知っていれば、お父さんに負けないほど、内から込み上げてくるものがあったかもしれない。

「だけどさ、父さんも、俺が無事、入学したんだから、教えてくれてもいいのにな」

僕には父親がいないから、良太のお父さんの気持ちを想像するのは難しい。だけど、同じ立場にあったとして、母さんならどうしただろう。

「次、を待ってるんじゃないかな。良太が全国大会に出場する日を」

「ああ、それは今刺さったな。俺、今年はインターハイ、まったく届かなかったから。次が来るまで、こっちも気付いてないふりしておかないとな」

良太は空を見上げて気持ちよさそうに笑った。真っ赤な夕焼けを一緒に見るのは、いつ以来だろう。

「ねえ、良太。もし村岡先生が、県大会に出場しないことが青海推薦の条件だから、おまえをメンバーから外す、って言ってたら、どうしてた？」

「村岡先生の予想通りになってしまうのは悔しいけれど、青海に行けなくていい、走れなくなっていい、だからみんなと一緒に全国大会に行くために、僕を走らせてください。

そう言ってたと思う」

「じゃあ、今はどう思ってる？」

「全国大会に行きたかった、という思いは未だにある。だけど、今、こうして陸上部で走っていられることを、幸せにも思うよ」

「よかった。良太を待っているあいだも、この話をするのを少し迷っていたから」

「俺は知れてよかったよ。村岡先生にも田中のお父さんにも、うちの親にも、圭祐にも、みんなに感謝してる。ありがとう。俺に、次をくれて」

良太はまっすぐ僕を見て言った。どういたしまして、と言うのも気恥ずかしく、立ち上がって大きく伸びをした。体に蓄積された太陽の熱が解き放たれるような感覚だ。

「村岡先生は、自分の功績を棒に振ってまで俺を守ってくれたんだな。山岸を出していたら、っていう非難の声は俺のところにも聞こえてきたくらいだから。それほどに、自分のことを後悔しているのかな」

良太の口調に寂しさが混じっている。

「村岡先生は、陸上選手としては後悔したけれど、今の人生には満足しているんだって」

僕はベンチに腰を下ろしながら、良太に村岡先生のインタビューの続きを話した。いや、質問を終えたあと、先生が補足として話してくれたのだ。

「陸上選手としての復帰が絶望的だとわかったときは、真っ暗な闇の中にいるような気持ちで、将来のことなんか何も考えることができなかった。だけど、そのときに支えてくれたのが大学の後輩だった今の奥さんで、教師になることを勧めてくれたんだって。今は陸上のことなんて考えたくもないだろうけど、あなたはいつかまた、走りたくなる、陸上に関わりたくなるはずだ。それが、部活の顧問という形でも、新しい発見や喜びを見出《みいだ》すことができるんじゃないかな、って」

「いい奥さんだな。それに、圭祐の声で再現されると、ラジオのメッセージコーナーみたいで、気持ちよく頭の中に入ってくるよ」

「そうかな？」

僕は人差し指で鼻の頭をかいた。

「でも、結局、俺たちは先生を喜ばせてあげられなかった」

申し訳なさそうにため息をつく良太の背中を、僕は笑い飛ばすように思い切りはたいた。

「奇跡のメンバーだったのに、か？　それは僕らの思い上がりだったんだよ。良太も三崎中に行ってみればいい。みんな、すごく成長しているから。田中の三〇〇〇メートル走の記録、良太の中学の自己ベストまで、あと二秒だよ」

「ホントに！　村岡先生には、こんな先のことまで見えていたのかもしれないな」

「先生の、次、だね」

僕は駅伝県大会の優勝トロフィーを持つ村岡先生の笑顔を想像した。

「それで、圭祐はどうするの？」

良太は改まった様子で僕を見る。

「俺の話は終わりだよな。村岡先生の話も。次はおまえ自身のこれからを話す番なんじゃないのか？」

「そうだね。実は、陸上部に入るか、放送部を続けるか、手術前にはもう、答えが出ていたんだ」

僕は正也が高速バスで東京に向かった翌朝のことを、良太に話すことにした。

Ｊコン準決勝の結果は公開日の翌朝、八時四〇分にＪＢＫホールの入り口に貼り出される。六時半に東京駅に着いた正也は、三年生の先輩たちが宿泊しているホテルに向かい、皆で発表を見に行った。

決勝に進めるのは、二〇校中三校。門の幅は一気に狭くなるのだ。

正也から僕にメールが来たのは八時四三分。

『決勝、進めず。残念』

そう書いてあった。

『お疲れさま。準決勝に進めただけでもすごいことだし、僕は「ケンガイ」が日本一だと思ってる』

そう返信したと同時に、涙がぶわっと込み上げてきた。

悔しい、悔しい、悔しい、悔しい……。

正也だって今、どれほど悔しい思いをしていることか。こんなきれい事を並べたメールが、何の役にたつというのだろう。

僕はその場で正也に電話をかけた。

――正也、残念だな。僕は悔しい。あんなにすごい作品を作ったのに、選ばれないなんて。審査員がバカなんだ……。

――そうだよ、圭祐。バカばっかりだ！

思わず電話を少し離してしまうほどの大声で正也は叫び、うぐっ、とうめいて少し黙り込んだかと思うと、突然、泣き声が響き渡った。トイレに駆け込んだのだと言われた。それから僕たちは、悔しい思いを互いに口にし合った。親や先生に聞かれたら怒られそうなことも平気で口にした。誰に聞かせるわけでもない。もちろん、ＳＮＳ上になんて絶対に載せない。僕たちだけの思いを吐きだし合った。

――ありがとう。

正也がそう言ってくれるまで。

――正也のために怒ったんじゃないよ。僕も本当に悔しかったんだ。今までずっと、主役をやらせてもらったというのに、どこか他人事のように思ってた。だけど、決勝に行けないって知って、無性に悔しくなったんだ。無関心だったんじゃなくて、選ばれて当たり前、と信じ切っていたってことかな。

「声を荒らげる圭祐なんて、想像できないな」

　良太が笑いながら言った。

「初めてかもしれない。本当は、良太から村岡先生の話を聞いたときも、県大会のあとも、何でもいいから大声で叫びたかった。良太やみんなと一緒に」

「そうだな。子どものくせにカッコつけて、ガマンしすぎていたのかもしれないな。でも今は、一緒に叫ぶ相手もできたし、何より、次を見つけることができたんだろ？」

　頷くことは、決して良太を裏切ったり傷つけたりする行為ではない。僕の選択がどちらでも、良太は応援してくれるという自信が今は持てる。

「すべてが解決して新しい道がひらけたわけじゃない。ひき逃げ犯もまだ捕まっていないしね。だけど、走ることはこれからも続けていこうと思う。幸いこの足も、次に繋げてもらえたから。でも部活は、放送部でがんばりたい」

　決勝は逃したものの、準決勝に残るとＪＢＫホール優先入場券がもらえるそうで、正也も決勝を見学することができたらしい。

　久米さんと一緒に僕の見舞いに来てくれた正也は、そのときの様子をただ「すごかった」と繰り返すだけだった。全部門の決勝進出者、進出作品が集まった会場には、言葉にできない熱気が溢れていたのだという。それを言葉にするのがプロの脚本家だろ、と正也にツッコんでみたものの、僕もやはりそれを自分の肌で感じてみたいと思う。

「それにさ、ドラマ作りだけじゃなく、伝えるということを、もっと真剣に考えてみたいと思う。話す、書く、スマホで伝える。手段はたくさんあるのに、伝わっていない大切なことがありすぎるような気がするんだ」

「そうだな、俺は今日、圭祐から大切なことを伝えてもらったよ。だけど、放送部を選ぶっていう答えは、ここに来たときから、予想できていた」

「えっ、どうして？」

　驚く僕の胸元辺りを、良太が指さす。

「そのポロシャツ、すごく目立つって気付いてた？」

「放送部のユニホーム、カッコいいだろ」

　僕は立ち上がり、両手を腰に当て、青地に白く輝くＳＢＣのロゴを誇示するかのように、思い切り胸を張ってみせた。

ラジオドラマ

中学三年生、一学期の期末テスト終了後に進路希望調査票が配られた。これをもとに、まずは担任と二者面談をし、夏休みが始まってから三者面談が行われる。進学先の選択肢がそれほどないこの地方で、わざわざ二回に分けて面談をやる理由は解らなかったけれど、こういう決まりなのだろう、と深く考えずに記入していくことにした。

志望校だけを書くのかと思っていたら、「将来の夢」という欄があった。小学校の卒業文集以来だ。確か、そこには「公務員」と書いた。

――正也《まさや》、公務員はいいわよ。お給料が安定しているから、ほしいものを我慢しなくていいの。

父さんの勤務する家電メーカーの業績が悪化し始めた頃から、母さんは何度もこの台詞《せりふ》を僕に言い聞かせるようになった。冗談めかした口調が八割、真剣な口調が二割。当時はどういう仕事が公務員に分類されるのか解らなかったけれど、反論すると面倒な説得が始まりそうだったので、「うん、わかった」と答えると、決まって母さんは笑顔でこう付け加えた。

――転勤だってほとんどないしね。

三五年ローンを組んで新築の家を建てた途端、転勤が決まり、そこそこ広い部屋を割り当ててもらえたとはいえ、社宅マンション住まいが続くことになったのを、母さんは未だ、根に持っている。今の町に越してきて五年も経《た》つというのに。まあ、次の異動で戻れることになっても、他人に貸した築五年の家はもう新築とは呼べない。

中学生になると、公務員の具体的な職種も解ってきた。公立校の教師や市役所職員、警察官、消防署の職員……。だけど、僕は調査票にこれらのどの職業を書くつもりもなかった。

本当にやりたいこと、夢ができたからだ。

「宮本《みやもと》くんの将来の夢は……、脚本家ね。で、第一志望が瀬戸東《せとひがし》高、と」

担任の森田《もりた》あおい先生は長い睫《まつげ》をしばたたかせながら、調査票を読み上げた。女子の間では睫エクステをしているという噂《うわさ》もあるけれど、僕にはどうでもいいことだ。だけど、睫の上にほんの少し汗の玉が載っていることに気付くと、エアコンのない教室では、汗避けに丁度よく、まさかそのためにエクステをしたのか、などと少し観察してしまう。僕の首に巻いたタオルもじっとりと汗を吸っている。夏休み前の二者面談は一人一五分、まだ始まったばかりだというのに。

「脚本家ってことは、ドラマ好きなんだ。今シーズン、どれがおもしろい？」

森田先生は目をくりくりさせながら僕を見た。大きな目とぽってりした唇が、今シーズン一番話題になっているドラマの主人公に似ているという自覚があるから、僕の口から言わせたいのかもしれないけれど、絶対に言うもんか。

ギリギリ二〇代の森田先生は学校中の男子生徒から絶大な人気があるけれど、僕の中での美人先生ランキングでは中の下だ。自分の外見がイケてないから、僻《ひが》んでそんな評価をしているのではない。

「断然、『銀河のカルテット』です」

僕は一番はまっているドラマのタイトルを答えた。

「へえ……。見たことないな」

森田先生はつまらなそうに口をとがらせ、再び調査票に目を落とした。見たことなくて当然だ。テレビではやっていないのだから。

「おうちの人は進路について、何て言ってる？」

「東校は賛成、っていうより当然行くものだと思っているけど、将来の夢についてはまだ話してないです」

母さんは僕の夢が脚本家であることを知らない。

まずは森田先生の反応をうかがって、場合によっては書きかえようかと思っていたけれど、先生の口から、そんな夢見がちなことを、とか、もっと堅実な夢を持ったら？

といった台詞が出てくる気配はない。中学校の教師の仕事は生徒を高校に送り出すことで、その後のことは守備範囲外だから、どうでもいいのだろうか。

なら、将来の夢なんか書かせなければいいのに。

「先生、僕、脚本家になれると思いますか？」

無駄なことを承知で訊《き》いてみた。

「どうだろう。宮本くんのこれからの努力次第じゃない？」

ありきたりな答えだ。だけどもし、脚本家を公務員に置き換えて同じ質問をしていても、森田先生は同じ台詞を同じトーンで返したのではないだろうか。

先生は脚本家を特別な仕事、田舎の中学生が手を伸ばしても届かない職業、というふうに捉えてなさそうに思える。むしろ、そう感じているのは僕の方だ。

「具体的にどうやったらなれると思いますか？　シナリオ学校に通うとか、高校卒業後のことじゃなくて、今からできること。たとえば、これまでのドラマを研究するとか、シナリオブックを書写するとか、国語の勉強をがんばるとか」

この夏休みにやろうと思っていることだ。僕が食い下がるのは森田先生を説得したいからじゃない。反対されていないのだから。先生を味方につけて、母さんを納得させたいのだ。

「それで充分だと思うけど。もっと大事なことがあるんじゃない？」

受験勉強のことだろう。だけど、僕はそれについての心配はなかった。第一志望の県立瀬戸東高等学校は、地域の公立では一番の進学校だと言われているけれど、全国的にそれほどレベルが高いというわけではない。学校の授業を理解できていれば、まず落ちることはないはずだ。

部活の卓球部は、多分、七月末の地区大会で終了する。残りの夏休み全部を受験勉強に充てるのはもったいない。人生に一度きり、一五歳の夏だというのに。夢に繋《つな》がることに挑戦したっていいはずだ。

「でも、受験って高校に受かるためだけのものじゃないですよね。将来の夢を叶えるための通過点だって、先生、前に言ってたじゃないですか」

僕は親や友だちからよく、理屈っぽいと言われる。ついでに、汗かきだとも。首のタオルで顔を拭った。

「そうだけど、国語の勉強だけしていればいいわけじゃないと思うな。そもそも、あの人……、国語教師じゃなかったし」

「あの人？」

僕はおうむ返しに訊いた。一冊だけ持っている脚本の教本では、悪い台詞の書き方として挙げられている手法だ。だけど、予想していなかった言葉が出てきたのだ。耳を疑い、訊き返したっておかしくない。あの人、あの人って、誰だ？

「あれ？　知らないのに、脚本家になりたいって言ってた？」

先生は、信じられない、という顔をしている。が、まったく思い当たる人物はいない。

「誰のことですか？」

「椿《つばき》じゅん。『落陽のソナタ』の作者よ。まあ、中学生は知らなくて当然か。大ブームになったとはいえ、もう一〇年くらい前の作品だもん」

「いや、知ってる！」

　つい、手を打ってしまった。一〇年前といえば、僕はまだ小学生にもなっていなかったから、オンタイムでのブームは体感していない。しかし、『落陽のソナタ』は今でも、本屋に行けば文庫の平台に置かれているし、ＤＶＤのレンタルショップへ行けば、テレビドラマ版、映画版、両方が棚の目立つところに並べられ、いくつかが貸し出し中になっている。

　いつも気にはなっているものの、小遣いの額は限られているため、いつでも手に入るという安心感から、先延ばしにしてしまっていた作品だ。正直、椿じゅんという小説の作者名はうろ覚えだったけど、その人が、身近なところにいるということなのか。

「もしかして、森田先生の知り合い？」

　教師には敬語を使うように、と母さんから言われ続けているけれど、この状況はそれどころではない。

「私は高校で数学を教えてもらったけど」

「えっ、高校の先生？　すっげ、っつか、数学？」

「そうよ。椿原《つばきはら》先生は……、あれっ、本名言っちゃった。まあ、いっか。臨時講師だったけど、すごく解りやすく説明してくれる先生だった。あとになって思えば、短い説明の中にも物語があったのよ」

　文章問題のことだろうか、くらいにしか想像できない。

「いいなあ。そんな人が身近にいたなんて。俺も会いたかったなあ」

「多分、会ってると思うよ」

　森田先生はけろりとした顔で言った。さっきからずっと、先生と僕のあいだには温度差が生じている。僕の想像の上をいくことを、先生は自慢する様子もなく、普通に話しているのだから。

「どういうこと。作家になって東京に住んでるんじゃないの？」

　小説家や脚本家はみな、東京に住んでいるものだと思い込んでいた。

「ううん。そもそもデビュー作が『落陽のソナタ』で、そのあと、作品出してないし。一発屋っていうの？」

　侮辱するような言い方ではない。今は小説家ではない、ということだ。

「じゃあ、この近くに住んでるの？」

　僕がすれ違う可能性がある距離に。

「みんな知ってることだって思ってたけど……。これ、もしかして言っちゃダメだったのかな。個人情報？」

「今更、そりゃないよ。多分、俺が椿じゅんのことを知らないのは、五年前にこの町に引っ越してきたからだろうし、先生が教えてくれないなら、誰か別のヤツに訊くよ」

「そうか。じゃあ、学校の裏の『パンダパン』行ったことある？」

土日に部活があるときは、たいがい昼に買いに行っている店だ。個人経営っぽい小さな店で、品数は少ないけれど、絶妙な硬さのフランスパンに、おばさんがその日の気分で作った惣菜を挟んだサンドイッチが人気で、いつも学生や主婦で賑《にぎ》わっている。

「そこの奥さん」

「あの、おばさん？」

いかにもパンが好きそうなおばさんの丸顔が頭に浮かんだ。

内容は知らないけれど、『落陽のソナタ』は暗黒ミステリーと呼ばれている。イメージがまったく結びつかない。文庫本には「究極のバッドエンド」と謳《うた》った帯が巻かれているものの、本当はほんわかとした作品なのだろうか。

というか、数学の先生で、小説家で、パン屋。でも、脚本家ではない。森田先生の中では同じカテゴリーに分類されているのかもしれないけれど、まったく別ものだと僕は思っている。

でも、映像化されているから、脚本家に知り合いがいるかもしれない。

帰りに「パンダパン」に寄ろう。サンドイッチ代くらいは持っている。

廊下側の窓越しに、次のヤツが来たのが見えた。

「先生、ありがとうございました！」

席を立ち、リュックを背負う。

「宮本くん、会いに行くなら、作品を読むなり見るなりしてから。夢に邁進《まいしん》する中学生でも、最低限の礼儀は守ってよ」

森田先生は、メッというふうに大きな目をかっと見開いて言った。張りのある一喝で、ランキングは少し上昇だ。

家に帰って自室に直行し、スマホで椿じゅんを検索した僕は、思わず叫び声をあげてしまった。隣の部屋の妹が、大丈夫？　と顔をのぞかせたくらいの大声で、おまけにおかしなステップを踏んで踊り出していた。

脚本家の知り合いがいるかも？　何をふざけたことを。椿じゅんはテレビドラマ版『落陽のソナタ』の脚本も自分で担当していたのだ。自分の生活圏内に、元とはいえ、プロの脚本家が住んでいるとは、ラッキー以外の言葉が思い浮かばなかった。

そのまま、財布を握りしめて家を出て、『落陽のソナタ』の文庫本を買い、テレビドラマ版と映画版のＤＶＤをレンタルした。

小説から読みたかったけれど、居間のテレビを独占できるのは、父さんが仕事から帰ってくるまでだ。「あら、懐かしい。最後がスゴイのよ」とネタバレ爆弾を投下しかけた母さんを台所に追い出して、映画版から見始めた。テレビ版は家族が寝静まってからだ。この環境ではそれぞれを繰り返し見ることは難しい。

全神経を集中させ、映像版『落陽のソナタ』を頭の中に焼き付けていく。

　そのあと、本を読んだ。

　明け方、頭の中がじんじんと痺《しび》れるような、けだるく、だけど心地よい感覚に包まれたまま、布団に入って目を閉じた。印象的な場面が頭の中を飛び交う合間、合間に、「パンダパン」のおばさんの顔が浮かんだけれど、作品と混じりあうことはない。シリアスなサスペンスドラマの合間に、間の抜けたＣＭが挟まれているような感じだった。

　本当に、あのおばさんが椿じゅんなのか。

　実は、森田先生に騙《だま》されたんじゃないだろうか。

　だけど、先生が僕を騙す理由がない。いや、ある。

　僕が三崎《みさき》中美人先生ランキングのベストスリーに森田先生を入れていないことに気付いているからだ。

　でも、僕はそれを誰かに話したことはないし、紙に書いたこともない。ましてや、ＳＮＳ上になんて。誰だか忘れたけど、テレビに出ていた小説家が言っていた。文章を売ってお金を稼いでいるのだから、タダで読めるところに、自分の文章は絶対に載せない。僕はプロの脚本家になるために、まずそれを実践することにしている。

　じゃあ、先生はなぜ、僕の考えていることが解った？

　実は、森田先生はエスパーで、他人の心が読めるのだ……。

　寝しなに僕の頭の中に広がる物語は、だいたいが導入部分で終了する。寝付きはかなりいい方だ。一晩中考え事をしていて眠れなかった、というような体質なら、眠れない夜の数だけ、ドラマができ上がっているはずなのに。

　椿じゅんの頭の中はどうなっているのだろうか。

　終業式の日の午後、僕は「パンダパン」の客足が落ち着く時間を見計らい、いつもよりほんの少し背筋を伸ばして、ガランガランとベルが鳴るドアを引いた。

　運よく、客は僕一人だ。

「いらっしゃいませ。……ああ、ごめんなさい。サンドイッチ、全部売り切れました」

　レジカウンターに近い、昼時は大量のサンドイッチが並べられている棚の前で、話を切り出すタイミングをうかがっていると、おばさんの方から明るく声をかけてくれた。

　おばさんはすべての客、僕のような中学生相手にも、ですます調で話す。

　目の前にいるのは、いつものおばさんだ。だけど、僕はいつもの「えーっ、もう売り切れ？」と言うときのような大声を出せず、小声で「大丈夫です」と言い、長いフランスパンを一本トレーに載せて、おばさんのいるカウンターに持っていった。

　そして、息を吸い、一気に言った。

「俺、いや、僕、脚本家になりたいんです。どうしたらいいか教えてください」

　おばさんは僕を見たまま、ふう、とため息をついた。笑顔が消える。

「ここ二、三年、そんなふうに言われることがなくなったので、もう忘れてもらえたと思っていたんですがね」

「すみません」

「いえ、謝ることではありません。で、手ぶらですか？」

「や、手土産とかは」

僕はとっさにリュックを片方の肩からおろして蓋《ふた》をあけ、中をかきまわした。そんなことをしても、気の利いたものが出てくるわけがない。

「お土産なんかいりません。脚本家になりたい、と言うあなたが、何かしら書いたものを持ってきていますか？　と訊《たず》ねたんです」

「ああ、それなら……、って！　見てもらえるんですか？」

あわててリュックにつっこんだままの手でノートを取り出した。

「小説家なり、脚本家なり、書く仕事をしたいからと言って、うちを訪れる人はまず、大きく二パターンに分けることができます。自分で書いたものを持ってくる人。何も書かずに、書き方から教えてくれと言ってくる人。正直、どちらも迷惑です。うちはパン屋ですから」

「すみません……」

ノートを戻したくなる。

「だけど、私は夢を持っている人の応援はしたいと思っています。若い人でも、主婦でも高齢者でも。だから、原稿を受け取れば、ちゃんと読んで、感想を伝え、なになに社のこの賞に応募すればいいのではないかと、アドバイスもしていました」

「そんなことまで」

「でも、ほとんどの人ががっかりするんです」

「どうして？」

「私を通じて、出版社やテレビ局の人を紹介してもらえたり、デビューへの橋渡しをしてくれるんじゃないかと期待しているからです。要は近道したいんですね」

思わず、おばさんから目を逸《そ》らしてしまった。自覚はなかったけれど、少しばかり淡い期待を抱いていたという証拠だ。

「コンクールをすすめると、でも、出来レースなんでしょ、なんて平気な顔して言ってくる人もいる。自分にはそんなコネがないから、って。まるで、私が新人賞をとれたのは、コネがあったからだと決め付けるような言い方。コネなんか関係ありません。おもしろい作品を書けばいいだけです。そう言って、お引き取りいただいた方が再び原稿を持って訪れたことはありませんね。おまけにパンまで買いにこなくなってしまって」

冷房が効いているのに、腋《わき》の下に嫌な汗が流れるのを感じた。が、顔を上げる。

「なんか、大変ですね。でも、僕は今の言葉を聞いて、俄然《がぜん》やる気が出ました。ネットとか見てると、やっぱ、コネが必要なのかなって思うこともあるから」

「なら、よかったです。でもね、書いてくる人にはどんな形であれ、応援したい気持ちはあります。一番ダメなのは、小説家になりたい、脚本家になりたいって、熱く語るくせに、なーんにも書かない人たちです。そのくせ、他人の作品の批判はするんですよね。おまけに、思った反応が返ってこないと、パンにまでダメ出し。一時は店をやめようかと思ったけれど、そうする前に、興味を持たれなくなっていって、無事、パン屋を続けています。と、私の自己紹介はこれくらいにして、そのノート見せてもらっていいですか？　えっと……、お名前は？」

「宮本正也です」

僕はおばさん、いや、脚本家の椿じゅんにノートを差し出した。僕が勝手に想像していたプロの脚本家や小説家が放つ高圧的なオーラは、今でもまったく感じられないけれど、案外、多くのプロの人たちがそういうものではないかとも思えてきた。

えらそうな先生ほど、授業の教え方が下手なように。

「宮本くん。では、読ませてもらいます」

「あの、お店は大丈夫ですか？」

「もちろん、お客さんが来れば、中断しますよ」

そう言うと、椿じゅん、先生はカウンター内に置いてあった木製の丸椅子に座った。

僕はどうやって待っていればいいのか解らない。カウンター横に使用済みのトレーが重ねられているけれど、これを拭いてくれ、と頼んでくれた方がありがたい。だけど、椿先生はもうノートを開いている。もぞもぞと恥ずかしさが込み上げてくるのを感じながらも、先生をじっと見ていることにした。

「これって」

　椿先生は一ページもめくらないうちに顔を上げた。

『落陽のソナタ』の脚色です」

「ラジオドラマ用ですね」

「解ってもらえましたか！」

　ラジオドラマと気付かれたということは、テレビや映画の脚本と書き分けができているということだ。

「ト書きの文頭に、ＳＥ、サウンドエフェクトマークがありますから」

「そっか……」

　僕が少しがっかりしたことを、椿先生は気にも留めない様子で、再びノートに目を落とし、ページをめくっていった。五時間かけて書いたドラマ三〇分ぶん、Ａ４ノート縦書き一五ページの文章は、五分も経たないうちに、読み終えられてしまった。

「どうして、これを書こうと思ったんですか？」

「僕、ラジオドラマが一番好きなんです！」

　宣言してしまうともう、僕から溢《あふ》れるラジオドラマ愛を止めることはできない。

　我が家は両親と僕と妹の四人家族だ。社宅暮らしで、テレビは居間に一台あるだけ。父さんが言うには、家族団らんのためにあえてそうしているらしい。だけど、親と一緒にテレビを見て楽しいのは、せいぜい小学校を卒業するまで。悩み多き一〇代は家にいるときくらい、一人になりたい。僕はテレビを買ってくれと頼んだ。

　自室にテレビがほしいのは、エロ番組を見たいからってわけじゃない。いつも見ているバラエティ番組やドラマをのんびりと一人で見たいのだ。だけど、要求は通らず。

　一人になりたい。この欲求と秤《はかり》にかけて勝るテレビ番組は残念ながらなかった。大好きなドラマでも、だ。しかし、僕は大きなカテゴリーで言えば、物語が好きなのだ。もちろん、読書も。

　しかし、読書は自分で読まなければならない。ただ、物語の世界に身を委ねるだけでなく、読むという作業をしなければ、先へ進めないのだ。体力がある日はそれでいい。本のいいところは、自分のペースで物語を進めていけるところだ。

だけど、僕はダラダラと寝転びながら、物語に身を委ねる時間がほしかった。

　学校で、人一倍何かをがんばっているわけではない。普通に授業を受け、クラスのヤツらと接し、部活動をする。卓球部は運動部とはいえ、朝練までしている陸上部などに比べると、ハードな練習とは言えない。人気者ではないけれど、多分、嫌われてもいない。彼女はいないけど、友だちはいる。そこそこ勉強ができ、ルールも守るので、教師から怒られることもない。特別疲れる要素はないはずなのに、家に帰った途端、体が重くて寝転びたくなる。そういう体型でもないのに。

口を利くのも億劫《おっくう》だ。家族仲も悪くないはずなのに、自分から何か話したいとは思わない。主に母さんからの質問に答えるだけ。夕飯を食べ終えると、とりあえず、自分の部屋にこもる。

テレビのない部屋で、僕は物語を求め、スマホでテレビドラマや映画の動画配信にアクセスする。小さな画面の中で、人がごちゃごちゃと動いているのを見ていても、物語はまったく頭の中に入ってこない。目も疲れてくる。登場人物の顔の見分けがつかない、なんて、正月に会うじいちゃんがぼやいているようなことを、自分も口にしてしまう。だからなのか、最近のテレビドラマはやたらと登場人物のアップが多い。四コマ漫画のような撮り方だ。一人ずつがアップになって台詞を言う場面が続くと、それぞれ別々に撮影して、合成しているのかな、なんて思ってしまう。なのに、表情で語る、という場面は少なく、モノローグばかり。心の声がダダ漏れだ。

テレビ画面の適正サイズは解らないけど、少なくとも今はまだ、スマホサイズではないはずだ。仕方なく、ラジオを聴くことにした。

音楽番組の終了後、数年前に読んだことがあるファンタジー小説のタイトルが聞こえてきた。僕はラジオドラマというものがあることを初めて知った。

木々のざわめき。大地を震わせる地響き。黒魔術師の呪文。逃げ惑う人々の叫び声。額に勇者のしるしを持つ少年が、仲間を集めて魔物を退治する物語に、魂が吹き込まれた、と僕は感じた。

本を読みながら想像していたよりも何倍もおどろおどろしい、呪文の声。そこに颯爽《さっそう》と現れた勇者の声には、これまで僕が聞いてきたどの声よりも、透明な正義感が漲《みなぎ》っていた。アニメの場合は、どんなにいい声でも、人物像を目からの情報で作り上げていたことにも気が付いた。

耳だけで受け取る世界では、声から人物が形作られていく。目を閉じれば、自分も物語の世界にいるように感じられた。物語の中に浮いている。そんな気分だった。

番組放送時間の三〇分はあっという間に過ぎてしまった。早く、続きを聴きたい。明日のこの時間になってほしい。こんな思いに囚《とら》われたのは、いつ以来だったか。原作を読んでいたので、目を閉じると、耳に残る声や音で、ドラマの続きを思い浮かべることができた。しかし、翌日のオンエアを聴くと、さらに深い世界が待っていたことを知る。魔法の竪琴《たてごと》が奏でるメロディーはこんなふうだったのか、不思議なカタカナ名はこんな発音だったのか、などと新しい発見もある。

僕の頭の中にはシアターがある。使っていないときは真っ暗だ。物語という燃料に想像力で灯りをともして、シアター内を異世界へと変えていく。

本は、火を熾《おこ》し、それが消えないよう、薪《まき》をくべるところまで自分でやらなければならない。自分でやるからこそ、好きな時や気分次第で火を熾すことができるし、炎の強弱を自分で調節することができる。

誰かが作った物語を、自分の熾した火で膨らませていくから、同じものを読んでも、感想は人それぞれなのだと思っている。自分があまり楽しめなかった本を大絶賛している人を見ても、どうしてだろう、とは思わない。ましてや、その人の感想を否定するなんて、とんでもない。ただ、うらやましく感じる。この人はいい灯りのともし方ができたのだろうな、と。きっと、燃料と炎には、相性があるのだ。シアターの環境も。湿っているとき、乾いているとき。片付いているとき、散らかっているとき。

テレビや映画は、誰かが用意してくれる松明《たいまつ》、いや、照明だ。僕はシアターに映し出された世界を受け止めるだけ。景色、人物、表情、声、動き、音楽……。僕の乏しい想像力では一〇〇年山にこもって修行しても生み出せないものを見ることができた、と震えが止まらないような感動が込み上げてきたことも、何度かある。

だけど、近頃は、何か違うと感じることの方が多い。誰もが虜《とりこ》になる美女がこの女優か、とか。脳と口が直結してるような人は確かにいるけど、みんながみんな、思ってることをそこまで口にしないだろう、とか。そのうえ、まだモノローグを重ねるか、とか。すごい技だ、と誰かに言わせ、映像なのにその技を見せないなんてどうなってるんだ、とか。

多分、僕の心がひねくれてきているからなんだろうけど。

ラジオドラマは誰かが用意してくれた松明を、自分の想像力で調整することができる。好きな声優はたくさんできたけど、画像検索はしない。たまに、顔を知っている俳優が声優として出演していると、声は合っていてもがっかりしてしまうことがある。

日常生活においても、目よりも、耳に意識を集中すると、それまでまったく気にも留めていなかったクラスの女子が急に気になり出した。きれいな声、というだけではない。話し方、抑揚。僕の耳の奥、頭の中心まで届く声、言葉。

好きな先生ランキングも大きく変動した。板書に頼り切っている先生。大切なことを、解りやすい言葉で伝えてくれる先生。大きな声なのに何を言ってるのか聞き取れない先生。

目に映るもので価値が決まると勘違いしていたような気がする。特に、ドラマにおいては、多くの人がそうなのではないかと思う。だからこそ、耳で受け取る世界にはこの先もっと可能性がある。

まだ一般家庭にテレビが普及していない頃、人気のラジオドラマが放送される時間になると、銭湯の女湯がガラガラになった、という逸話も、ネットでラジオドラマについて検索している最中にみつけた。

さまざまな娯楽が溢れる現在では、もうそういった現象は起きないのかもしれない。だけど、ラジオドラマに人の心をひき付けるパワーがあるという事実は変わっていないはずだ。スマホでゲームをしたり、本やマンガを読んだり、動画を見たりしている人が、ある曜日のある時間になると、ラジオのアプリを開き、ドラマを楽しむ。

ほんの一握りの人たちかもしれない。だけど、電車に揺られている途中、目の前に座る人がスマホで何かを聴きながら、泣いたり、笑ったりしていると、いったい何を聴いているのだろうと、興味を持つ人はいるはずだ。ラジオドラマファンが一人増え、また一人増え……。

　そんな流れの中で、彗星《すいせい》のごとくヒット作が現れるかもしれない。

　僕はそれを作る人になりたい。


　僕は思いのすべてを語りつくした。ご清聴ありがとうございます、といった気分だ。

「それで、ラジオドラマ版を書いたんですね」

『落陽のソナタ』は映画にもテレビドラマにもなったのに、ラジオドラマ化はされていません。だけど、僕はこの作品をラジオドラマで聴きたいと思ったんです。テレビドラマ版の脚本も椿さんが担当していたことを知って、何かきっかけがあったのかなって調べてみると、なんと、小説の賞をとる前に、ラジオドラマの脚本賞をとっていた」

「あら、そんなことまで。本名で応募したのに、よく気付きましたね」

「椿原順子《じゅんこ》で、プロフィールが同じなら気付きます」

　森田先生が本名をバラしたことは黙っておく。

「そういえば、テレビ局の人も同じことを言ってました」

「なのに、どうして、ラジオドラマ版は書かなかったんですか」

「少しクールダウンしましょうか」

　椿先生は店の掛け時計を見て言った。三時を少し過ぎている。先生は、よいしょ、と椅子から立ち上がり、カウンター横の冷蔵庫から、売り物のオレンジジュースを出して、カウンター上、僕の前に置いてくれた。丸くて小さい、オシャレな瓶だ。

「えっと、ありがとうございます」

僕は開けっ放しだったリュックから財布を取り出した。パン代もまだ払っていない。

「ジュースはおごりです」

「でも……」

「パンも無理して買ってくれなくていいですよ」

「いや、パンは買います。自分で買うときは学校で食べるからサンドイッチだけど、母さ、母が買ってくるのはフランスパンで、家ではこれに板チョコはさんで食べるのがちょっとしたブームになってます」

「へえ、おいしそう。今度それ、売り出してみようかな。ってことで、ジュースはおごり。……です」

椿先生が照れ笑いを浮かべる。

「僕から言うのってヘンかもしれませんが、中学生のガキ相手に、ですます調、使ってくれなくていいですよ」

気を悪くしたかな、とすぐに心配になったけれど、椿先生はプハッと笑った。

「私はパン屋。宮本くんはお客さんです。少し踏み込んで脚本の話はするけど、この距離を保ちましょう。もし、宮本くんにとって少し遠いと感じる距離でも、そこに足を固定してみてください」

あっ、と僕は気が付いた。小説版『落陽のソナタ』は一人称で書かれている。だけど、テレビドラマ版は神視点だ。主人公から見える景色だけではなく、舞台となる学校の教室の片隅に視点を置いて、そこから主人公をじっと見つめているという場面が多く描かれていた。それを書いたのも、この人なのだ。

「まあ、冷たいうちにどうぞ」

「じゃあ、いただきます」

僕は瓶を手に取り、蓋を開けると、ちびりと一口飲んだ。少しだけなのに、甘酸っぱさが渇いた喉に沁《し》みわたる。エネルギー補給といわんばかりに、僕は残りを一息に飲み干した。

その間、椿先生は店のチラシの裏になにやら文章を書いていた。

*

午後三時。おやつ代わりというわけではないけれど、私は店の冷蔵庫からオレンジジュースの丸い小瓶を取り出し、宮本くんに差し出した。彼は汗をかいた瓶に目を遣ったものの、遠慮しているのか、手に取ろうとしない。しゃべり疲れて、喉が渇いているはずなのに。

「冷たいうちにどうぞ」

促すと、いただきます、と宮本くんはつぶやくように言い、瓶を手にしてゆっくりと口に運んだ。少しだけ飲む。想像以上においしかったのか、それとも、早く体に水分とビタミンCを送れと脳が指令を出したのか、宮本くんは瓶を置かずに、残りのジュースを一息に口に含むと、ごくりと喉を大きく鳴らして飲み込んだ。鮮やかな太陽を凝縮したオレンジを、丸呑みするかのように。

*

ただ、僕がオレンジジュースを飲んでいるだけの描写だ。なのに、文章にされると、恥ずかしさが込み上げてくる。この人の目には、こんなふうに映っていたのか、と。

「上手《うま》いかどうかは別にして、これが一人称一視点の小説の書き方です。これをテレビドラマの脚本にしてみましょう。書き方は解りますか？」

「教本は一冊持ってるけど、テレビドラマ用は書いたことないです」

「書式の基本は三つ。１、場面の柱を立てる。２、ト書きは三マス落として。３、台詞の頭に話者の名前を書く。これさえ押さえれば、誰でも書けます」

椿先生は新しいチラシを裏返したものと黒いボールペンを僕に差し出した。ちゃんとしたものが書ける自信はないけれど、できません、と口にしたが最後、脚本教室はただちに終了してしまうはずだ。

僕は中途半端に背負っていたリュックを足元に置き、ボールペンを手に取った。椿先生はカウンターに置いたままだったトレーに載せたフランスパンを紙袋に入れ始めた。ゆっくりどうぞ、と言ってくれているように感じた。

＊

○　パン屋

壁の時計は午後三時を示している。

椿は冷蔵庫からオレンジジュースの丸い小瓶を取り出す。

椿「おやつ代わりというわけではないけれど」

宮本に差し出す。

宮本は汗をかいた瓶に目を遣ったものの、遠慮しているのか、手に取ろうとしない。

椿「しゃべり疲れて喉が渇いているんでしょう？　冷たいうちにどうぞ」

椿が促す。

宮本はつぶやくように言う。

宮本「いただきます」

宮本はおそるおそる瓶を手にして蓋を開け、ゆっくりと口に運び、少し飲む。

おいしい、脳に沁みわたる、という表情になる。

宮本は瓶を置かずに、残りのジュースを一息に口に含むと、ごくりと喉を大きく鳴らして飲み込んだ。

鮮やかな太陽を凝縮したオレンジを、丸呑みするかのように。

＊

「できました」

僕はボールペンを置いて、息を吐いた。オレンジジュースを少し残しておけばよかったと思うほど、喉が渇いている。椿先生は「どれどれ」と使用済みのトレーを一枚ずつ布巾で拭いていた手を止めて、紙に目を落とした。

「初めてなのに、ちゃんとできているじゃないですか。小説にない、瓶の蓋を開ける描写もあるし、想像以上においしかったのか、のところを最初から、表情で表現するように書けるなんて、ちょっと驚きました」

「やった」

嬉《うれ》しすぎて、思わず声が出てしまった。

「あとは、一文ずつの書き方ですね。まず台詞について、小説は目で追いやすい言葉を、脚本は耳で捉えやすい言葉を、と私は考えています、いや、いました、ですね」

「ちょっと、待ってください」

僕はリュックのポケットからスマホを取り出して、椿先生の言ったことをメモした。

本当は録音させてほしいところだけど、さすがに却下されそうだ。

「今時の子ですね……。次に、ト書きです。脚本は設計図のようなものです。役者やスタッフ、多くの人が共有するものですから、皆に伝わるよう、簡潔に解りやすく書いた方がいいと思います。細かい演技については、演出家にまかせます。脚本家によっては、作品の雰囲気が伝わるように、ト書きを文学的な表現で書く人もいますが、私ならこう書くという一例で……」

椿先生はボールペンを手にして、また新しいチラシの裏に書き始めた。

＊

○　パン屋
　　店の時計は午後三時を指している。

　　椿、時計に目を遣り、冷蔵庫からオレンジジュースの丸い小瓶を取り出す。

　　宮本に差し出す。

椿「おやつにどうぞ」

　　宮本、遠慮がちに瓶を見る。

汗をかいている瓶。

宮本、乾いた唾を飲み込む。

椿「しゃべり疲れたでしょう。冷たいうちに」

宮本「（つぶやくように）いただきます」

宮本、ゆっくりと瓶を手に取って蓋を開け、一口飲む。

おいしい、脳に沁みわたる、という表情。瓶を見る。

太陽を連想させる、濃い色のオレンジジュース。

宮本、一息で飲み干す。

*

椿先生はさっと書き上げた紙を僕の方に向けた。三分も経っていないはずだ。台詞はこんなに短くしてもいいのか、とか、本当に箇条書きなのだな、などと思いながら読んでいるうちに、僕の頭の中には、自分がジュースを飲んでいたときの光景がよみがえった。

僕は文章の形式を変える作業をしていただけだということに気付く。それじゃダメだったのだ。小説の形態で書かれた文章を頭の中で映像化し、一人称視点カメラから神視点カメラに切り替えれば、地の文の中にある心情に引っ張られることはない。

「じゃあ、次はラジオドラマ脚本に挑戦してみましょうか」

椿先生は新しい紙を出してくれた。

さっきのはウォーミングアップ、本番はこれからだ。ラジオドラマ愛をさんざん語ったくせに、まったく書けないとなれば、それこそ、口先だけ達者なガキ、と認定されてしまう。そうなると、恥ずかしくて、サンドイッチすら買いにこられなくなる。

「はい」

僕は自覚できるほど眉間にしわを寄せたままボールペンを手に取り、新しい紙に向かった。椿先生はトレー拭きを再開した。

一度、目を閉じる。ぼんやりと惰性で活動している耳に、おまえの出番だぞと胸の内で語りかけ、目を開けた。

*

SE　柱時計が三度、鐘を鳴らす。
　　冷蔵庫を開けて、小瓶を取り出す音。
椿「おやつにオレンジジュースよ。どうぞ」
宮本「(遠慮がちに) ありがとうございます……」

椿「しゃべり疲れたでしょう。ほら、冷たいうちに」
宮本「（つぶやくように）じゃあ、いただきます」
SE　瓶の蓋を開ける音。
　ごくりと一口だけ飲む音。
宮本M「おいしい！　脳に沁みわたる」
SE　ごくりと一口で飲み干す大きな音。

*

僕はペンを置いた。答案用紙の見直しをするように、冒頭からゆっくりと目で追い、確認をする。ちゃんと、音だけで場面を思い浮かべることができる脚本になっているはずだ。

「できました」

椿先生は布巾を置いて、紙を手に取った。表情がよく見えない。わざとそうしているのだろうかと心配になってくる。

「へえ、ちゃんと音で時間を表してる……」

ですます調ではないので、独り言なのだろう。こういう口調で話しかけてくれたらいいのに。そうしたら、もっと、好きなジャンルの作品とか、こういう場面だったらどう書く？　とか、盛り上がる話ができそうなのに。

でも、それは贅沢《ぜいたく》な悩みだ。ネット上には脚本家志望者はけっこういるけれど、僕の周囲には脚本に興味を持っていそうなヤツはいない。小説の話ができるヤツは片手で済む。脚本家の名前を知っているヤツなんているのだろうか。たまにドラマの話をしている女子がいても、内容さえどうでもよさそうで、ただ、俳優がカッコいいといったことを繰り返しているだけだ。

椿先生は紙を置いた。僕は口の中にほとんど残っていない唾を飲み込んだ。

「順番を間違えたかもしれません。簡潔になりすぎてしまいましたね。説明台詞は、テレビドラマでは悪い例として用いられることが多いけれど、ラジオドラマの場合はこれを上手に使わないといけません。説明文にならないように、状況や心情を台詞の中に組み込んでいくんです」

読んでいるときの状態から、褒め言葉を待ち構えていた僕は、カッと頬が熱くなるのを感じるほど、ムカつき、そして、恥ずかしかった。他人に文章を読まれるということは、この感情との葛藤なのだ、と書く仕事を目指した瞬間から解っていたつもりなのに。

「でも、ちゃんとモノローグを使いました」

ふてくされた口調になっているかもしれない。

「モノローグはテレビよりラジオの方が多用されますが、口に出しても問題ない箇所は、台詞にしてもいいと思います。言葉にしたいけれどできない感情だけを、モノローグで吐露する方が、ドラマにもメリハリが出るんじゃないでしょうか。あとは、オレンジジュース」

「あっ……」

「農家の方から直接買っている、〈太陽のしずく〉というみかんで作られた、ちょっといいジュースなんですけどね。この脚本だと、単に疲れていたからおいしいと感じたようにしか受け取れませんよね。宮本くんの言葉を借りるとしたら、想像力をかきたてる薪が足りていない、ということです」

上手く表現できたと思っていた比喩も、他人に使われると恥ずかしい。だけど、薪が足りないと言われて、自分が書いたものを改めて読むと、なるほど、与えられた情報以上に頭の中で膨らませていける要素が何もないことに気付く。

「これは、模範解答を書いてもらえないんですか？」

「脚本は暗記して身に付けるものではありません。最後にもう一度、自分で書いてみてください。そうだ、この場面はあるドラマのファーストシーンということにしましょう。では、どうぞ」

椿先生は、また新しい紙を出してくれた。これもまたシアターだ。今はただの白い紙。

だけどここに物語が生まれる。普段からスマホにメモをするようにしているけれど、大切だと思うことだけだ。だけど、どうでもいい裏紙には、どうでもいいことを思うがままに書けるような気がする。その中にこそ、大切なことが紛れているような気もする。

最後、とさりげなく宣言されてしまった。

僕は店をぐるりと見渡した。耳だけを働かせればいいのではない。五感を働かせ……。目を閉じる。インプットしたものを耳に集約させるのだ。

　ゆっくりと目を開け、僕はボールペンを手に取った。

＊

SE　カランカランとベルが鳴り、ドアが開く。

椿「いらっしゃいませ」

客(学生)「おばさん、タマゴサンドありますか？」

椿「ごめんなさい。今日は売り切れです」

客「残念。あれ？　宮本、何してんの？」

宮本「えっ……と、フランスパン買いに」

客「そっか。じゃあ、おばさん、また来ます！　俺、『パンダパン』のファンなんで」

SE　カランカランと、ドアが開閉する。
柱時計が三回、鐘を鳴らす。

椿「三時か。おやつの時間ですね」

SE　冷蔵庫を開閉する。
木製のカウンターにコトリと小瓶を置く。

椿「うちの名物オレンジジュース、オレンジを丸呑みできそうなかわいい瓶でしょう？　飲んでください」

宮本「あ、いや、でも……」

椿「中学生のくせに、遠慮しないで。たくさんしゃべった後だから、喉が渇いているでしょう？　ほら、瓶も汗かいてる。キンキンに冷えてるうちにどうぞ」

宮本「じゃあ……、いただきます」

SE　瓶の蓋を開ける音。
ゴクリと小さく一口飲む。

宮本「（思わず）うまっ！（つぶやく）なんだこれ。すっごい濃い、夏の太陽の塊みたいだ」

ＳＥ　ゴクゴクと飲む音。

宮本「プハー（おいしそうに息を吐く）」

＊

プハーと息を吐いてボールペンを置いた。登場人物（僕ではあるけれど）に憑依《ひょうい》して、ジュースがおいしかった、と息を吐いたのか、書けた、という安堵《あんど》からきたものかは解らない。頭から読み直して、今日、教えてもらったことがすべて反映されているかを確認する。頭の中でラジオドラマとして再現し、画《え》が広がっていくかを確認する。

多分、これが今の僕のベストだ。

「できました」

顔を上げると、椿先生はトレーを拭いていなかった。カウンター越しに僕の正面に立ったまま、じっとこちらを見ていた。いつからそうしていたのだろう。

「では、見せてもらいます」

先生は紙に目を落とした。視線を追う。一通り読み、もう一度読んでから目を閉じた。

そして、開ける。

「直すところはありません。音でおいしさを強調できるように、最後の飲み方を変えているところとか、正直、驚いています」

よし、と僕は両拳を強く握りしめた。

「ありがとうございます！　僕、ラジオドラマの脚本家になれそうですか？」

「それは、わかりません」

「は……」

褒めてくれたばかりなのに。

「書き方はうまくても、おもしろい物語を作れなければ、脚本家にはなれません。宮本くんがそれをできるかどうか、『落陽のソナタ』の冒頭や、オレンジジュースを飲む場面だけでは判断できませんから」

それもそうだ。

「じゃあ、どうやったらおもしろい話を書けるようになりますか？　国語の勉強をしたり、自分がおもしろいと思った本や映画やテレビドラマをラジオドラマ用に書き直したり、僕にはそれくらいしか思いつきません」

「それは、あまり意味がなさそうですね」

「え……」

僕がこの夏休みにがんばろうと思っていたことが、こうもあっさり否定されるとは。

「物語を作る人になりたいなら、オリジナルを書いた方がいいと思います。プロの脚本家になれたとしても、初めは脚色ばかりになるでしょうし、オリジナルを書けるとしても、自分一人のものではないので、意に沿わない意見を取り入れなければならないこともあるはずです。好きなことを好きなように、自由に書けるのは素人の特権ですよ」

「でも、それじゃあ独りよがりの作品になってしまうんじゃあ……」

「自分がおもしろいと思えば、他の人もおもしろいと思いそうですけど、どうなんでしょうね。私は『落陽のソナタ』を応募した時は、絶対に受賞すると信じてましたけど、自意識過剰だったんでしょうか。運や相性も大きく影響しますし。そうだ！　同じ目標を持つ仲間たちとがんばってみるのはどうでしょう」

「僕の周りに、同じ目標を持ってるヤツはいません」

「学校の放送部には、いるんじゃないですか？」

「放送、部？」

僕の通う三崎中に放送部はない。放送委員会ならあるけれど、活動といえば、昼休みに音楽を流しているくらいだ。

「私が小説家になる前に勤務していた、青海《せいかい》学院高校の放送部は、毎年、テレビドラマやラジオドラマを制作して、ＪＢＫの高校生放送コンクールに応募していましたよ。それがおもしろそうで、でも顧問じゃないし、国語の先生でもないから参加できなくて、自分で書いてＪＢＫの一般向け脚本コンクールに応募したら、ラジオドラマが受賞しました。その延長で小説を書いたのが『落陽のソナタ』です」

「みんな、びっくりしたんじゃないですか？」

「そうですね。でも、身近に成功者が出ると、自分の夢も現実になるんじゃないか、って勇気付けられるみたいですよ。確か、二、三年前に、テレビドラマ部門で全国優勝した子が、脚本について教えてほしいとこの店にきたのは、高校に入学したばかりの頃でしたけど、今は、映画監督を目指して、大学でがんばっているようです」

　学校の部活動で脚本を書くだけではない、ドラマを作ることができる。それをコンクールに応募し、全国大会へ。都会の学校の夢物語ではない。私立青海学院高等学校はこのあたりでは超名門校だけど、まったく手の届かない場所というわけではない。夏休みの努力次第だ。

　勉強をがんばるのなら、母さんも夢を応援してくれるのではないだろうか。

「国語だけ勉強していればいいわけでもないと思いますよ。いろいろな分野に興味のアンテナを張ると、おもしろいことがたくさん見つかりそうですし、人と接することも大切だと思います。自分が百パーセント黒だと信じていたことを、案外近い人、家族や友人が当たり前のように白だと言う。ならば、どうして自分は黒だと思うのか。白だと断定する人はなぜそう感じるのだろう。私がラジオドラマで賞をとったのは、そこから始まる物語でした」

「僕も、放送部に入ります！」

「そうですか。まあ、そういうことは、担任の森田あおい先生やおうちの人に相談してください」

「森田先生を知ってるんですか？」

「何日か前に電話をくれました。脚本家になりたい男子生徒がアポなし訪問してきても、追い返さずに、相談に乗ってあげてほしい、って」

そういうことだったのか、と僕はどうしてよいのか解らず、頭を掻《か》いた。

「脚本を書いたり、ドラマ作りをすることになったら、取材も必要でしょうから、そういうこともがんばってくださいね」

「すみませんでした……。あの、失礼ついでに、最後に一つ質問していいですか？」

「どうしてパン屋になったか、ですか？」

「なんで」

「大概の人は、これを最後に訊くんです。焼きたてのパンが食べたくて、パン作りに挑戦したら、とてもおいしいパンができたからです。子どもの頃からの夢の一つでもありました」

「それだけ？」

「そうです。もしかしたら、来年は店を畳んでまったく違う仕事をしているかもしれません。だけど、私は物語を書かなくなっただけで、頭の中にはいつも物語があります。パンを作っている最中も、その物語で泣いたり笑ったりしています」

「たとえば、どんな？」

「今日からしばらくは宮本くんに影響されて、高校の放送部で奮闘する子どもたちの物語が始まる予感がしますね」

「僕が主人公ですか？」

「さあ、それはどうでしょう。いろいろな学生を毎日見ていますから」

「すごく読んでみたいけど、僕も自分で物語を作ります。今日は本当にありがとうございました」

僕は顔がひざにつきそうなほど深く頭を下げた。僕の視界に、パンの並んだ棚が映り、肝心なことを思い出した。頭を上げながら足元に置いていたリュックから財布を取り出し、パン代の三〇〇円をカウンター上の木製トレーに載せる。

先に払っておけばよかった。これでは、受講料みたいではないか。三〇〇円どころの価値じゃない。

「いえいえ、お買い上げありがとうございました」

椿先生は笑いながら、僕に長細い紙袋を差し出した。袋を受け取り、リュックを背負うと、もう一度頭を下げた。

「そうだ、忘れ物」

椿先生はあわてた様子で、チラシの下敷きになっていたノートを僕に渡してくれた。

「『落陽のソナタ』がラジオドラマ化されなかった理由」

「えっ」

「私はできたばかりの『落陽のソナタ』を、脚本コンクールでお世話になったＪＢＫのディレクターにお渡ししました。ラジオドラマ化しようと言ってもらえることを期待して。その方は、『落陽のソナタ』をものすごく褒めてくれました。すばらしい小説だと何度も繰り返しながら。でも、ラジオドラマ化はしないと言われました」

「どうして？」

「この作品は小説という形態が一番おもしろいからだ、って。もしかすると、この作品はこの先、映画化、テレビドラマ化されるかもしれない。どれも成功するはずだ。当然、ラジオドラマも、やれば大反響があるだろう。だけど物語の作り手は、そういう方式に甘んじていてはいけない。小説家は、小説でしかできないことを、ラジオドラマの作り手は、ラジオでしかできないことを追求していった先に、世の中の人たちを虜にする物語が待っているはずだ、と」

「そんなことを……」

メディアミックスが持てはやされているこの時代に。

「私は一番自由に物語を表現できるのは小説だと思ってます。予算なんか考えずに、南極でも宇宙でも舞台にできるし、天気も季節も関係ない。魔法も呪文一つで使える。目に見えない人間の心の奥の奥までダイブすることができる。ラジオも同じかもしれない。おまけにラジオは音がつく。だけど、語り手の声が聞こえてしまうから、叙述トリックは使えない」

「でも、その方が言ったように、ラジオにはラジオでしかできないことがあるはずです」

「そうですね。結局、私はそれが何か未だに思いつきません。だから、宮本くんに話したんです。おもしろいラジオドラマ、期待していますよ」

「はい！」

返事をしたと同時に、ガランガランとベルが鳴り、店のドアが開けられた。まるで、椿先生が店にバリアを張っていて、それが解除されたかのように、次々と客が入ってくる。

椿じゅんはもうすっかり、パン屋のおばさんの顔、そして、声に戻っていた。

四月――、僕は青海学院高校に入学した。

解説

ぶんけい（インフルエンサー・企画作家）

本作は、二〇〇八年に『告白』（双葉社）で作家デビューを果たした湊かなえ氏の、二十二作目にあたる長編小説である。

野球部やバレー部といったメジャーな部活ではなく、題材としてほとんど扱われることのない〝放送部〟に焦点を当てて青春を描いた稀《け》有《う》な作品だ。

「湊かなえが放送部の話を書くんだって！」というニュースは、放送部員たちにとって突然当てられたスポットライトであり、皆が歓喜した。放送部ＯＢである私もその一人だ。

高校時代、放送部に在籍していた私は、本屋で『告白』に出会い、それ以来、筋金いりの湊かなえファンである。頼まれてもいないのに、友人に評論を話し、呆れられるほど熱中していた。

そのことを知っていた祖母からある日、一通のＬＩＮＥが届いた。

『神戸新聞で湊かなえさんの連載はじまるんやって』

本作は学芸通信社の配信によって、全国の新聞各紙で連載された。

私はその連載で『ブロードキャスト』に出会う。完結するまでの一年間、祖母が毎朝、紙面を写真に撮って送ってくれたというハートフルエピソード付きだ。（今思い返せば、とてもグレーなので、神戸新聞様、申し訳御座いません！）

さて、そんな放送部出身の私が、本作の中でとくに印象的だった箇所を解説していこうと思う。

一．風変わりな放送部員たち

同じ中学出身の正也《まさや》に連れられ、放送室に足を運んだ圭祐《けいすけ》は、風変わりな放送部員たちと出会う。一癖も二癖もある彼女らを見て、圭祐が辟易する様子が見て取れる。身勝手なふるまいの数々に、誰しもがアウェイを感じてしまうこの現象は、まさに放送部あるあるなのだ。

「放送部にも人権を！」と言わんばかりの主張を常日頃している私たち放送部員だが、根本的な問題はこの「身内感」にあったりする。このシーンを読んだだけでも、主人公がこんな世界に進んでいってしまうのか、と若干の不安を読者は感じるだろう。おそらく湊氏は、「文化部のステレオタイプ」をここで意図的に描いている。

文化部のイメージ（ネガティヴなほう）を具現化した、思わずウッとなってしまうキャラクターたちと出会うことで、この先、圭祐が辿る苦労がすでに垣間《かいま》見える。でもそれは決して圭祐だけのものではない。読者全員が持つ「文化部ってちょっと踏み込みづらいよね」という意識を改めて印象付けているシーンである。

ところが悲しいことに、この描写はとてもリアルなのだ。

湊氏が誇張表現をしているわけではなく、ただのリアルなのだ。

放送部員たちは放送室という「国」を持ち、その中で生活を送っている。言語も法律も序列も特殊なことが多々ある。例えば、機材にはなぜかOBが名付けたニックネームが継承され続けているし、なんとなく指定席のようなものが存在したり、数少ない男子部員のヒエラルキーは低かったりと、彼ら（我ら）独自の世界を育んでいる。

そりゃあ国外の者がその地を踏むとアウェイを感じるわけである。だからこそ、変わった人たちというレッテルを貼られ、「校内部活動国連」から迫害を受けるのである。

古傷が痛い……。

二　放送部の大会

圭祐と正也は、ラジオドラマ「ケンガイ」でJBKのコンテストに出場する。その会場で見聞きする作品と読み（アナウンス・朗読）について言及される第4章もまた、リアルそのものであった。

運動部の大会とは違い、放送部の大会では発表中（競技中）に、観客が声を発することはない。言うまでもないが、作品や読みの「音」も審査対象であるからだ。

そんな静かな会場で生徒たちは目を凝らし、耳を澄ませ、大会に参加する。このとき生徒たちが考えていることはまさに「心の声」となるため、一人称視点で描かれる本作と大きくリンクする。物語を成立させるために心の声をわざわざ書いているのではなく、実際にあの場では心の声しか存在しないのだ。

だから読者は、読んでいるのではない。

体験している。

私は第4章を読んでいる間、鳥肌が立ち通しだった。まるで自分があの場に転送されたかのように感じ、懐かしさと怖さが蘇った。

「確かにそうか」と思ったあなたは、是非第4章を読み返し、いや、体験し直してほしい。

三. 所詮、文化部

交通事故をきっかけに陸上部に入ることを断念した圭祐は、正也から放送部に誘われる。その熱弁っぷりを帰宅後に思い返し、考え込むシーンがある。

『陸上で得られた充足感を、放送部で得られるわけがない。』

『所詮《しょせん》、文化部だ。』

この箇所を読んだとき、胸が苦しくなった。

かつて、文化部を経験した者が、繰り返し浴びせられた言葉だからだ。

生徒たちの間ではもちろん、教師ですらそのような思想を持つ者がいる。想像以上に文化部の肩身は狭い。いったい何故、そんな風潮が生まれてしまったのだろう。

文化部の活動は、成果がひと目で分からないし、評価も人によって変わる。「スゴイ」の軸が曖昧だ。対照的に運動部は単純明快であり、誰もが「スゴイ」を共有できる。オマケに、汗を流して頑張っているのは「エライ」のだ。

文字にしてみると、いかにも前時代的な感性である。

多様性が少しずつ受け入れられ始めている時代であるにもかかわらず、学校に根付いたこの偏見は未だに色褪《いろあ》せない。誇らしげにそこにある。

はじめのうちは、圭祐もまた、その世界の住人として描かれている。ところが正也からの勧誘で新しい扉を開き、そこで藻掻《もが》いた結果、ラスト一文の描写へと変化を遂げる……。

誰しもが、未開拓の領域に不安や偏見を抱える。自分と異なるものを簡単に排除しようとする。でも、その先に踏み込んだ者だけが見られる景色が存在するのだと、希望を感じさせられる描写に心を打たれた。

ラストシーンでＳＢＣロゴの入ったポロシャツを誇らしげに着た圭祐。放送部のポロシャツ文化は、クラスＴシャツに似ている。仲間の証なのだ。

これを誇らしげに着るためには、その身内感に完全に没入していなければならない。外で着るには羞恥心を覚えるようなそれを、むしろ誇示するかの如く着る圭祐は、大きな変化、あるいは成長を遂げたと言える。『所詮、文化部だ。』と思っていた本人が、放送部を理解し、魅力を発見し、充足感を得ようとするその様は、多様性を象徴する次世代的感性に思えた。

いつの日か、文化部に対するイメージが大きく変わり、『そんな時代もあったね』と言いたいものだ。

放送部員たちが一体なにを目指して頑張っているのか、その真意を理解することはなかなか難しい。現役時代は、「伝えることを大切に」とよく言われたものだ。「伝える」ってなんだ、と抽象的すぎるそれに対して悩むことも多かった。何をどうすれば達成できるのか、当時は分かっていなかった。

いま思い返すとそれは、いかにして表現するか、いかにして興味を持ってもらうか、ということであったのだろうと思う。営業やプレゼンや接待だって同じだ。自分の思考や思想をどう表現するのが、相手に最も刺さる一手であるかを、私たちは常に探っている。

それを集中的に学ぶことが出来る放送部時代は、かなり有益な日々であったと今更ながら気付く。

ここまで書くことをあえて遠慮していたのだが、私の生まれ故郷は、湊氏が在住する街である。（通学路にあるTSUTAYAに寄り道するとき、一度だけお見かけしたことがあって、その自慢話を延々と友人たちにしていた）
「ぜひ取材をして、ドキュメントを制作させて欲しい！」と、湊氏に相談したこともあったが、そのときは諸事情により叶わなかった（そりゃそうだ）。

その人となりを覗き見ることが出来るドキュメントは奥が深く、フィクションとは比較できない説得力を持っている。故に難しく、制作を断念する生徒をこれまで何人見てきたことか。

本作ではラジオドラマに焦点を当て、放送部を描いている。圭祐たちの初めての夏は終わってしまったが、チャンスはあと二年ある。

変化をとげた圭祐たちの物語『ドキュメント』が「小説 野性時代」で連載され、二〇二〇年に完結した。そのタイトルから察するに、ドキュメントという、より大きな壁に立ち向かう姿が想像できる。

圭祐は『ドキュメント』で、どんな「伝える」をするのか、私はこれからも追いかけたい。

参考図書

『新版 シナリオの基礎技術』 新井一 著 ダヴィッド社

『映画テレビ シナリオの技術』 新井一 著 ダヴィッド社

本書は、二〇一八年八月に小社より刊行された単行本に、短編「ラジオドラマ」（「小説 野性時代」二〇一七年二月号掲載）を加え、加筆修正して文庫化したものです。

ブロードキャスト

湊《みなと》 かなえ

令和３年 １月25日　初版発行

発行者●堀内大示

発行●株式会社KADOKAWA
〒102-8177　東京都千代田区富士見2-13-3
電話　0570-002-301（ナビダイヤル）

角川文庫 22499

印刷所●株式会社暁印刷
製本所●株式会社ビルディング・ブックセンター

表紙画●和田三造

●お問い合わせ
https://www.kadokawa.co.jp/（「お問い合わせ」へお進みください）
※内容によっては、お答えできない場合があります。
※サポートは日本国内のみとさせていただきます。
※Japanese text only

ISBN 978-4-04-109556-0　C0193

角川文庫発刊に際して

角川源義

第二次世界大戦の敗北は、軍事力の敗北であった以上に、私たちの若い文化力の敗退であった。私たちの文化が戦争に対して如何に無力であり、単なるあだ花に過ぎなかったかを、私たちは身を以て体験し痛感した。西洋近代文化の摂取にとって、明治以後八十年の歳月は決して短かすぎたとは言えない。にもかかわらず、近代文化の伝統を確立し、自由な批判と柔軟な良識に富む文化層として自らを形成することに私たちは失敗して来た。そしてこれは、各層への文化の普及滲透を任務とする出版人の責任でもあった。

一九四五年以来、私たちは再び振出しに戻り、第一歩から踏み出すことを余儀なくされた。これは大きな不幸ではあるが、反面、これまでの混沌・未熟・歪曲の中にあった我が国の文化に秩序と確たる基礎を齎らすためには絶好の機会でもある。角川書店は、このような祖国の文化的危機にあたり、微力をも顧みず再建の礎石たるべき抱負と決意とをもって出発したが、ここに創立以来の念願を果すべく角川文庫を発刊する。これまで刊行されたあらゆる全集叢書文庫類の長所と短所とを検討し、古今東西の不朽の典籍を、良心的編集のもとに、廉価に、そして書架にふさわしい美本として、多くのひとびとに提供しようとする。しかし私たちは徒らに百科全書的な知識のジレッタントを作ることを目的とせず、あくまで祖国の文化に秩序と再建への道を示し、この文庫を角川書店の栄ある事業として、今後永久に継続発展せしめ、学芸と教養との殿堂として大成せんことを期したい。多くの読書子の愛情ある忠言と支持とによって、この希望と抱負とを完遂せしめられんことを願う。

一九四九年五月三日

角川文庫ベストセラー

ナミヤ雑貨店の奇蹟　東野圭吾

あらゆる悩み相談に乗る不思議な雑貨店。そこに集う、人生最大の岐路に立った人たち。過去と現在を超えて温かな手紙交換がはじまる……張り巡らされた伏線が奇蹟のように繋がり合う、心ふるわす物語。

ラプラスの魔女　東野圭吾

遠く離れた2つの温泉地で硫化水素中毒による死亡事故が起きた。調査に赴いた地球化学研究者・青江は、双方の現場で謎の娘を目撃する――。東野圭吾が小説の常識をくつがえして挑んだ、空想科学ミステリ！

超・殺人事件　東野圭吾

人気作家を悩ませる巨額の税金対策。思いつかない結末。褒めるところが見つからない書評の執筆……作家たちの俗すぎる悩みをブラックユーモアたっぷりに描いた切れ味抜群の8つの作品集。

今夜は眠れない　宮部みゆき

中学一年でサッカー部の僕、両親は結婚15年目、ごく普通の平和な我が家に、謎の人物が5億もの財産を母さんに遺贈したことで、生活が一変。家族の絆を取り戻すため、僕は親友の島崎と、真相究明に乗り出す。

夢にも思わない　宮部みゆき

秋の夜、下町の庭園での虫聞きの会で殺人事件が。殺されたのは僕の同級生のクドウさんの従妹だった。被害者への無責任な噂もあとをたたず、クドウさんも沈みがち。僕は親友の島崎と真相究明に乗り出した。

角川文庫ベストセラー

あやし　宮部みゆき

木綿問屋の大黒屋の跡取り、藤一郎に縁談が持ち上がったが、女中のおはるのお腹にその子供がいることが判明する。店を出されたおはるを、藤一郎の遣いで訪ねた小僧が見たものは……江戸のふしぎ噺9編。

ブレイブ・ストーリー (上)(中)(下)　宮部みゆき

亘はテレビゲームが大好きな普通の小学5年生。不意に持ち上がった両親の離婚話に、ワタルはこれまでの平穏な毎日を取り戻し、運命を変えるため、幻界〈ヴィジョン〉へと旅立つ。感動の長編ファンタジー！

お文《ふみ》の影　宮部みゆき

月光の下、影踏みをして遊ぶ子どもたちのなかにぽつんと女の子の影が現れる。影の正体と、その因縁とは。「ぼんくら」シリーズの政五郎親分とおでこの活躍する表題作をはじめとする、全6編のあやしの世界。

過ぎ去りし王国の城　宮部みゆき

早々に進学先も決まった中学三年の二月、ひょんなことから中世ヨーロッパの古城のデッサンを拾った尾垣真。やがて絵の中にアバター（分身）を描き込むことで、自分もその世界に入り込めることを突き止める。

おそろし 三島屋変調百物語事始　宮部みゆき

17歳のおちかは、実家で起きたある事件をきっかけに心を閉ざした。今は江戸で袋物屋・三島屋を営む叔父夫婦の元で暮らしている。三島屋を訪れる人々の不思議話が、おちかの心を溶かし始める。百物語、開幕！